OMNIBUS

Della stessa autrice
nelle edizioni Mondadori,
disponibili anche in e-book

"The Crossfire Series"

A nudo per te
Riflessi di te
Nel profondo di te

La lista dei desideri
Sette anni di peccato
Orgoglio e piacere

Il brivido della passione
Chiedimi di amarti
Soltanto per te
Irresistibile tentazione
Rose e diamanti

Sylvia Day

MARITO AMANTE

Traduzione di Isabella Fantoni

MONDADORI

www.librimondadori.it

ISBN 978-88-04-64163-6

Titolo dell'opera originale
The Stranger I Married
I edizione I Romanzi Extra Passion giugno 2011
I edizione ottobre 2014

Marito amante

Questo libro è dedicato, con riconoscenza, alla dea degli editor, Kate Duffy. Sono molte le ragioni per le quali la trovo favolosa: dalla più importante, ovvero il fatto che sia stata il primo editor a comprare il mio lavoro, alla più piccola (ma non meno importante), ovvero la sua generosità nel dispensare lodi.

Kate,

sono così fortunata a scrivere per te.

Il tuo entusiasmo per il nostro comune lavoro è un grande regalo. Ogni giorno ringrazio il cielo per averti incontrato proprio all'inizio della mia carriera. Mi hai insegnato moltissimo e mi hai dato tante opportunità di crescere. Mi hai permesso di scrivere le storie che desideravo e mi hai mostrato quanto possa essere stupendo il rapporto tra uno scrittore e il suo editor.

Grazie mille.

Sylvia

Ringraziamenti

Come sempre, un profondo ringraziamento alla mia partner critica Annette McCleave (www.AnnetteMcCleave.com): è lei che mi tiene coi piedi per terra, e la amo per questo.

E alle Allure Authors (www.AllureAuthors.com) per aver sostenuto me e il mio lavoro. Le ragazze di Allure sono una vera sorellanza e questo significa molto per me.

Prologo

Londra, 1815

«Avete davvero intenzione di portar via l'amante al vostro migliore amico?»

Gerard Faulkner, sesto marchese di Grayson, tenne lo sguardo fisso sulla donna in questione e sorrise. Coloro che lo conoscevano bene conoscevano anche quello sguardo, e ciò che faceva maliziosamente presagire. «Certamente.»

«È ignobile» mormorò Bartley. «Persino per voi, Gray. Non è sufficiente che Sinclair sia cornuto? Sapete cosa prova Markham per Pel. Ha perso la testa per lei.»

Gray studiò lady Pelham con occhio da intenditore. Non vi erano dubbi sul fatto che fosse proprio ciò di cui aveva bisogno. Bella e scandalosa, non avrebbe potuto essere più adatta a irritare sua madre nemmeno se lui se la fosse fatta confezionare su misura. Pel, come veniva chiamata dagli amici intimi, era di statura media, ma straordinariamente sinuosa, e sembrava creata apposta per dare piacere a un uomo. La vedova del conte di Pelham, dalla chioma ramata, possedeva un ardore sfacciato che era una sorta di droga per i suoi amanti, o almeno così dicevano i pettegolezzi. L'ultimo, lord Pearson, era precipitato in una profonda prostrazione dopo che lei aveva troncato la loro relazione. Gerard non aveva difficoltà a comprendere come a un uomo potesse risultare intollerabile la perdita dei suoi favori. Sotto la luce sfolgorante degli enormi candelieri, Isabel Pelham scintillava come un gioiello prezioso e costosissimo.

Sorrideva a Markham con un ampio curvarsi delle labbra, labbra troppo piene per una bellezza convenzionale, ma sicuramente della misura giusta per stringersi intorno al sesso di un uomo. Da ogni parte del salone le giungevano bramosi sguardi maschili, nella speranza che un giorno quegli occhi color ambra si sarebbero posati su uno degli uomini lì riuniti, e forse lei avrebbe scelto il suo prossimo amante tra loro. Gerard trovava penosa la loro bramosia. La donna era estremamente selettiva, e restava legata a lungo ai suoi amanti. Teneva Markham al guinzaglio da quasi due anni ormai, e non dava segno di aver perso interesse nei suoi riguardi.

Ma questo interesse non si estendeva al matrimonio.

Nelle poche occasioni in cui il visconte aveva chiesto la sua mano, lei lo aveva rifiutato, dichiarando che non era interessata a sposarsi una seconda volta. Gray, d'altra parte, non aveva dubbi che sarebbe riuscito a farle cambiare idea al riguardo.

«Calmatevi, Bartley» mormorò. «Le cose andranno come previsto. Fidatevi di me.»

«Nessuno può fidarsi di voi.»

«Potete fidarvi che vi darò cinquecento sterline se porterete Markham nella sala da gioco, lontano da Pel.»

«Bene, allora.» Bartley raddrizzò la schiena e si lisciò il panciotto, senza tuttavia riuscire a mascherare la rotondità dell'addome. «Sono al vostro servizio.»

Ghignando, Gerard si inchinò leggermente al suo avido amico e si avviò verso destra, mentre l'altro si incamminava nella direzione opposta. Attraversò senza fretta la sala da ballo facendosi strada verso l'oggetto del suo interesse.

Camminava lentamente, superando una dopo l'altra le varie coppie di madri con figlie debuttanti a caccia di nobiluomini scapoli. La maggior parte dei suoi pari, braccati allo stesso modo, avrebbero fatto smorfie di fastidio, ma Gerard era noto, oltre che per l'innegabile fascino, anche per la propensione a combinare guai. Così non si faceva scrupoli ad amoreggiare vergognosamente con chiunque, baciando mani a profusione, e suscitando in ogni ragazza che incontrava la certezza che sarebbe andato a trovarla con un'offerta formale di matrimonio.

Gettando uno sguardo di sfuggita verso Markham, colse il momento esatto in cui Bartley lo adescò, e allora accelerò il passo coprendo in pochi istanti la distanza che lo separava da Pel. Prima che la solita folla di cupidi ammiratori potesse circondarla, le prese la mano inguantata e se la portò alle labbra.

Quando sollevò la testa, colse il divertimento nei suoi occhi.

«Caspita, lord Grayson. Una donna non può che essere lusingata da un approccio così determinato.»

«Deliziosa Isabel, la vostra bellezza mi ha attirato come una falena alla fiamma.» La prese sottobraccio e la condusse intorno alla pista da ballo.

«Immagino che abbiate bisogno di una pausa da tutte queste madri ambiziose, vero?» chiese lei con voce gutturale. «Temo che però farvi vedere con me non sarà sufficiente a rendervi meno attraente. Siete semplicemente troppo appetibile. Sarete la rovina di una di queste povere ragazze.»

Gerard fece un profondo sospiro di soddisfazione, inalando il profumo di Pel, che ricordava un fiore esotico.

Insieme si sarebbero trovati a meraviglia, ne era certo. Aveva imparato a conoscerla bene, da quando era l'amante di Markham, e gli era sempre piaciuta moltissimo. «Sono d'accordo. Nessuna di loro va bene per me.»

Pel scrollò delicatamente le spalle nude, la pelle pallida messa in risalto dal bell'abito blu scuro e dalla collana di zaffiri. «Siete ancora giovane, Grayson. Quando avrete la mia età, forse vi calmerete e non tormenterete più la vostra sposa con i vostri appetiti.»

«Oppure potrei sposare una donna matura ed evitarmi il fastidio di modificare le mie abitudini.»

Inarcando un sopracciglio perfettamente disegnato, lei ribatté: «Questa conversazione dovrebbe condurre da qualche parte, milord?».

«Vi voglio, Pel» le confidò lui a bassa voce. «Disperatamente. Una semplice relazione non potrebbe bastarmi. Il matrimonio, tuttavia, andrà bene.»

Una risata lieve e roca si levò lentamente nell'aria. «Oh, Gray. Adoro il vostro senso dell'umorismo, lo sapete. È difficile trovare uomini così deliziosamente imperturbabili nella loro immoralità.»

«E purtroppo è difficile trovare una creatura sensuale come voi, mia cara Isabel. Anzi, ho paura che siate alquanto unica, e quindi insostituibile per le mie esigenze.»

Lei gli lanciò uno sguardo in tralice. «Avevo l'impressione che teneste a quell'attrice, quella carina che non riesce a ricordare le battute.»

Gerard sorrise. «Sì, in effetti.» Anne non sarebbe stata in grado di recitare nemmeno per salvarsi la vita. Il suo talento lo riservava ad altre attività, molto più carnali.

«E onestamente, Gray, siete troppo giovane per me. Io ho ventisei anni, sapete. E voi avete...» Lo scrutò stringendo gli occhi. «Be', siete un uomo piacevole, ma...»

«Ho ventidue anni, e potrei sbattervi per bene, Pel, non dubitatene. Tuttavia avete frainteso. Ho un'amante. Due, in realtà, e voi avete Markham...»

«Sì, e non sono ancora stanca di lui.»

«Tenetevelo, non ho obiezioni.»

«Sono sollevata di avere la vostra approvazione» gli disse lei in tono asciutto, e poi rise di nuovo, un suono che a Gray era sempre piaciuto. «Siete completamente pazzo.»

«Di voi, Pel, senza dubbio. Lo sono da sempre.»

«Ma non avete voglia di venire a letto con me.»

Lui le rivolse uno sguardo di apprezzamento, soffermandosi sul rigonfiamento dei seni al di sopra del corpetto scollato. «Non ho mai detto questo. Voi siete una bella donna, e io sono un uomo dai sani appetiti. Tuttavia, poiché saremo uniti in matrimonio, quando ci verrà voglia di andare a letto insieme, non sarà certo un problema, no? Abbiamo davanti tutta la vita per fare quel passo, se decideremo che potrà essere divertente per entrambi.»

«Siete ubriaco?» domandò lei, aggrottando la fronte.

«No, Isabel.»

Pel si fermò, costringendolo a fermarsi a sua volta. Lo fissò e poi scosse la testa. «Se siete serio...»

«Eccoti!» esclamò qualcuno dietro di loro.

Gerard trattenne un'imprecazione al suono della voce di Markham, ma rivolse all'amico un sorriso indifferente. Il volto di Isabel era altrettanto innocente. Era veramente perfetta.

«Ti ringrazio per aver tenuto a distanza gli avvoltoi, Gray» esordì Markham gioviale, il bel viso illuminato di piacere alla vista della sua amante. «Sono stato momentaneamente distratto da qualcosa che non si è dimostrato degno del mio tempo.»

Lasciando andare la mano di Pel con uno svolazzo, Gerard rispose: «A cosa servono gli amici?».

«Dove sei stata?» ringhiò Gerard poche ore più tardi, mentre una figura incappucciata entrava nella sua camera da letto. Si fermò di scatto, e la vestaglia di seta nera gli svolazzò intorno alle gambe nude.

«Lo sai che vengo ogni volta che posso, Gray.»

Il cappuccio scivolò all'indietro, rivelando dei capelli biondo argento e un volto amato.

Gerard attraversò la stanza a grandi passi e le baciò con avidità la bocca, sollevandola da terra. «Non è abbastanza, Em» sospirò. «Nemmeno lontanamente.»

«Non posso mollare tutto per soddisfare le tue esigenze. Sono una donna sposata.»

«Non hai bisogno di ricordarmelo» brontolò Gerard. «Non me ne dimentico mai.» Le affondò il viso nel collo e respirò il suo profumo. Era così delicata e innocente, così dolce.

«Mi sei mancata.»

Emily, lady Sinclair, rise senza fiato, le labbra gonfie per i baci. «Bugiardo.» Storse la bocca mettendo il broncio. «Sei stato visto con quell'attrice ben più di una volta dopo il nostro ultimo incontro.»

«Lo sai che non significa nulla. Sei tu quella che amo.»

Avrebbe potuto spiegarle, ma lei non avrebbe capito il suo bisogno di scopare selvaggiamente, senza freni, proprio come non aveva compreso le richieste di Sinclair. Era troppo esile e sensibile per apprezzare un tale fervore. Ed era il rispetto che Gerard nutriva per lei che lo aveva spinto a cercare sfogo altrove.

«Oh, Gray» sospirò Emily, affondandogli le dita tra i capelli. «Qualche volta penso che tu ci creda veramente. Ma forse mi ami quanto è in grado di amare un uomo come te.»

«Non dubitarne mai» rispose Gerard con ardore. «Ti amo più di qualsiasi cosa, Em. Ti ho sempre amato.» Impiegò solo un attimo a toglierle la cappa, la gettò di lato e poi la condusse al letto.

La spogliò con tranquilla efficienza, anche se dentro ribolliva. Emily era il suo grande amore e avrebbe dovuto essere sua moglie! Purtroppo però lui era partito per il "Grand Tour", il viaggio in Europa che completava l'educazione dei giovani aristocratici, e al suo ritorno l'aveva trovata sposata.

Lei gli aveva detto che aveva molto sofferto quando lui l'aveva lasciata, e le erano giunte all'orecchio voci delle sue avventure amorose. Gli aveva ricordato che non le aveva mai scritto, inducendola a credere che si fosse dimenticato di lei.

Gerard sapeva bene che era stata sua madre a insinuare in lei il seme del dubbio, per poi innaffiarlo quotidianamente. Emily non valeva abbastanza ai suoi occhi: desiderava che lui sposasse una donna di rango più elevato. Così lui avrebbe fatto esattamente il contrario, per mandare a monte i suoi piani e ripagarla con la stessa moneta.

Se solo Em avesse creduto un po' di più in lui, adesso avrebbero potuto essere sposati. Quello sarebbe stato il loro talamo nuziale, e lei non avrebbe dovuto lasciarlo prima che sorgesse il sole.

La pelle chiara di Emily risplendeva come avorio alla luce della candela. Quella vista gli toglieva il fiato, come sempre.

L'aveva amata fin da quando aveva memoria. Era così bella... La sua era una bellezza diversa da quella di Pel. Pel aveva una carnalità spontanea e intensa. Em invece era più fragile e raffinata. Erano diverse, come una rosa e una margherita.

A Gerard piacevano molto le margherite.

Allungò la mano, afferrandole il piccolo seno. «Stai ancora crescendo, Em» affermò, ravvisandovi una nuova pienezza.

Lei gli coprì la mano con la propria. «Gerard» lo chiamò con la sua voce melodiosa.

Lui colse il suo sguardo amorevole, e il cuore gli si gonfiò nel petto. «Sì, amore mio?»

«Sono incinta.»

Gerard rimase a bocca aperta. Era sempre stato attento, e aveva utilizzato i profilattici. «Em, mio Dio!»

Gli occhi azzurri di Emily, quei begli occhi del colore dei fiordalisi, si riempirono di lacrime. «Dimmi, che sei felice, ti prego.»

«Io...» Deglutì a fatica. «Certo, dolcezza!» Doveva porre la domanda più ovvia. «E Sinclair?»

Lei sorrise tristemente. «Non credo che qualcuno possa dubitare che il bambino sia tuo, ma lui non lo ripudierà. Mi ha dato la sua parola. In un certo senso, è giusto. Ha lasciato la sua ultima amante per via della gravidanza.»

Con lo stomaco stretto per lo shock, Gerard la distese sul letto. Sembrava così piccola, così angelica contro il copriletto di velluto rosso sangue. Si tolse la vestaglia e si sdraiò al suo fianco.

«Vieni via con me.» Abbassò la testa e posò le labbra sulle sue, gemendo al sapore dolce di lei. Se solo le cose fossero state diverse. Se solo lei avesse aspettato... «Vieni via con me, Emily» la supplicò di nuovo. «Saremo felici insieme.»

Due lacrime scivolarono lungo le guance di Emily. «Gray, amore mio.» Gli prese il viso tra le piccole mani. «Sei un inguaribile sognatore.»

Lui sfregò il naso nell'avvallamento fragrante tra i suoi seni, spingendo la propria erezione contro il materasso nel tentativo di attenuare il desiderio. Con una volontà di ferro, controllò i propri bassi istinti. «Non puoi rifiutarmi.»

«È fin troppo vero» ansimò lei, accarezzandogli la schiena. «Se fossi stata più forte, come sarebbe stata diversa la nostra vita. Ma Sinclair... poveruomo. L'ho svergognato abbastanza.»

Gerard le premette dei baci ardenti sul ventre sodo, e pensò al bambino che vi aveva messo radici. Il cuore prese a battergli all'impazzata, quasi in preda al panico. «Che farai allora, se non mi vuoi?»

«Parto domani per il Northumberland.»

«Northumberland!» Sollevò la testa per la sorpresa. «Maledizione, perché così lontano?»

«Perché è là che Sinclair vuole andare.» Lo attirò sopra di sé, le gambe divaricate pronte ad accoglierlo. «In queste condizioni, come posso rifiutarmi?»

Sentendosi come alla deriva, Gerard si sollevò sopra di lei e fece scivolare lentamente dentro il pene, gemendo di desiderio mentre lei gli si chiudeva intorno, calda e stretta. «Ma tornerai» disse con voce rauca.

Persa nel piacere, Emily agitò la testa bionda e serrò gli occhi. «Dio, sì, tornerò.» Sentiva l'asta di Gerard pulsare dentro di lei. «Non posso vivere senza di te. E senza questo.»

Tenendola stretta, lui iniziò a spingere con delicatezza, muovendosi in modo da procurarle il massimo del piacere, frenando al contempo le proprie necessità.

«Ti amo, Em.»

«Amore mio» ansimò lei. E poi godette tra le sue braccia.

Tic.

Tic.

Isabel si svegliò con un gemito, intuendo, dal delicato colore perlaceo del cielo e dalla stanchezza, che doveva essere appena l'alba. Rimase ferma un momento, con la mente intontita, cercando di individuare ciò che aveva turbato il suo sonno.

Tic.

Passandosi le mani sugli occhi, si mise a sedere e prese la camicia da notte per coprire le proprie nudità. Gettò un'occhiata al grande orologio sulla mensola e realizzò che Markham se n'era andato solo due ore prima. Aveva sperato di poter dormire fino al pomeriggio, ed era ancora decisa a farlo, non appena si fosse liberata del suo recalcitrante corteggiatore. Chiunque fosse.

Tremò mentre si accostava alla finestra: erano dei sassolini che colpivano il vetro a provocare quel ticchettio fastidioso.

Sollevò il pannello di vetro e guardò giù nel giardino. Sospirò. «Se proprio devo essere disturbata» gridò «tanto vale che sia per un bello spettacolo.»

Il marchese di Grayson sorrise da sotto, i lucidi capelli castani arruffati e gli occhi azzurri cerchiati di rosso. Era senza cravatta e il collo della camicia aperto rivelava la gola dorata e qualche ciuffo di peli scuri. Gli mancava pure il panciotto, e Isabel non poté fare altro che sorridergli di rimando. Gray le ricordava così tanto Pelham la prima volta che lo aveva incontrato, nove anni addietro. Quelli erano stati momenti felici, per quanto di breve durata.

«O Romeo, Romeo!» recitò, sedendosi sul davanzale. «Perché sei tu...»

«Oh, per favore, Pel» gemette lui, interrompendola con quella sua risata profonda. «Mi farete entrare, vero? Fa freddo qui fuori.»

Scosse la testa. «Gray, se vi apro la porta, entro l'ora di cena lo saprà tutta Londra. Andate via, prima che qualcuno vi veda.»

Lui incrociò con fare ostinato le braccia nerborute: la giacca nera sembrava sul punto di strapparsi, tanto era tesa sulle ampie spalle. Grayson era così giovane, aveva il volto ancora liscio di un ragazzo, e per molti aspetti lo era. Pelham aveva la stessa età, quando l'aveva portata via con sé, a diciassette anni.

«Non me ne vado, Isabel. Dunque è meglio che mi facciate entrare, prima che mi renda ridicolo.»

Si capiva dalla mascella caparbiamente serrata che era serio. Be', serio quanto poteva esserlo un uomo come lui.

«Andate sul retro» si arrese lei. «Qualcuno vi aprirà.»

Si alzò dal davanzale, indossò la vestaglia di raso e passò nel suo boudoir, dove aprì le tende per far filtrare la luce, ora di un tenue rosa.

Quella stanza, decorata in delicate tonalità di avorio e oro brunito, con sedie e chaise longue dai bordi dorati, e tendaggi con le nappe, era la sua preferita. Ma non era la combinazione rilassante dei colori quello che più le piaceva. Il merito andava all'unica macchia di colore della camera: il grande ritratto di Pelham che ornava la parete di fondo.

Ogni giorno contemplava quel ritratto e lasciava che il proprio dolore affiorasse in superficie. Il conte, naturalmente, rimaneva insensibile a tutto ciò, con la bocca incurvata nel sorriso seducente che l'aveva convinta a sposarlo. Quanto lo aveva amato, adorato addirittura, come solo una giovane sposa poteva fare. Pelham era stato tutto per lei, finché, alla serata musicale di lady Warren, aveva udito due donne sedute dietro di lei discutere delle prodezze carnali di suo marito.

Al ricordo serrò la mascella, e tutto l'antico risentimento riaffiorò. Erano trascorsi quasi cinque anni da quando Pelham aveva avuto il fatto suo in un duello per un'amante, ma lei ancora soffriva per il tradimento e l'umiliazione patiti.

Dalla porta venne un bussare lieve. Isabel rispose di entrare, e il volto accigliato del suo maggiordomo, vestitosi in tutta fretta, fece capolino dalla soglia.

«Milady, il marchese di Grayson vorrebbe avere un attimo del vostro tempo.» Si schiarì la gola. «All'entrata posteriore.»

Isabel trattenne un sorriso: il suo cattivo umore svanì al pensiero di Grayson, altezzoso e arrogante come solo lui sapeva essere, in attesa semisvestito di fronte all'ingresso di servizio. «Fatelo entrare.»

Un'impercettibile contrazione di un sopracciglio grigio fu l'unico segno di sorpresa da parte del domestico.

Mentre questi andava a prendere Gray, lei accese le luci nella stanza. Signore, era esausta. Sperava che si trattasse di una faccenda veloce, qualsiasi cosa fosse. Ripensando alla loro strana conversazione precedente, si chiese se il marchese avesse bisogno di aiuto. Forse era un po' tocco.

Certo, i loro rapporti erano stati sempre amichevoli, ed erano più che semplici conoscenti, ma non più di quello. Isabel andava d'accordo con gli uomini. Dopo tutto, le piacevano abbastanza. Ma lei e lord Grayson si tenevano a rispettosa distanza, a causa della sua storia con Markham, il migliore amico di lui. Una relazione a cui Isabel aveva posto termine solo poche ore prima, quando il bel visconte le aveva chiesto di sposarlo per la terza volta.

In ogni caso, nonostante la bellezza non comune di Gray riuscisse sempre a frastornarla per un momento, non nutriva alcun interesse per lui. Era Pelham fatto e finito: un uomo troppo egoista ed egocentrico per mettere da parte i propri bisogni per qualcun altro.

La porta si spalancò alle sue spalle, sorprendendola, e lei si voltò trovandosi di fronte un uomo alto e possente. Gray l'afferrò per la vita, e la fece piroettare in aria, producendosi in una delle sue sonore risate. Una risata che asseriva che quell'uomo non aveva mai avuto un pensiero al mondo.

«Gray!» protestò lei, premendogli le mani contro le spalle. «Mettetemi giù.»

«Cara, Pel» esclamò lui, gli occhi accesi. «Questa mattina ho ricevuto la più meravigliosa delle notizie. Sto per diventare padre!»

Isabel sbatté le palpebre, cominciando ad avere le vertigini per la mancanza di sonno e le giravolte.

«Ho pensato che voi foste l'unica persona sulla terra che potesse essere felice per me. Tutti gli altri sarebbero inorriditi. Per favore sorridete, Pel. Congratulatevi con me.»

«Lo farò, se mi mettete giù.»

Il marchese la mise a terra e fece un passo indietro, in attesa.

Lei rise per la sua impazienza.

«Congratulazioni, milord. Posso conoscere il nome della fortunata che sta per diventare la vostra sposa?»

La gioia che brillava negli occhi azzurri di Gerard si offuscò, ma non il suo affascinante sorriso. «Be', quella sareste ancora voi, Isabel.»

Scrutandolo, lei tentò di intuire cosa volesse, ma non ci riuscì. Gli indicò una sedia e si accomodò a sua volta.

«Siete davvero molto bella con i capelli scompigliati dal sesso» osservò Gray. «Posso capire perché i vostri amanti rimpiangano la perdita di una tale vista.»

«Lord Grayson!» Isabel si passò una mano sulle lunghe

trecce disordinate. La moda attuale imponeva i riccioli corti, ma lei preferiva i capelli lunghi, come pure i suoi amanti.

«Per favore, spiegatemi il motivo della vostra visita. È stata una lunga notte e io sono stanca.»

«È stata una lunga notte anche per me, non sono ancora andato a dormire. Ma...»

«Potrei suggerirvi di fare una bella dormita sopra questa vostra idea impetuosa? Una volta riposato, potreste vedere le cose in modo differente.»

«Non lo farò» disse lui ostinato, girandosi per cingere con un braccio lo schienale di una sedia, una posa che riusciva a essere voluttuosa nella sua naturalezza. «Ci ho pensato su. Ci sono così tanti motivi per i quali saremmo perfetti l'uno per l'altra.»

Isabel sbuffò. «Gray, non avete idea di quanto siate in errore.»

«Ascoltatemi, Pel. Ho bisogno di una moglie.»

«E io non ho bisogno di un marito.»

«Ne siete sicura?» le chiese, inarcando un sopracciglio. «Credo invece che ne abbiate bisogno.»

Isabel incrociò le braccia e si sistemò meglio sulla chaise longue. Pazzo o no, era interessante.

«Ah, sì?»

«Rifletteteci. So che vi affezionate abbastanza ai vostri amanti, ma alla fine dovete sempre lasciarli, e non per colpa della noia. Non siete il tipo di donna che si annoia facilmente. No, dovete lasciarli perché s'innamorano di voi, e poi vogliono di più. Vi rifiutate di accogliere uomini sposati nel vostro letto, quindi tutti i vostri amanti sono liberi e tutti vogliono sposarvi.» Fece una pausa. «Ma se foste già sposata...» Gray lasciò la frase in sospeso.

Lei lo fissò, poi sbatté le palpebre. «E voi che cosa diavolo ci guadagnereste da un matrimonio del genere?»

«Io guadagnerei molto, Pel. Sarebbe un grande affare. Mi libererei delle debuttanti in cerca di matrimonio, le mie amanti capirebbero che non otterrebbero altro da me, mia madre...» Rabbrividì. «Mia madre la pianterebbe di assillarmi perché mi sposi, e io avrei una moglie che non è solo affascinante e intelligente, ma anche priva di stupide fantasie sull'amore, il dovere e la fedeltà.»

Per qualche strano e inspiegabile motivo, Isabel trovò che lord Grayson le piaceva. A differenza di Pelham, Gray non stava riempiendo la testa a una povera bambina con dichiarazioni di eterno amore e devozione. Non stava offrendo un vincolo coniugale a una ragazza che si sarebbe potuta innamorare e sarebbe stata ferita dalle sue tresche. Ed era entusiasta di avere un figlio bastardo, il che lasciava pensare che avesse intenzione di provvedere al piccolo.

«Che mi dite dei figli, Gray? Io non sono giovane, e voi dovete avere un erede.»

Lui esibì il suo famoso sorriso conturbante. «Non preoccupatevi, Isabel. Ho due fratelli più giovani, uno dei quali è già sposato. Avranno dei figli, se noi dovessimo trascurare il compito.»

Isabel soffocò una risatina. Possibile che potesse prendere in considerazione quell'idea così ridicola...?

Ma aveva appena detto addio a Markham, per quanto quella rottura l'addolorasse. Il visconte era pazzo di lei, poverino, e lei lo aveva egoisticamente legato a sé per quasi due anni. Era ora che si trovasse una donna degna di lui. Una che potesse amarlo come lei non poteva. La sua capacità di provare quell'emozione era morta insieme a Pelham su un campo all'alba.

Guardando di nuovo il ritratto del conte, Isabel si detestò per aver inflitto quel dolore a Markham. Era un uomo buono, un amante tenero e un grande amico. Era anche il terzo uomo a cui aveva spezzato il cuore per il suo bisogno di contatto fisico e di sfogo sessuale.

Pensava spesso a lord Pearson, e a quanto il suo abbandono lo avesse distrutto emotivamente. Era stanca di avere a che fare con il dolore, e spesso si rimproverava di causarlo ad altri, ma sapeva che avrebbe continuato così. Non si sarebbe negata l'umano bisogno di compagnia.

Gray aveva ragione. Forse, se fosse stata sposata, avrebbe potuto godere di un vero sodalizio sessuale con un uomo senza che lui sperasse in qualcosa di più. E non avrebbe mai dovuto preoccuparsi che Gray si innamorasse di lei, questo era certo. Aveva professato di amare una donna, pur mantenendo una sfilza costante di cortigiane. Come per Pelham, la costanza e la capacità di amare profondamente erano al di là delle sue capacità.

Ma lei poteva abbandonarsi a una simile infedeltà dopo aver sperimentato il dolore che causava?

Il marchese si sporse in avanti e le prese le mani. «Ditemi di sì, Pel.» I suoi favolosi occhi blu la imploravano, e lei sapeva che a Gray non sarebbe mai importato delle sue relazioni. Era troppo occupato con le proprie. Quello era solo un accordo, niente di più.

Forse fu la spossatezza che bloccò la sua capacità di riflettere ponderatamente, ma nel giro di due ore, Isabel si ritrovò nella carrozza di Grayson in viaggio per la Scozia.

Sei mesi dopo

«Isabel, un attimo del tuo tempo, per favore.»

Gerard osservò la soglia deserta finché la forma sinuosa della moglie, che era appena passata, non vi apparve di nuovo.

«Sì, Gray?» Isabel entrò nel suo studio sollevando un sopracciglio con fare interrogativo.

«Sei libera venerdì sera?»

Lei gli scoccò uno sguardo di finto rimprovero. «Lo sai che sono disponibile ogni volta che hai bisogno di me.»

«Grazie, donna.» Si appoggiò allo schienale della sedia e sorrise. «Sei troppo buona con me.»

Isabel si sedette sul divano. «Dove siamo attesi?»

«A una cena dai Middleton. Ho accettato di incontrarmi con lord Rupert da loro, ma Bentley oggi mi ha informato che lady Middleton ha invitato anche i Grimshaw.»

«Oh.» Isabel arricciò il naso. «Crudele da parte sua invitare la tua amante e il marito a un evento a cui parteciperai anche tu.»

«Abbastanza» concordò Gerard, alzandosi e aggirando la scrivania per prendere posto accanto a lei.

«Quel sorriso è così malvagio, Gray. Dovresti davvero sforzarti di evitarlo.»

«Non ci riesco.» Le cinse le spalle con un braccio e se l'attirò vicino, respirando l'esotico profumo floreale che gli era così familiare e allo stesso tempo eccitante. «Sono il più fortunato degli uomini, e sono abbastanza intelligente da saperlo. Riesci a immaginare quanti vorrebbero avere una moglie come la mia?»

Lei rise. «Rimani comunque un uomo piacevolmente e sfacciatamente privo di vergogna.»

«E questo ti piace. Il nostro matrimonio ti ha reso famosa.»

«Intendi "famigerata"» replicò seccamente Isabel. «La donna matura affamata del vigore di un uomo più giovane.»

«Affamata di me.» Le sfiorò un ricciolo fiammeggiante che le sfuggiva dall'acconciatura. «Mi piace come suona.»

Un delicato colpo alla porta aperta li fece voltare entrambi.

«Sì?» domandò Gerard, contrariato per essere stato interrotto durante un raro momento di intimità con la moglie.

Era così spesso occupata a ricevere le amiche per il tè e con un'infinità di altre sciocchezze femminili che difficilmente lui aveva la possibilità di godersi la sua vivace conversazione. Pel era sì famigerata, ma era anche indiscutibilmente affascinante, e adesso era la marchesa di Grayson. La società poteva spettegolare su di lei, ma non le avrebbe mai chiuso le porte.

«È arrivato un corriere speciale, milord.»

Gerard tese la mano con impazienza. Non appena vide la grafia familiare sulla missiva, fece una smorfia.

«Dio, che faccia!» gli disse la moglie. «Ti lascio alla lettura.»

«No.» La tenne giù premendole il braccio sulla spalla. «È della vedova, mia madre, e quando avrò terminato di leggerla avrò bisogno che mi tiri su di morale, come solo tu sai fare.»

«Come desideri. Se vuoi che resti, lo farò. Devo uscire solo tra qualche ora.»

Sorridendo al pensiero del tempo che avrebbero condiviso, Gerard aprì la lettera.

«Vogliamo giocare a scacchi?» suggerì lei con un sorriso malizioso.

Gerard rabbrividì platealmente. «Sai quanto detesto quel gioco. Pensa a qualcosa che mi faccia venire meno sonno.»

Volgendo la propria attenzione alla lettera, la scorse velocemente. Però quando giunse a un certo punto, rallentò la lettura e cominciarono a tremargli le mani. Sua madre non gli aveva mai scritto senza un motivo preciso, ed era ancora furiosa con lui perché aveva sposato la famigerata lady Pelham:

> ... un peccato che il bambino non sia sopravvissuto al parto. Ho sentito che era un maschio. Paffuto e ben formato, con una criniera scura di capelli, a differenza dei genitori, entrambi biondi.
>
> Lady Sinclair era troppo esile, ha dichiarato il dottore, e il bambino troppo grosso. Lei ha perso sangue per ore. Uno spettacolo orribile, a quanto mi è stato riferito...

A Gerard mancò il fiato. Le tremende parole splendidamente vergate sulla pagina si confusero finché non riuscì più a leggere.

Emily.

Il petto gli bruciava, e sobbalzò sorpreso sentendo che Isabel gli batteva sulla schiena.

«Respira dannazione!» gli ordinò lei con voce ansiosa, ma piena di autorità. «Che diavolo dice? Dammela.»

La mano gli cedette lasciando cadere i fogli, che si sparpagliarono sul tappeto Aubusson.

Avrebbe dovuto essere con Em. Quando Sinclair gli aveva rispedito le sue lettere, ancora sigillate, avrebbe dovuto fare di più che limitarsi a mandarle dei saluti di seconda mano da un amico. Conosceva Em da tutta la vita. Era la prima ragazza che aveva baciato, la prima a cui aveva regalato fiori e alla quale aveva scritto una poesia. Non riusciva a ricordare un momento in cui quell'angelo dai capelli dorati non avesse fatto parte della sua esistenza.

E ora se n'era andata, per sempre, uccisa dalla sua lussuria e dal suo egoismo. La cara, dolce Emily, che avrebbe meritato molto di più di quanto le aveva dato.

Udì un debole mormorio nelle orecchie e pensò potesse essere Isabel, che gli stringeva forte una mano nelle sue. Si girò e le appoggiò la guancia contro il petto, e poi pianse.

Pianse finché il corpetto di Isabel non fu fradicio, e le mani che gli accarezzavano le spalle cominciarono a tremare dalla preoccupazione.

Pianse finché non riuscì più a piangere, e per tutto il tempo si odiò.

Non andarono mai dai Middleton. Più tardi, quella notte, Gerard fece le valigie e partì, diretto a nord.

Non fece ritorno.

1

Quattro anni dopo

«Sua Signoria è a casa, milady.»

Per molte mogli una simile affermazione non sarebbe stata degna di nota, ma non per lady Grayson; l'aveva udita così raramente da non riuscire a ricordare l'ultima volta che il suo maggiordomo l'aveva pronunciata.

Restò per un attimo ferma nell'ingresso, togliendosi i guanti prima di consegnarli a un valletto in attesa, prendendosi qualche altro momento per ritrovare il controllo di sé e accertarsi che i balzi del suo cuore impazzito non fossero visibili dall'esterno.

Grayson era tornato.

Isabel non poté fare a meno di chiedersi perché. Aveva respinto ogni sua missiva, e non le aveva mai scritto. Avendo visto la lettera della vedova, lei sapeva bene che cosa lo aveva fatto crollare, il giorno in cui aveva abbandonato Londra. Poteva immaginare il suo dolore, sapendo quanto era entusiasta e orgoglioso all'idea di diventare padre. Avrebbe voluto che Gray le permettesse di confortarlo un po' più a lungo di quell'unica ora, ma lui si era allontanato da lei, e gli anni erano passati.

Si lisciò la gonna di mussola e si portò istintivamente una mano ai capelli raccolti, poi si bloccò mormorando una maledizione. Quello era Gray: non gli sarebbe importato nulla del suo aspetto. «Nello studio?»

«Sì, milady.»

Come quel giorno.

Lei annuì e drizzò le spalle per darsi coraggio. Era pronta, almeno per quanto poteva esserlo. Salì le scale ed entrò nella prima stanza a destra. Nonostante tutti i suoi preparativi fisici e mentali, la vista del marito la colpì come un pugno. Era in piedi, di spalle, e la sua figura stagliata contro la finestra appariva più alta e decisamente più robusta. La schiena possente si affusolava in vita, e il fondoschiena splendidamente arrotondato era sorretto da lunghe gambe muscolose. Incorniciato dalle tende di velluto verde scuro, il suo fisico perfetto le tolse il respiro.

Ma l'atmosfera cupa e opprimente che lo circondava era lontana dalla spensieratezza che lei aveva sempre associato alla sua immagine. Si costrinse a prendere un altro respiro profondo prima di parlare.

Come se avesse sentito la sua presenza, Gray si girò senza darle il tempo di pronunciare una parola. Le si serrò la gola. Quello non era affatto l'uomo che aveva sposato.

Si guardarono, rimanendo entrambi immobili. Erano passati solo pochi anni, eppure sembravano una vita intera. Grayson non appariva più un ragazzo, nemmeno a voler fare uno sforzo di immaginazione. Il suo volto aveva perso ogni pur debole residuo di gioventù, e il tempo aveva lasciato il segno nelle rughe di espressione che gli circondavano la bocca e gli occhi. Non rughe di contentezza, a quanto pareva. Rughe provocate dal cipiglio, dal dolore. L'azzurro brillante delle sue iridi, che aveva fatto innamorare molte donne, era adesso di una tonalità più profonda, più scura. Quegli occhi non sorridevano più, e sembravano aver visto molte più cose di quanto fosse possibile in soli quattro anni.

Isabel si portò una mano al corsetto, cercando di controllare il rapido sollevarsi e abbassarsi del proprio petto.

Gray prima era bello. Ora non c'erano parole per descriverlo. Isabel cercò di controllare il respiro e combatté contro un improvviso, disperato attacco di panico. In passato sapeva benissimo come gestire il ragazzo che aveva sposato, ma questo... questo *uomo* non era addomesticabile. Se lo avesse incontrato ora per la prima volta, se ne sarebbe tenuta ben alla larga.

«Salve, Isabel.»

Anche la sua voce era cambiata. Era più profonda adesso, un po' roca.

Lei non aveva idea di cosa dirgli.

«Non sei cambiata per niente» mormorò lui avvicinandosi. La sfrontatezza del suo portamento di un tempo era scomparsa, sostituita da quella sicurezza che si acquisisce dopo aver attraversato l'inferno ed esserne usciti.

Inspirando profondamente, Isabel venne sopraffatta da un profumo familiare. Un po' più speziato, forse, ma sapeva comunque di Gray. Guardando il suo volto impassibile, non poté fare altro che scrollare le spalle.

«Avrei dovuto scrivere» disse lui.

«Sì, avresti dovuto» concordò Isabel. «Non solo per avvertirmi della tua intenzione di venire a trovarmi, ma prima, se non altro per dirmi che stavi bene. Ero preoccupata per te, Gray.»

Lui le indicò con la mano una sedia e lei vi si lasciò cadere con gratitudine. Mentre si accomodava sul divano di fronte a lei, Isabel notò il suo abbigliamento bizzarro. Benché indossasse un completo formale, con giacca e panciotto, si trattava di indumenti semplici, di materiali comuni. Qualunque cosa avesse fatto negli ultimi anni, a quanto pareva non comportava la necessità di seguire l'ultima moda.

«Mi scuso per averti fatto preoccupare.» Un angolo della bocca si sollevò verso l'alto in una debole imitazione del suo vecchio sorriso. «Ma non potevo dirti che stavo bene, quando era ben lontano dal vero. Non sopportavo le lettere, Pel. Non perché erano tue. Per anni ho evitato anche la sola vista della corrispondenza. Ma ora...» Fece una pausa e serrò la mascella, con apparente determinazione. «Non sono in visita.»

«Davvero?» Isabel sussultò. Il loro antico cameratismo era svanito. Invece di sentirsi a suo agio con lui, come accadeva un tempo, ora la sua presenza la rendeva decisamente nervosa.

«Sono venuto a vivere qui. Se riuscirò a ricordare come si fa.»

«Gray...»

Lui scosse la testa, facendo ondeggiare leggermente i capelli, appena più lunghi di quanto richiedesse la moda. «Non compatirmi, Isabel. Non lo merito. Anzi, non lo desidero.»

«Che cosa vuoi allora?»

Lui incrociò direttamente il suo sguardo. «Voglio un sacco di cose, ma soprattutto voglio compagnia. E voglio esserne degno.»

«Degno?» Isabel si accigliò.

«Ero un amico orribile, come la maggior parte delle persone egoiste.»

Isabel si fissò le mani e notò la fede d'oro, simbolo del suo impegno per la vita con un vero e proprio estraneo. «Dove sei stato, Gray?»

«A fare il punto della situazione.»

Così non aveva intenzione di dirglielo. «Molto bene, dunque. Che cosa vuoi da me?» Sollevò il mento. «Come posso esserti d'aiuto?»

«In primo luogo, ho bisogno di essere presentabile.» Gray fece un gesto vago con la mano, indicando se stesso. «Inoltre dovrò informarmi sugli ultimi *on dit*. Ho letto i giornali, ma noi due sappiamo bene che raramente il pettegolezzo è la verità. E soprattutto, avrò bisogno della tua assistenza.»

«Non sono certa di poterti essere molto d'aiuto, Gray» gli rispose con onestà Isabel.

«Me ne rendo conto.» Gray si alzò e le andò vicino. «Le voci che circolano sono state ingenerose con te in mia assenza, ed è il motivo per cui sono tornato. Che razza di uomo sono, se non sono in grado di prendermi cura di mia moglie?» Si abbassò, rannicchiandosi accanto a lei. «Ti chiedo molto, Pel, lo so. Non è quello che avevi accettato di fare quando abbiamo stretto il nostro patto. Ma le cose sono cambiate.»

«*Tu* sei cambiato.»

«Dio, posso solo sperare che sia vero.»

Gray le prese le mani, e lei le sentì ruvide e callose contro la punta delle dita. Guardò in basso e vide la pelle scurita dal sole e arrossata dal lavoro. Quelle mani contrastavano con le sue, piccole e bianche, come la notte e il giorno.

Le diede una stretta delicata. Isabel sollevò lo sguardo e rimase nuovamente sbalordita dall'avvenenza dei suoi tratti.

«Non ti costringerò, Pel. Se vuoi continuare a vivere la tua vita come stai facendo, rispetterò la tua decisione.» Quel leggero accenno del sorriso che ricordava trasparì di nuovo. «Ma ti avverto, non mi farò scrupolo di supplicarti. Ti devo molto, e sono abbastanza determinato.»

Fu quel breve accenno del vecchio Gray a rassicurarla. Sì, il guscio esterno era cambiato, e forse era molto diverso anche all'interno, ma gli era rimasto qualcosa dell'ammaliatore impenitente che lei conosceva. Per il momento, era sufficiente.

Isabel sorrise, e il suo sollievo era tangibile. «Cancellerò i miei impegni per questa sera e metteremo a punto una strategia.»

Grayson scosse la testa. «Ho bisogno di organizzarmi e di familiarizzare con il fatto di essere di nuovo a casa. Divertiti questa sera. Ben presto sarò un fardello per te.»

«Ti andrebbe di prendere il tè insieme, tra un'ora o poco più?» Forse allora sarebbe riuscita a farsi raccontare qualcosa di ciò che aveva fatto mentre era via.

«Volentieri.»

Si mise in piedi, e lui si alzò a sua volta.

Cielo, se era alto! Lo era sempre stato? Non riusciva a ricordarselo. Cercando di nascondere la sorpresa, Isabel si voltò verso la porta, ma si accorse che lui le teneva ancora una mano.

Imbarazzato, Gray la lasciò andare con una scrollata di spalle. «Ci vediamo tra un'ora, Pel.»

Gerard attese che Isabel lasciasse la stanza prima di accasciarsi sul divano con un gemito. Da quando se n'era andato, l'insonnia lo aveva tormentato costantemente. Avendo bisogno dello sfinimento fisico per poter dormire, si era messo a lavorare i campi delle sue molte proprietà e in tal modo si era abituato a dolori muscolari e acciacchi. Ma non si era mai sentito così intorpidito come ora. Non si era reso conto di quanto fosse teso finché non era rimasto solo e la seducente fragranza floreale lasciata da sua moglie si era dissipata.

Isabel era sempre stata così bella? Non riusciva a ricordarselo. Certo, nei suoi pensieri aveva usato la parola "bella" per descriverla, ma la realtà era ben al di là delle parole. I suoi capelli erano più accesi, gli occhi più brillanti, la pelle più splendente di quanto lui ricordasse.

Negli ultimi anni l'aveva chiamata "mia moglie" centinaia di volte, quando pagava i suoi conti e si occupava di questioni che la riguardavano. Tuttavia, fino a oggi non aveva mai effettivamente associato l'appellativo con il volto e il corpo di Isabel Grayson.

Gerard si passò una mano tra i capelli, e si domandò se fosse stato sano di mente quando aveva stretto quell'accordo matrimoniale con lei. Nel momento in cui Pel era entrata nella stanza, tutto l'ossigeno ne era stato risucchiato fuori. Come mai lui non aveva mai notato quell'effetto? Non aveva mentito quando le aveva detto che sembrava la stessa. Ma lui l'aveva *vista* per la prima volta. L'aveva vista davvero. D'altronde, negli ultimi due anni aveva cominciato a vedere un gran numero di cose alle quali prima era cieco.

Come quella stanza.

Si guardò intorno e fece una smorfia. Verde scuro con una pannellatura in noce scuro.

Che diavolo aveva in mente quando aveva scelto quei colori? Un uomo non poteva esaminare i conti correttamente in quel posto così lugubre. E la lettura era fuori questione.

E chi aveva tempo per leggere quando c'erano alcolici da bere e donne da corteggiare?

Le convinzioni della sua giovinezza tornarono a schernirlo.

Alzandosi in piedi, Gerard si diresse verso gli scaffali e ne prese qualche volume a caso. Tutti quelli che apriva scricchiolavano. Nessuno di loro era mai stato letto.

Che tipo di uomo si circondava di bellezza e vita, per poi non dedicare mai un momento ad apprezzare nulla di tutto ciò?

Pieno di disgusto per se stesso, si sedette alla scrivania e si dedicò a scrivere un elenco delle cose che voleva cambiare. In poco tempo riempì diversi fogli.

«Milord?»

Alzò la testa per guardare il lacchè sulla soglia.

«Sì?»

«Sua Signoria chiede di voi. Vuole sapere se avete deciso per il tè.»

Gerard guardò l'orologio, sorpreso, si scostò dalla scrivania e si alzò. «In sala da pranzo o in salotto?»

«Sua Signoria è nel boudoir, milord.»

Di nuovo gli si tese ogni muscolo. Come poteva aver dimenticato anche quello? Gli piaceva sedere in quel monumento alla femminilità e osservarla prepararsi per le sue serate. Mentre saliva le scale, pensò a tutto il tempo che avevano trascorso insieme e si rese conto che era stato pieno di discorsi insignificanti. Ma sapeva che la sua compagnia gli piaceva, e che era stata una confidente per lui.

Ora aveva proprio bisogno di un'amica, dal momento che non ne aveva più. Decise che avrebbe ritrovato l'amicizia che una volta aveva condiviso con la moglie, e con quell'aspettativa in mente, alzò la mano e bussò alla sua porta.

Isabel fece un respiro profondo sentendolo bussare e poi gli disse di entrare. Gray si fermò sulla soglia, un momento di esitazione che non aveva mai avuto in precedenza. Lord Grayson non aspettava mai. Scattava in azione nel momento stesso in cui pensava qualcosa, il che era la ragione per cui spesso finiva nei guai.

La fissò a lungo e intensamente. Abbastanza perché Isabel rimpiangesse la decisione di riceverlo in vestaglia.

Era rimasta a chiedersi se fosse appropriato per quasi mezz'ora, e alla fine aveva concluso che doveva comportarsi il più possibile come faceva un tempo.

Certo, più velocemente avessero ritrovato la loro routine abituale, meglio sarebbe stato per entrambi.

«Credo che l'acqua sia fredda, ormai» mormorò, allontanandosi dal tavolo dorato della toeletta per sedersi sulla chaise longue. «D'altronde sono sempre stata io quella che beveva il tè.»

«Io preferivo il brandy.»

Chiuse la porta, lasciandole il tempo di assaporare il suono della sua voce. Per la prima volta Isabel notò che era lievemente roca e ne rimase sconcertata, non avendolo mai notato prima.

«Ce l'ho qui.» Fece un gesto verso il tavolino basso dove si trovavano un servizio da tè di porcellana, un decanter con del brandy e un bicchiere.

La bocca di Gray si schiuse in un lento sorriso. «Pensi sempre a me. Grazie.» Si guardò intorno. «Sono lieto di trovare la stanza esattamente come la ricordavo. Con le pareti e il soffitto drappeggiati di raso bianco, ho sempre avuto l'impressione di trovarmi in una tenda quando ero qui.»

«Questo era l'effetto che volevo» gli rispose lei rilassandosi contro il basso schienale e piegando le gambe sul sedile.

«Davvero?»

Gerard le si sedette di fronte, circondando con il braccio lo schienale del divano. Isabel non poté fare a meno di ricordare che era solito fare lo stesso gesto cingendole le spalle. All'epoca non ci aveva fatto molto caso. Si trattava semplicemente di una dimostrazione della consueta esuberanza di Grayson.

E poi, all'epoca lui non era così ben messo.

«Perché una tenda, Pel?»

«Non hai idea di quanto tempo ho aspettato che me lo chiedessi» ammise lei con una risatina smorzata.

«Perché, non te l'ho mai chiesto prima?»

«Non parlavamo di queste cose.»

«No?» I suoi occhi ridevano di lei. «Di cosa parlavamo allora?»

Si spostò per versargli il brandy, ma lui scosse la testa.

«Parlavamo di te, Gray.»

«Di *me*?» le domandò con le sopracciglia inarcate. «Di sicuro non tutto il tempo.»

«Quasi tutto il tempo.»

«E quando non parlavamo di me?»

«Be', allora parlavamo delle tue amanti.»

Gray fece una smorfia e lei rise, ricordando quanto si divertiva a chiacchierare con lui. Quindi notò la maniera in cui la guardava, come se non riuscisse a capire niente di lei. La sua risata si spense.

«Ero davvero odioso, Isabel. Come hai fatto a sopportarmi?»

«Mi piacevi molto» rispose lei con sincerità. «Non c'è mai stato bisogno di fare supposizioni con te. Dicevi sempre esattamente quello che avevi in mente.»

Lui guardò la parete alle sue spalle. «Hai ancora il ritratto di Pelham» osservò. Tornò a guardarla. «Lo amavi così tanto?»

Isabel si voltò e scrutò il dipinto dietro di lei. Tentò con forza di riesumare qualche traccia dell'amore che un tempo aveva provato per il marito, ma il suo risentimento era troppo profondo. «Sì. Ora mi ricordo appena quella sensazione, ma una volta lo amavo disperatamente.»

«È per questo che eviti di impegnarti, Pel?»

Si girò nuovamente verso di lui con le labbra serrate. «Tu e io non discorrevamo nemmeno di cose personali.»

Gray tolse il braccio dallo schienale e si sporse in avanti, appoggiando le mani sulle ginocchia. «Adesso non potremmo essere amici migliori di quanto non lo fossimo un tempo?»

«Non sono certa che sarebbe saggio» sussurrò lei, guardando ancora una volta la fede nuziale.

«Perché no?»

Isabel si alzò e si avvicinò alla finestra, volendo mettere un po' di distanza tra sé e l'intensità del marito.

«Perché no?» le chiese nuovamente, seguendola. «Hai altri amici più stretti con cui condividere i tuoi pensieri?»

Le mise le mani sulle spalle, e ci volle solo un attimo perché il suo tocco le scaldasse la pelle, e il suo profumo le invadesse le narici.

«È troppo chiederti di aggiungere tuo marito alla lista dei tuoi amici fidati?»

«Gray» sospirò Isabel, col cuore che batteva forte per l'angoscia. Le sue dita inquiete sfiorarono il raso increspato accanto alla cornice della finestra. «Non ho amici del genere che intendi tu. E pronunci la parola "marito" con un significato che non le abbiamo mai dato.»

«Che mi dici del tuo amante, allora?» insistette. «Lui conosce i tuoi pensieri?»

Isabel cercò di allontanarsi, ma lui la trattenne.

«Perché una tenda, Pel? Puoi dirmi almeno questo?»

Lei rabbrividì nel sentire il respiro di lui contro la nuca. «Mi piace immaginare che sia una parte di una carovana.»

«Una fantasia?» Le grandi mani di Gray le scivolarono lungo le braccia. «C'è uno sceicco in questa fantasia? Ti rapisce?»

«Milord!» protestò lei, allarmata per il sensuale formicolio che il suo tocco le provocava sulla pelle. Non c'era modo di ignorare il rigido corpo maschile che la bloccava. «Cosa vuoi, Gray?» gli domandò con la bocca asciutta. «Hai deciso improvvisamente di cambiare le regole?»

«E se così fosse?»

«Ci separeremmo, e la nostra amicizia sarebbe rovinata. Tu e io non siamo il tipo di persone capaci di amare per sempre.»

«Come fai a sapere che tipo di uomo sono?»

«So che avevi un'amante mentre professavi di amare un'altra.»

Lui le premette le labbra calde sulla gola e Isabel chiuse gli occhi a quella carezza seducente.

«Hai detto che sono cambiato, Isabel.»

«Nessun uomo cambia così tanto. E comunque, io... io ho qualcuno.»

Gray la fece voltare verso di lui. Le mani che le circondavano i polsi erano calde, e il suo sguardo ancora più caldo. Signore, lei conosceva quello sguardo. Era lo stesso con cui Pelham l'aveva fatta cadere ai suoi piedi, lo sguardo che lei si era assicurata nessuno dei suoi amanti le rivolgesse. Passione e desiderio erano i benvenuti. Ma la brama carnale era una cosa da evitare a tutti i costi.

Quello sguardo affamato percorse il suo corpo dalla testa ai piedi. Le si indurirono i capezzoli sotto quell'esame ardente, fino a essere visibili anche attraverso l'abito. Gli occhi di lui vi si soffermarono prima di tornare a volgersi verso il suo viso, e un basso grugnito gli risuonò nella gola. Isabel socchiuse le labbra in un respiro ansimante.

«Isabel» sospirò Gray, sollevando la mano ad afferrarle il seno, il pollice che le accarezzava la punta tesa. «Non potresti darmi la possibilità di dimostrarti quanto valgo?»

Lei gemette, suo malgrado, e sentì il sangue riscaldarsi nelle vene. La bocca di Gray si abbassò sulla sua e lei piegò la testa all'indietro, in attesa.

E piena di desiderio.

Un lieve bussare alla porta spezzò il momento. Lei inciampò all'indietro, liberandosi dalla sua presa. Si coprì le labbra con le dita, premendo forte per nasconderne il tremito.

«Signora?» chiamò la cameriera dal corridoio. «Devo tornare più tardi?»

Gray aspettava, il respiro aspro, le guance arrossate. Isabel era sicurissima che se avesse mandato via la cameriera, nel giro di pochi attimi lui l'avrebbe distesa sul letto e montata.

«Vieni» disse, trasalendo alla nota di panico che lei stessa sentì nella propria voce.

Accidenti a lui! Era riuscito a fare in modo che lei lo volesse, questo suo nuovo sposo. Che lo volesse con quel desiderio che la faceva stare male, un desiderio che non pensava di poter provare di nuovo, dal momento che si riteneva troppo vecchia e troppo saggia.

Era il suo peggior incubo che prendeva vita.

Suo marito chiuse gli occhi un momento, ricomponendosi, mentre Mary entrava, andando dritta all'armadio.

«Andiamo a far compere domani, Pel?» le chiese lui con voce esasperatamente calma. «Ho bisogno di vestiti nuovi.»

Tutto quello che le riuscì fu un cenno di assenso col capo.

Grayson si esibì in un elegante inchino e si ritirò, ma la sua immagine le indugiò a lungo nella mente dopo che se n'era andato.

Gerard si avviò lungo il corridoio che conduceva alle proprie stanze, poi si fermò a riposare contro il muro coperto di damasco. Chiuse gli occhi e maledisse se stesso. Il suo piano per rinnovare i rapporti con la moglie era andato storto dal momento in cui aveva aperto la porta del boudoir.

Avrebbe dovuto essere preparato, avrebbe dovuto sapere come avrebbe reagito il suo corpo alla vista di Pel vestita di raso nero, una spalla candida scoperta mentre si sistemava sulla sedia.

Ma come poteva saperlo? Mai prima d'ora si era sentito così nei suoi confronti. Almeno, non che ricordasse. Però all'epoca dei precedenti incontri nel suo boudoir, lui era innamorato di Em. Forse era quello che l'aveva reso immune alle numerose attrattive della moglie.

Sbattendo leggermente la testa contro il muro, Gerard poté solo sperare che quel gesto servisse a farci entrare un po' di buon senso. Desiderare ardentemente la propria moglie! Gemette. Per la maggior parte degli uomini sarebbe stato giusto. Non per lui. Isabel si era spaventata del suo interesse.

Anche se non era rimasta indifferente, gli sussurrò una vocetta nella testa.

Sì, le sue arti di seduzione erano un po' arrugginite, ma non aveva dimenticato proprio tutto. Sapeva quali erano i segnali che il corpo di una donna trasmetteva quando era in preda alla bramosia.

Isabel aveva ragione di dire che loro non erano il tipo di persone capaci di amare per sempre. Dio solo sapeva quanto entrambi avessero sofferto in passato impegnandosi in relazioni del genere. Ma forse la loro non doveva essere una grande storia d'amore. Forse poteva semplicemente essere una relazione di durata indefinita. Un matrimonio basato sull'amicizia e sul fatto di condividere il letto. Pel dopotutto gli piaceva. Amava il suono della sua risata, un suono gutturale capace di scaldare un uomo. E il suo sorriso, con quell'accenno di provocazione maliziosa. Tra loro c'era una grande attrazione sessuale. Inoltre, in fondo erano sposati. Sicuramente questo gli dava un vantaggio.

Gerard si staccò dal muro e si avviò verso le sue stanze. Domani abiti nuovi, necessari per essere reintrodotto in società, e poi si sarebbe dedicato a sedurre sua moglie.

Certo, c'era la questione del suo amante.

Fece una smorfia. Quella sarebbe stata la parte più difficile. Isabel non amava gli uomini a cui si accompagnava, ma teneva moltissimo a loro ed era tremendamente leale. Conquistarla avrebbe richiesto astuzia e tempo: quest'ultimo non era un fattore di cui di solito teneva conto quando dava la caccia a una donna.

Ma si trattava di Pel, e come molti potevano testimoniare, valeva la pena aspettare.

2

«Non sembri felice, Isabel» le sussurrò in un orecchio John, conte di Hargreaves. «Forse ti andrebbe di ascoltare una barzelletta oscena? Oppure di andare a un'altra festa? Questa in effetti è terribilmente noiosa.»

Isabel sospirò dentro di sé, ma esibì un sorriso luminoso. «Se desideri che ce ne andiamo, non ho obiezioni.»

Hargreaves le poggiò la mano inguantata alla base della schiena e le fece una lieve carezza. «Non ho detto che volevo andarmene. L'ho suggerito per alleviare il tuo *ennui*.»

Al momento, lei quasi desiderò essere davvero annoiata. Avere la testa piena di sciocchezze sarebbe stato infinitamente meglio che averla piena di pensieri su Gray. Chi era l'uomo che si era trasferito nella sua casa oggi? Davvero non ne aveva idea. Sapeva solo che era un uomo tormentato da qualche pena che lei non riusciva a comprendere, perché lui non voleva condividerla. Ed era anche molto pericoloso. In quanto marito, avrebbe potuto chiederle qualsiasi cosa desiderasse, e lei non avrebbe potuto negargliela.

Nel profondo del cuore Isabel rimpiangeva il marchese di Grayson che conosceva un tempo. Il giovane Gray dalla battuta pronta e dal cinismo sfrontato. Era così semplice da gestire!

«Allora, Isabel?» la sollecitò Hargreaves.

Lei nascose la propria irritazione. John era un uomo gentile, ed era il suo amante da oltre due anni, ma non aveva mai espresso un parere, mai accennato a ciò che preferiva.

«Vorrei che decidessi tu» disse, girandosi verso di lui.
«Io?» John si accigliò, senza tuttavia togliere nulla al proprio fascino.
Hargreaves era molto bello con quel naso aquilino e gli occhi scuri. I suoi capelli neri erano ormai brizzolati sulle tempie, un tratto che comunque lo rendeva solo più attraente. Famoso spadaccino, si muoveva con la grazia sottile di chi è esperto nell'arte della scherma. Il conte era ben voluto e rispettato. Piaceva molto alle donne, e Isabel non faceva eccezione. Vedovo con due figli, non aveva bisogno di una moglie, ed era di buon carattere. Di solito Isabel apprezzava la sua compagnia, a letto, e fuori.
«Sì, tu» replicò. «Cosa preferiresti fare?»
«Qualunque cosa tu voglia» le rispose lui senza battere ciglio. «Come sempre, vivo per la tua felicità.»
«Mi farebbe felice sapere ciò che vuoi tu» ribatté Isabel.
Il sorriso di Hargreaves sbiadì. «Perché sei così irritabile questa sera?»
«Domandare la tua opinione non significa che sono irritabile.»
«Allora perché mi parli così duramente?» si lamentò lui.
Isabel chiuse gli occhi e represse la frustrazione. Si irritava con John per colpa di Gray. Guardò Hargreaves e gli prese una mano tra le sue. «Che cosa ti piacerebbe fare? Se potessimo fare qualsiasi cosa, quale ti darebbe maggior piacere?»
Il cipiglio di John scomparve e le labbra gli si incurvarono in un sorriso sensuale. Allungò la mano e le accarezzò la piccola striscia di pelle che era visibile tra la manica dell'abito e il lungo guanto. A differenza del tocco di Gray, quella carezza non la infiammò, ma le diffuse un dolce calore che Hargreaves avrebbe saputo attizzare. «La tua compagnia mi dà il piacere maggiore, Isabel. Lo sai.»
«Allora ti raggiungo a casa tua tra poco» mormorò lei.
Hargreaves se ne andò immediatamente. Isabel aspettò un po', e poi si congedò a sua volta. Durante il tragitto in carrozza verso la casa di Hargreaves rimuginò sulla propria situazione e considerò le opzioni che aveva, se ne aveva. John notò la sua preoccupazione non appena entrò in camera da letto.

«Dimmi cosa ti turba» sussurrò, mentre le toglieva il mantello.

Isabel sospirò e ammise: «Lord Grayson è tornato».

«Accidenti.» Hargreaves le girò intorno e le si mise davanti. «Cosa vuole?»

«Vivere nella sua casa, ritrovare la sua vita sociale.»

«Cosa vuole da *te*?»

Lei notò la sua preoccupazione e cercò di calmarlo. «Adesso sono qui con te, e lui è a casa. Sai com'è fatto Grayson.»

«So com'era quattro anni fa.» Si allontanò e si versò da bere. Quando le fece un cenno con il decanter in mano, lei annuì con gratitudine. «Non so come dovrei sentirmi al riguardo, Isabel.»

«Non dovresti sentirti in nessun modo. Il suo ritorno non ti tocca.» Non come toccava lei.

«Sarei uno sciocco a non pensare a cosa potrebbe succedere in futuro.»

«John.» Accettò il bicchiere che le offriva e si tolse le scarpette. Cosa poteva dire? Forse le avance che Gray le aveva fatto non erano una stranezza. Era possibile che il marito la desiderasse ancora il mattino dopo. Ma forse invece era la tensione del ritorno che lo aveva scombussolato. Poteva solo sperare che fosse così. Una donna non poteva essere obbligata a vivere con un uomo come Pelham più di una volta nella vita. «Nessuno sa cosa ci riserva il futuro.»

«Dio, Isabel. Non dire queste cose.» Trangugiò il suo bicchiere e se ne versò un altro.

«Cosa vorresti che dicessi?» chiese lei, detestando il fatto di non potergli offrire nessuna parola di conforto.

Lui posò il bicchiere con violenza, tanto che il liquido rossastro fuoriuscì dal bordo. Hargreaves lo ignorò e si avvicinò a lei.

«Voglio che tu mi dica che non ha importanza se lui è tornato.»

«Non posso.» Isabel sospirò e si sollevò in punta di piedi per baciargli la mascella contratta. Le braccia di John la circondarono e la strinsero. «Sai che non posso. Vorrei poterlo fare.»

Prendendole il bicchiere, Hargreaves lo mise sul tavolo e la spinse verso il letto. Lei scosse la testa.

«Mi rifiuti?» le domandò, evidentemente incredulo.

«Sono confusa, John, e preoccupata. Il che attenua il mio ardore. Ma non ha nulla a che fare con te. Te lo assicuro.»

«Non mi hai mai respinto. Perché sei venuta da me stasera? Per tormentarmi?»

Isabel si scostò da lui, le labbra serrate. «Le mie scuse. Non avevo idea che venissi invitata qui solo per fornicare.» Strappò la mano dalla sua e fece per andarsene.

«Pel, aspetta.» Hargreaves l'afferrò per la vita e le affondò il viso nell'incavo del collo. «Perdonami. Ti sento distante come non mai, e non lo sopporto.» La girò verso di lui. «Dimmelo sinceramente. Grayson ti vuole?»

«Non lo so.»

John fece un sospiro frustrato. «Come diavolo è possibile che tu non lo sappia, Isabel? Tu dovresti sapere meglio di chiunque altra se un uomo desidera portarti a letto o no.»

«Non l'hai visto. I suoi indumenti sono strani, grossolani e molto semplici. Dovunque sia stato, non era un luogo dove potesse socializzare. Sì, lui desidera qualcuno, John. Di questo sono certa. Ma desidera me? O una donna in generale? Questo è quello che non so.»

«Allora dobbiamo trovare un'amante a tuo marito» asserì John cupamente. «Così lascerà stare la mia.»

Lei scoppiò in una risata stanca. «Che conversazione bizzarra.»

«Lo so.» Hargreaves sorrise e le mise una mano sulla guancia. «Perché non ci sediamo e pianifichiamo una strategia, allora? Potremmo fare un elenco di tutte le donne che riteniamo possano piacere a Grayson, e invitarle a cena.»

«Oh, John.» Isabel fece il primo sorriso genuino da quando Gray era tornato. «Questa sì che è un'idea ispirata. Come ho fatto a non pensarci?»

«È per questo che ci sono io.»

Gerard leggeva il giornale del mattino davanti a un caffè, e cercava di ignorare l'ansia che sentiva. Oggi tutti l'avrebbero visto e la società avrebbe saputo che era tornato. Nel corso dei prossimi giorni le sue vecchie conoscenze sarebbero venute in visita, e lui avrebbe dovuto decidere quali amicizie rinnovare, e quali relegare nel passato.

«Buongiorno, milord.»

Alzò gli occhi al suono della voce di Isabel e inspirò rumorosamente mentre si alzava. Lei portava un abito azzurro, con il corpetto scollato che mostrava le curve generose dei seni, e la vita cinta da un nastro di un azzurro più scuro.

Il suo sguardo non incontrò direttamente quello del marito finché lui non rispose al saluto. Allora lo osservò, e riuscì a sorridere.

Pel era evidentemente nervosa: era la prima volta che la vedeva muoversi senza l'assoluta sicurezza che la caratterizzava. Lo fissò per un momento. Poi, col mento sollevato, gli si avvicinò.

Afferrò la sedia accanto alla sua e la scostò dal tavolo prima che lui riuscisse a riscuotersi e a farla accomodare. Gerard imprecò tra sé e sé. Non aveva fatto vita da recluso per quattro anni, ma era passato un bel po' di tempo dalla sua ultima relazione. Troppo.

«Gray» cominciò lei.

«Sì?» la spronò quando la sentì esitare.

«Hai bisogno di un'amante» sbottò lei.

Lui sbatté le palpebre, poi si lasciò nuovamente cadere sulla sedia, trattenendo il respiro per evitare di percepire il profumo di Pel. Un alito della sua fragranza, e avrebbe avuto un'erezione, senza dubbio. «Un'amante?»

Isabel annuì e si morse il voluttuoso labbro inferiore. «Dubito che avrai difficoltà a procurartene una.»

«No» concordò lentamente lui. Santo cielo! «Con un abbigliamento adeguato, e le giuste frequentazioni in società, posso farcela, ne sono certo.» Gerard si alzò di nuovo. Non riusciva a parlare di questo con lei. «Andiamo, allora?»

«Impaziente?» rise Isabel, e Gerard digrignò i denti a quel suono lascivo. La diffidenza che le aveva irrigidito la postura fin da quando era entrata, era sparita, lasciandosi alle spalle la vecchia Pel. Una Pel che si attendeva che lui si prendesse un'amante, e la lasciasse in pace.

«Hai mangiato di sopra, vero?» Arretrò di un passo, respirando con la bocca. Come diavolo avrebbe fatto a superare indenne il pomeriggio? O la prossima settimana, o il prossimo mese? O addirittura... maledizione!... i prossimi anni, visto quanto duravano di norma le storie della moglie.

«Sì.» Isabel si alzò. «Andiamo, dunque, Lotario. Lungi da me ritardare la scoperta del tuo prossimo amore.»

Gerard la seguì a distanza di sicurezza, ma questo non bastò a scoraggiare i suoi bassi istinti, a causa del deplorevole fatto che da dietro godeva di un'eccellente vista sui fianchi di Isabel che oscillavano dolcemente e del suo affascinante *derrière*.

Il tragitto nel landò fu meno penoso, dato che, essendo aperto, contribuì a disperdere il suo profumo di fiori esotici. E la passeggiata in Bond Street fu anche meglio: essendo continuamente osservato a bocca aperta e indicato, non ebbe più modo di pensare al proprio cazzo errabondo. Pel camminava al suo fianco, chiacchierando allegramente, il bel viso ombreggiato da un ampio cappello di paglia.

«Tutto questo è ridicolo» mormorò lui. «Si direbbe quasi che sia risorto dai morti.»

«In un certo senso è così. Te ne sei andato senza una parola, e non hai tenuto i contatti con nessuno. Ma io credo che siano solo interessati ai cambiamenti nel tuo aspetto.»

«Ho la pelle scurita dal sole.»

«Sì. Mi piace molto. Piacerà anche ad altre donne.»

Gerard si girò a guardarla mentre replicava, e si rese conto che da quella posizione aveva una magnifica vista sui suoi seni.

«Dov'è il maledetto sarto?» brontolò, frustrato oltre misura.

«Tu hai bisogno di una donna» insistette lei scuotendo la testa. «Ci siamo. Questa è la sartoria che frequentavi un tempo, vero?»

La porta si aprì verso l'interno con un dolce suono di campanella, e in pochi istanti vennero introdotti in un camerino privato. Gerard venne spogliato dei suoi abiti, che Pel ordinò di portare via con un gesto della mano, arricciando il naso. Lui rimase lì in mutandoni e rise. Finché Isabel non si voltò verso di lui. Il suo sguardo gli strinse la gola e soffocò la sua allegria.

«Santo cielo» mormorò lei, mentre gli girava intorno. Con la punta delle dita gli sfiorò l'addome. Lui trattenne un gemito. Tutta la stanza odorava come lei. Lo stava toccando in modo molto intimo.

Il sarto entrò e rimase per un momento a bocca aperta. «Pensavo di prendervi di nuovo le misure, milord.»

A quell'intrusione Isabel fece subito un passo indietro, le guance arrossate. Il sarto iniziò a lavorare e lei si riprese in fretta. Cercò di convincere il commerciante a vendere al marito alcuni capi finiti ordinati da un altro cliente.

«Sicuramente non vorrete che Sua Signoria lasci la vostra sartoria con abiti poco consoni alla sua posizione, vero?» gli domandò.

«Certo che no, lady Grayson» fu la pronta risposta. «Ma questi sono gli unici che ho, e non sono adatti a Sua Signoria. Forse però potrei adattarli allargandoli un po'.»

«Giusto. Lasciatelo più morbido» consigliò Isabel, quando il sarto gli appuntò la stoffa sulla spalla. «Vedete che spalle larghe ha. Potete togliere l'imbottitura. Prima di tutto deve sentirsi a proprio agio.»

La mano di lei gli scivolò giù per la schiena, e Gerard strinse i pugni per reprimere un brivido. Era tutt'altro che a proprio agio.

«Avete degli indumenti intimi della sua misura?» continuò lei, la voce più bassa e più roca del solito. «Questo materiale è troppo grossolano.»

«Sì» ribatté in fretta il sarto, desideroso di vendere quanto più possibile.

Gerard si sfilò la giacca e si provò i pantaloni del completo. Il sarto e Isabel gli si misero alle spalle, e lui ne fu felice. Stava tenendo a bada l'erezione solo con la forza di volontà. Non poteva evitare di sentirsi eccitato. Lo sguardo di Pel era così caldo che se lo sentiva addosso, e in più lei continuava a toccarlo e a fare apprezzamenti ammirati sul suo corpo. Era ben più di quanto un uomo potesse sopportare.

«Questi non modificateli» sussurrò Isabel, il respiro caldo contro la sua schiena nuda. La mano di lei gli circondò la curva del sedere. «Vi sentite stringere troppo qui dietro, milord?» gli domandò dolcemente, accarezzandolo. «Spero di no. Vi stanno benissimo.»

«No. Il dietro è a posto.» Poi abbassò la voce in modo che solo lei potesse sentirlo. «Ma adesso il davanti è dannatamente scomodo.»

La tenda si mosse e un assistente entrò con dei mutandoni. Gerard chiuse gli occhi, mortificato. Adesso tutti avrebbero notato le sue condizioni.

«Grazie» mormorò Isabel. «Lord Grayson ha bisogno di un momento.»

Gerard rimase sorpreso da tanta comprensione. Solo quando furono soli girò il viso verso di lei. «Te ne sono grato, Isabel.»

Gli occhi di lei erano inchiodati sulla patta dei pantaloni. Deglutì, e si strinse i mutandoni al petto. «Sarà meglio che te li togli prima di far scoppiare le cuciture.»

«Mi aiuti?» chiese lui speranzoso.

«No, Gray.» Gli porse i mutandoni, e guardò da un'altra parte. «Te l'ho detto, ho qualcuno.»

Gerard fu tentato di ricordarle che aveva anche un marito, ma non sarebbe stato giusto, considerando come l'aveva indotta al matrimonio. Egoisticamente, l'aveva chiesta in moglie solo per irritare sua madre e perché lei lo salvasse da amanti troppo ambiziose. Non si era minimamente preoccupato del fatto che lei sarebbe stata aspramente criticata se si fosse presa degli amanti senza prima dargli un erede. Questa era la conseguenza del suo narcisismo: desiderare ciò che gli apparteneva, ma che non poteva rivendicare.

Annuì, inghiottendo l'amarezza del proprio rammarico.

«Lasciami un po' di intimità, per favore.»

Lei non lo guardò mentre se ne andava.

Isabel uscì dal camerino e si chiuse la tenda alle spalle. Le tremavano terribilmente le mani, eccitata com'era dallo spettacolo del corpo perfetto di Gray che si vestiva e si spogliava.

Era un uomo nel fiore degli anni: alla potenza e all'energia della giovinezza si aggiungeva la maturità derivatagli dal duro lavoro a cui doveva essersi sottoposto negli ultimi anni. Aveva muscoli guizzanti dappertutto, e lei sapeva, da quando lui l'aveva abbracciata il giorno prima, che era capace di dosare con cura la propria forza.

"Onestamente, Gray. Sei troppo giovane per me."

Perché non era rimasto com'era un tempo? Guardandolo ora, vedendo tutto il suo vigore e la sua vitalità, Isabel si rese conto che era stato un grosso errore legarsi a lui.

Gray aveva bisogno di un'amante che occupasse il suo tempo e la sua attenzione. Un uomo della sua età era pieno di desideri lussuriosi. Lei era attraente e a portata di mano, logico che la volesse. Era l'unica donna che conosceva, per il momento. Ma una donna non poteva avere una relazione con il proprio coniuge.

Isabel gemette tra sé e sé. Dio, perché si era risposata? Aveva contratto il massimo impegno al fine di evitare di impegnarsi, ed ecco dove l'aveva portata la sua stupidità.

Gli uomini con l'aspetto di Gray non erano costanti. Isabel aveva imparato la lezione con Pelham. Il focoso conte aveva bisogno di una moglie, e la desiderava intensamente. Una combinazione perfetta, in teoria. Ma una volta che l'infatuazione era svanita, si era spostato in un altro letto, infischiandosene di quanto lei fosse innamorata di lui.

Grayson avrebbe fatto lo stesso. Certo, adesso era più serio, più riflessivo rispetto a quando si erano sposati, ma le esigenze della sua età erano innegabili.

Isabel poteva sopportare le voci sulle sue prodezze sessuali, e le allusioni al fatto che lei fosse troppo vecchia per soddisfarlo o per dargli un erede, a condizione che non potesse vantare alcuna pretesa nei suoi confronti. Lei era fedele ai propri amanti, e si aspettava lo stesso in cambio per tutta la durata della relazione. E qui stava il problema. Le relazioni erano fatte apposta per essere temporanee, mentre il matrimonio durava fino alla morte.

Isabel si allontanò, decisa a trovare qualcosa che la distraesse dai propri pensieri. Si diresse verso la sala principale, e mentre era intenta a guardare gli ultimi modelli di abiti, la tenda appena scostata del camerino catturò il suo sguardo.

Si bloccò e fece un passo indietro.

Senza volerlo, sbirciò attraverso quella piccola fessura e trasalì alla vista del bel sedere di Gray. Perché Dio aveva dato tanta bellezza a un uomo solo? Era crudele che uno fosse così attraente da dietro come davanti.

Le natiche sode erano pallide in contrasto con l'abbronzatura del busto. Dov'era stato, che cos'aveva fatto per sviluppare tutti quei muscoli e acquisire quel colore della pelle? Era stupendo: la schiena, i glutei e le braccia si flettevano con ritmico vigore.

Isabel rilasciò il respiro che aveva trattenuto. Fu allora che notò perché stava facendo quei movimenti ripetitivi.

Gray si stava masturbando.

Gesù! Isabel si accasciò contro il muro e le ginocchia le divennero molli. Non riusciva a distogliere lo sguardo, mentre sentiva i capezzoli inturgidirsi, e un lento gocciolio di eccitazione al ventre. Lo aveva spinto a questo con un semplice tocco e un'occhiata ardente? Il pensiero di avere un simile potere su una creatura così splendida la fece star male. Clienti e dipendenti si muovevano alle sue spalle, mentre lei rimaneva lì a spiare. Per quanto fosse una donna di mondo, non era certo immune alla lussuria.

Lui ansimava, tendendo le cosce, e lei avrebbe tanto voluto poterlo vedere di fronte. Come appariva quel bel viso nel calore della passione? Il suo addome era rigido per la tensione? Il pene era grosso come il resto del corpo? Quelle fantasie erano ancora più eccitanti del guardare.

La testa di Gray ricadde all'indietro, con i capelli scuri che gli sfioravano le spalle, e poi il suo corpo fu percorso da un brivido accompagnato da un gemito sommesso.

Isabel gemette con lui, la pelle imperlata di sudore, e si voltò prima che la vedesse. Prima di poterlo vedere in tutta la sua gloria.

Che diavolo doveva fare adesso?

Sì, era una donna sensuale, e la vista di un uomo che si dava piacere l'avrebbe eccitata comunque. Ma mai in quella misura. Riusciva a malapena a respirare, e la necessità di venire a sua volta era quasi esasperante. Sarebbe stato sciocco non ammetterlo.

Riconobbe i viticci di calore che le avvolgevano il basso ventre. Alcuni lo chiamavano desiderio. Lei lo chiamava rovina.

«Lady Grayson?» fece lui, con quella profonda voce roca.

Ora che l'aveva udito più volte, Isabel era in grado di dire cosa significava quel tono. Era la voce di un uomo che aveva appena gridato di piacere. Che lui dovesse usare quel tono tutto il tempo per tormentare le donne era semplicemente sbagliato.

«S... sì?» Lei fece un respiro profondo ed entrò.

Gray indossava i mutandoni nuovi. Aveva le guance arrossate e uno sguardo consapevole negli occhi. Il turbamento di Isabel non era passato inosservato.

«Spero che un giorno farai di più che guardare» le disse dolcemente.

Lei si coprì la bocca con una mano inguantata, mortificata e angosciata. Eppure lui non si vergognava. Gray le stava fissando il contorno dei capezzoli induriti.

«Dannato mascalzone!» esclamò Isabel. Lo detestava per essere tornato a casa e aver messo sottosopra la sua vita. Le doleva dappertutto, si sentiva la pelle troppo calda e tesa, e odiava quella sensazione e i ricordi che portava con sé.

«Sono davvero dannato, Pel, se devo vivere con te e non averti.»

«Avevamo un accordo.»

«Questo» ribatté indicando loro due «non c'era allora. Cosa proponi di fare? Ignorarlo?»

«Sfogati altrove. Sei giovane e infoiato...»

«E sposato.»

«Non realmente!» gridò lei, sul punto di strapparsi i capelli per la frustrazione.

Gray sbuffò. «Ah certo, perché il matrimonio può anche essere senza sesso. Ho intenzione di porre rimedio a questa mancanza.»

«È per questo che sei tornato? Per scopare tua moglie?»

«Sono tornato perché mi hai scritto. Ogni venerdì arrivava la posta e c'era una tua lettera, scritta su morbida pergamena rosa e profumata di fiori.»

«Me le hai rimandate indietro tutte. Senza nemmeno aprirle.»

«Il contenuto non era importante, Pel. Sapevo quello che facevi e dove andavi anche senza i tuoi resoconti. Era il pensiero che contava. Speravo che desistessi e mi lasciassi alla mia infelicità...»

«Invece tu l'hai portata a me quell'infelicità» scattò lei, mettendosi a camminare avanti e indietro per la piccola stanza per alleggerire il senso di reclusione. «Era mio dovere scriverti.»

«Sì!» esclamò Gray, trionfante. «Tuo dovere in quanto mia moglie, il che a sua volta mi ha ricordato che avevo degli obblighi verso di te. Così sono tornato per mettere a tacere le voci, per sostenerti, per rimediare al male che ti avevo fatto andandomene.»

«Questo non implica il sesso!»

«Abbassa la voce» l'ammonì, afferrandole il braccio e tirandola con forza più vicino. Le mise la mano a coppa sul seno, stuzzicandole il capezzolo eretto tra il pollice e l'indice fino a farla gemere di piacere. «*Questo* implica il sesso. Guarda quanto sei eccitata. Nonostante la tua furia, scommetto che sei bagnata tra le gambe. Perché dovrei prendermi un'altra, quando sei tu quella che voglio?»

«Io ho un amante.»

«Ti ostini a ripeterlo, ma lui non ti basta, evidentemente, altrimenti non mi desidereresti.»

Lei fu invasa dal senso di colpa nel riconoscere quanto il suo corpo fosse affamato di lui. Non l'aveva mai tentata l'idea di un altro uomo mentre era legata a qualcuno. Tra un amante e l'altro passavano mesi, perché lei piangeva la perdita di ciascuno, benché fosse sempre lei quella che decideva di dire addio.

«Tu sbagli.» Isabel si sottrasse alla sua presa, il seno che le bruciava dove l'aveva toccata. «Io non ti voglio.»

«E io che ti ammiravo per la tua onestà» la schernì lui a bassa voce.

Isabel lo fissò e scorse la sua determinazione. Il lento e sordo dolore che sentì nascere nel petto era così familiare, un fantasma dell'inferno in cui Pelham l'aveva lasciata.

«Che cosa ti è successo?» gli domandò tristemente, rimpiangendo l'amicizia spensierata che li univa un tempo.

«I paraocchi mi sono stati strappati, Pel. E ho visto quello che mi stavo perdendo.»

3

Una volta adeguatamente abbigliato, Gerard scostò la tenda e uscì nel corridoio. Vide immediatamente Isabel, in piedi accanto alla finestra, i capelli ramati, che catturavano i raggi di sole e parevano tramutarsi in fuoco. Il contrasto tra quei fili setosi di fiamme e l'azzurro ghiaccio del suo vestito era stupefacente e bellissimo. Il calore del suo desiderio lo aveva bruciato, anche mentre lei lo gelava con le sue parole. Era sorpreso che fosse rimasta ad attenderlo per due ore, mentre gli adattavano i capi sottratti ad altri clienti. Gerard si era quasi aspettato che se ne andasse. Ma Pel non era una che si sottraeva alle incombenze spiacevoli. Magari evitava di discuterne, ma non si tirava indietro. Era uno dei tratti bizzarri di Isabel che gli risultavano molto graditi.

Sospirò, maledicendosi, per essersi spinto troppo oltre, ma non poteva fare altrimenti. Non la capiva, e perciò non poteva fare ammenda. Perché era così decisa a fare in modo che non ci fosse nulla d'importante tra loro? Se lo desiderava, perché si rifiutava di agire di conseguenza, sapendo che lui la bramava a sua volta? Non era da Isabel negarsi i piaceri della carne. Che fosse innamorata del suo attuale amante? A quel pensiero serrò le mani a pugno. Gerard era ben consapevole che era possibile amare una persona e tuttavia desiderare fisicamente le attenzioni di un'altra.

Imprecò tra sé e sé. Evidentemente non era cambiato più di tanto. Quale diavolo era il suo problema? Un gentiluomo non trattava la propria moglie in quel modo. Avrebbe dovuto corteggiarla, non sbavare per farsela.

La chiamò mentre si avvicinava, in modo da non spaventarla. «Lady Grayson.»

Pel si voltò verso di lui con un sorriso accattivante. «Milord. Sei molto elegante.»

Era così che doveva comportarsi allora? Fingere che nulla fosse accaduto.

Le sorrise con tutto il fascino di cui era capace, e si portò la sua mano inguantata alle labbra. «Un marito deve esserlo, per scortare una moglie bella come te, mia deliziosa Isabel.»

La mano di lei tremò un po' nella sua, e quando parlò la voce ebbe una piccola esitazione. «Mi lusinghi.»

Gerard pensò che avrebbe voluto fare molto di più per lei, ma per quello avrebbe dovuto aspettare. La prese a braccetto e la condusse verso la porta.

Isabel afferrò il cappello di paglia coi fiori che il commesso le porgeva e se lo mise in testa, assicurandolo con la facilità dovuta alla dimestichezza. La campanella della porta suonò e lui le si avvicinò, le spalle alla strada, per permettere al nuovo cliente di passare. Quel breve contatto fece avvampare Isabel, mentre lui sentì tutto il corpo che si tendeva.

«Hai bisogno di un'amante» mormorò lei, gli occhi color ambra imprigionati dal suo sguardo.

«Non ne ho bisogno. Ho una moglie che mi desidera.»

«Buon pomeriggio, milord» li salutò il commesso.

Gerard si spostò di nuovo al fianco della moglie e le offrì il braccio. Quindi si accorse di un gentiluomo dall'aria distinta fermo sulla soglia: esibiva una tale espressione di orrore che gli ci volle solo un momento per capire chi doveva essere. E quello che doveva aver sentito.

«Buongiorno, lord Hargreaves.» Strinse le dita di Pel, posate sopra il proprio braccio, un'evidente rivendicazione di possesso. Non essendo mai stato un tipo possessivo, si accigliò e si chiese perché tutt'a un tratto dovesse sentirsi così.

«Buongiorno, lord Grayson. Milady» salutò il conte in tono enigmatico.

Isabel si rianimò. «Lord Hargreaves, che piacere!»

Ma non lo era, per nessuno di loro. La tensione era palpabile.

«Vogliate scusarci» fece Gerard, visto che Hargreaves continuava a bloccare la porta. «Ce ne stavamo andando.»

«È stato bello rivedervi, milord» sussurrò Isabel con voce insolitamente cupa.

«Sì» bisbigliò Hargreaves, spostandosi da parte. «Anche per me.»

Aprendo la porta, Gerard diede un'ultima occhiata pensosa al proprio rivale, poi condusse fuori la moglie posandole una mano sulla schiena. Si avviarono lentamente lungo la strada, entrambi persi nei propri pensieri. Diverse persone fecero per avvicinarsi, ma bastò un'occhiata di Gerard a tenerle lontane.

«È stato imbarazzante» mormorò infine lui.

«Te ne sei accorto, vero?» chiese lei, evitando di guardarlo.

In un certo senso, rimpiangeva la tracotanza della sua giovinezza. Quattro anni prima avrebbe considerato l'episodio divertente. In realtà gli era capitato di farlo in diverse occasioni, quando gli impegni sociali lo avevano portato faccia a faccia con gli amanti di Pel, e lei con le sue.

Ora però era fin troppo consapevole dei propri difetti e delle proprie carenze, e per quanto ne sapeva, il popolare e rispettato Hargreaves non ne aveva.

«Non ho idea di come gli spiegherò il tuo commento» disse Isabel, ovviamente turbata.

«Conosceva i rischi quando ha scelto di intrattenersi con la moglie di un altro uomo.»

«Non c'erano rischi! Nessuno poteva prevedere che saresti tornato a casa pazzo.»

«Non è da pazzi desiderare la propria moglie. Fingere di non farlo, tuttavia, sarebbe ridicolo.»

Si fermò bruscamente vedendo la porta di un negozio spalancarsi e un uomo correre fuori proprio davanti a loro.

«Le mie scuse, signora!» gridò quello a Pel, sollevando il cappello in segno di saluto prima di allontanarsi in fretta.

Gerard osservò il negozio, cercando di indovinare il motivo di tanta eccitazione. La sua bocca si incurvò in un sorriso quando raggiunse la porta.

«Un gioielliere?» chiese Isabel con cipiglio.

«Sì, streghetta. C'è una faccenda di cui avrei dovuto occuparmi anni fa.»

La condusse all'interno, e il commesso sollevò la testa dal registro delle vendite con un sorriso. «Buon pomeriggio, milord. Milady.»

«È appena uscito un uomo molto felice» osservò Gerard.

«Ah, sì» concordò il commesso. «Uno scapolo che sta per fare una proposta di matrimonio, resa ancora più appetibile dal bellissimo anello che ha comprato oggi.»

Alla ricerca del medesimo piacere, Gerard esaminò i gioielli esposti nelle varie vetrine.

«Che cosa cerchi?» domandò Pel, chinandosi accanto a lui. Il suo profumo era così delizioso che avrebbe voluto giacere tra lenzuola di raso intrise di quell'aroma. Con le graziose membra della moglie intrecciate alle proprie, sarebbe stato il paradiso.

«Hai sempre avuto un odore così meraviglioso, Pel?» Voltò la testa per guardarla, e se la trovò quasi naso contro naso.

Lei si scostò subito, ammiccando. «Gray, sii serio. Possiamo lasciar perdere i profumi e occuparci di quello che stai cercando?»

Sorridendo, lui le prese la mano e gettò uno sguardo al commesso che ronzava loro intorno. «Quello.» Indicò l'anello più grande contenuto nella teca, un rubino enorme contornato da diamanti e sostenuto da una fascetta in filigrana d'oro.

«Cielo» mormorò Pel, mentre il gioiello veniva estratto dalla sua protezione di vetro. Scintillava alla luce.

Gerard le sollevò la mano e le infilò l'anello al dito, compiaciuto di vederlo aderire al guanto.

Ora sembrava una donna sposata. «Perfetto.»

«No.»

Gerard inarcò un sopracciglio, percependo l'ansia della moglie. «Perché no?»

«È... è troppo grande» protestò lei.

«È perfetto.» Sorrise intrappolando saldamente la mano di Isabel nella sua. «Quando ero nel Lincolnshire...»

«È laggiù che sei stato?» chiese subito lei.

«Tra gli altri posti» le rispose Gerard accarezzandole il palmo della mano. «Guardavo il tramonto, e pensavo a te. In certi momenti le nuvole arrossate nel cielo mandavano gli stessi bagliori dei tuoi capelli. La luce che si riflette in quel rubino è quasi dello stesso colore.»

Lei lo osservò mentre si portava la sua mano alla bocca. Baciò prima la pietra e poi il centro del palmo, assaporando la sua vicinanza.

Le albe, con la loro calda bellezza dorata, gli portavano sempre i ricordi di Em. All'inizio le aveva temute. Ogni mattina gli rammentava che un altro giorno era arrivato, ed Emily non l'avrebbe vissuto. Più tardi, il calore del sole era una benedizione, un promemoria che aveva comunque un'altra opportunità per diventare un uomo migliore.

I tramonti, però, erano sempre appartenuti a Pel. Lo scurirsi del cielo e il manto accogliente della notte gli ricordavano Isabel, che era sempre stata così discreta con lui. Anche la sensualità di un letto, e i momenti in cui riusciva a liberarsi dalla tensione della giornata gli ricordavano Isabel, stesa sulla chaise longue nel suo boudoir.

Com'era strano che la sua compagnia significasse così tanto per lui; eppure non se n'era mai accorto quando aveva l'opportunità di goderne.

«Dovresti conservare la tua eloquenza per una donna meno disincantata di me.»

«Cara Pel» sussurrò Gerard, sorridendo «sono felice che tu sia disincantata. Non ti fai illusioni sul mio carattere.»

«Non ho più idea di come sia il tuo carattere.» Lei si liberò la mano, e lui la lasciò andare. Raddrizzando la schiena, Isabel si guardò intorno nel piccolo negozio. Quando vide che il commesso era occupato a registrare il loro acquisto, riprese: «Non capisco perché tu dica cose del genere, Gray. Non hai mai avuto una natura romantica, o sensuale, che io sappia».

«Di che colore sono i fiori davanti alla nostra casa?»
«Come, prego?»
«I fiori. Sai di che colore sono?»
«Certo, sono rossi.»
Lui inarcò un sopracciglio. «Ne sei sicura?»
Isabel incrociò le braccia e inarcò a sua volta un sopracciglio. «Sì, ne sono sicura.»
«E quelli nelle fioriere che danno sulla strada?»
«Cosa?»
«Le fioriere sulla strada. Sai di che colore sono i fiori?»
Isabel si morse il labbro inferiore.
Gerard si levò il guanto e con un dito le toccò il voluttuoso labbro inferiore. «Lo sai?»
«Sono rosa.»
«Sono blu.»
Gerard le spostò la mano sulla spalla e le accarezzò la pelle morbida con il pollice. Il calore della sua carne gli bruciò i polpastrelli e si diffuse lungo tutto il braccio, suscitandogli un ardore che non provava da anni. Si era sentito intorpidito e freddo per così tanto tempo... Ora si godeva quel calore, quel desiderio disperato di ardere al tocco di lei.
«Fiori blu, Pel.» La sua voce era più roca di quanto avesse voluto. «Ho scoperto che la gente dà per scontate le cose che vede tutti i giorni. Ma solo perché non si riesce a vedere qualcosa, non significa che non ci sia.»
A Isabel venne la pelle d'oca. Lui la sentì sotto le dita.
«Per favore.» Lei respinse delicatamente la sua mano. «Non mentire dicendo frasi carine e tentando di trasformare il passato in quello che ti auguri per il presente. Noi non eravamo niente l'uno per l'altra, niente. E io volevo che fosse così. Mi *piaceva* così.» Si sfilò l'anello e lo mise sul bancone.
«Perché?»
«Perché?» ripeté lei.
«Sì, mia bella moglie, perché? Perché ti piaceva che il nostro matrimonio fosse una farsa?»
I suoi occhi lo fulminarono. «Anche a te piaceva che fosse una finzione.»

Gerard sorrise. «Io conosco i motivi per cui mi piaceva, ma stiamo parlando di te.»

«Ecco a voi, lord Grayson» esclamò il commesso con un ampio sorriso.

Furioso per l'interruzione, Gerard immerse nell'inchiostro la penna che gli veniva offerta e firmò il conto. Attese che l'anello venisse impacchettato e lo ripose nella tasca interna del cappotto prima di voltarsi verso Isabel. Come aveva fatto dal sarto, stava guardando fuori dalla vetrina con la schiena dritta come una bacchetta: ogni centimetro del suo corpo voluttuoso tradiva la rabbia. Lui scosse la testa, e non poté fare a meno di pensare a tutta quella passione trattenuta e inutilizzata. Che diavolo faceva Hargreaves, o più probabilmente non faceva, per renderla così volubile?

Un altro si sarebbe scoraggiato alla vista della sua schiena rigida. Gerard invece lo prese come un segno di speranza.

Le si avvicinò alle spalle, inalò il suo profumo e poi sussurrò: «Posso portarti a casa con me?».

Sorpresa nel sentire all'orecchio la voce roca di Gray, Isabel si voltò così rapidamente che lui fu costretto a ritrarsi per evitare di essere colpito in faccia dalla tesa del suo cappello. Quella scena lo fece ridere, e una volta iniziato, non riuscì più a smettere.

Lei lo guardò a bocca aperta, stupita da quanto apparisse giovane quando si abbandonava all'allegria. La sua risata suonava un po' arrugginita, come se non venisse esercitata da tempo, e lei ne amava il timbro così ricco e profondo.

Incapace di resistere, Isabel sorrise a sua volta. Lui la prese per la vita, e la sollevò facendola roteare, proprio come faceva un tempo.

«Mettimi giù, Gray!» gridò lei.

Con la testa piegata all'indietro, lui la guardò e rispose: «Cosa mi dai se lo faccio?».

«Oh, è sbagliato. Ci stiamo rendendo ridicoli. Lo sapranno tutti.» Pensava all'espressione di Hargreaves quando li aveva visti dal sarto, e il suo sorriso sbiadì. Non era giusto che stesse lì a divertirsi con Gray, quando aveva appena ferito John.

«Un premio, Pel. Ti terrò sospesa in aria finché non acconsentirai. Sono forte, lo sai. E tu sei leggera come una piuma.»

«Non è vero.»

«Invece sì.» Sporse il labbro in quel piccolo broncio che gli era caratteristico. Qualsiasi altro uomo sarebbe apparso ridicolo, ma Gray in quei momenti ti faceva venire voglia di baciarlo. E infatti a Isabel venne voglia di baciarlo.

«Tu pensi troppo» si lamentò vedendo che lei lo fissava senza proferire parola. «Hai rifiutato il mio dono. Offrirmi un premio è il minimo che tu possa fare.»

«Cosa vuoi?»

Lui rifletté un momento, poi disse: «Una cena».

«Una cena? Puoi essere più preciso?»

«Voglio cenare con te. Rimani a casa stasera, e condividi un pasto con me.»

«Ho degli impegni.»

Gray fece per uscire dal negozio. «Buon uomo» disse rivolto al commesso. «La porta, per cortesia.»

«Non mi porterai fuori in questa maniera.»

«Credi davvero che non lo farei?» le domandò con un sorriso diabolico. «Sarò anche cambiato, ma lo sai cosa si dice: il lupo perde il pelo...»

Isabel sollevò lo sguardo e vide la strada che si faceva più vicina e la moltitudine dei pedoni che vi passeggiava. «Sì.»

Gerard si fermò a metà di un passo. «Sì?»

«Sì, cenerò con te.»

Lui fece un sorriso trionfante. «Hai un animo così generoso, Pel.»

«Sciocchezze» mormorò lei. «Sei un mascalzone, Grayson.»

«Forse.» La mise giù e le porse il braccio, conducendola fuori. «Ma davvero mi vorresti diverso?»

Osservandolo, lei notò che aveva perso l'aria cupa del giorno prima, e si disse che lo preferiva nelle vesti di mascalzone. Era più felice.

Proprio come Pelham.

"Solo un pazzo commetterebbe lo stesso errore due volte."

Riconoscendo la voce della ragione dentro di sé, Isabel ricordò a se stessa di fare attenzione, e mantenere le distanze da lui.

«Lord Grayson!»

Entrambi sospirarono vedendo avvicinarsi una donna piuttosto robusta, con in testa un cappello mostruoso, e indosso un vestito rosa ancora più brutto.

«È lady Hamilton» bisbigliò Isabel. «Una donna deliziosa.»

«Non con quel vestito» commentò Gray sogghignando.

Isabel dovette fare forza su se stessa per non mettersi a ridere apertamente.

«Lady Pershing-Moore mi aveva detto di avervi visto con lord Grayson» affermò la donna ansimando, mentre si fermava di fronte a loro. «Le ho risposto che doveva essere un po' tocca, ma sembra che avesse ragione.» Sorrise. «È così bello rivedervi, milord. Com'era... dovunque siate stato?»

Gray si chinò sulla mano che lei gli tendeva e rispose: «Triste, come qualsiasi luogo in cui non possa godere della compagnia della mia affascinante e bella moglie».

«Oh.» Lady Hamilton fece l'occhiolino a Isabel. «Certo. Lady Grayson ha accettato l'invito alla mia festa, che si terrà la prossima settimana. Spero che l'accompagnerete.»

«Con piacere» ribatté Gray con sicurezza. «Dopo la mia lunga assenza, ho intenzione di non allontanarmi dal suo fianco nemmeno per un momento.»

«Meraviglioso! Ora attenderò l'evento ancora più ansiosamente.»

«Siete troppo gentile.»

Salutandoli, lady Hamilton si allontanò in fretta.

«Gray» iniziò Isabel con un sospiro. «Perché suscitare pettegolezzi in questo modo?»

«Se credi che ci sia qualche possibilità di evitare i pettegolezzi su di noi, rimarrai delusa.» Si avviò verso il loro landò in attesa.

«Accidenti a te! Ho accettato di farti compagnia finché non avrai una relazione, ma non ci vorrà molto, e una volta che andrai per la tua strada...»

«Noi due stiamo andando per la stessa strada, Pel» osservò con calma Gerard. «Siamo sposati.»

«Possiamo separarci. Dopo gli ultimi quattro anni sarebbe solo una formalità.»

Gray fece un respiro profondo e la guardò. «Perché dovrei farlo? Meglio ancora, perché dovresti farlo tu?»

Isabel tenne gli occhi fissi davanti a sé. Come poteva spiegarglielo, quando lei stessa non era certa di conoscere la risposta? Rabbrividì, sentendosi impotente.

Lui le diede una leggera stretta alle dita. «Sono successe molte cose nelle ultime ventiquattro ore. Dai tempo a entrambi di adattarci l'uno all'altra. Lo ammetto, le cose tra noi non stanno andando come avevo previsto.»

L'aiutò a salire sul landò e poi diede indicazioni al vetturino di andare a casa.

«Cos'avevi previsto, Gray?» Forse, se avesse capito qual era il suo scopo, sarebbe riuscita a trovare una spiegazione al suo comportamento. O perlomeno ad alleviare le proprie preoccupazioni.

«Pensavo che sarei tornato, mi sarei scolato qualche bottiglia di vino di un'eccellente annata, e mi sarei pian piano riambientato. Immaginavo che avrei ritrovato il mio posto in questo mondo, e mi sarei riabituato al conforto che una volta ci dava stare insieme.»

«Mi piacerebbe» disse lei piano. «Ma dubito che ci riusciremo, se non troviamo il modo di tornare com'eravamo.»

«È veramente ciò che desideri?» Gerard si girò sul sedile per mettersi di fronte a lei, e lo sguardo di Isabel cadde sulle sue cosce muscolose e possenti. Non riusciva a smettere di notare questi particolari adesso. «Ami Hargreaves?»

Le sopracciglia di Isabel si sollevarono. «Amarlo? No.»

«Allora c'è speranza per noi.» Sorrise, ma la determinazione nella sua voce era evidente.

«Però mi importa parecchio di lui. Abbiamo molti interessi in comune. Ha un'età vicina alla mia. Noi...»

«La mia età ti disturba, Isabel?» la studiò da sotto la tesa del cappello, stringendo gli occhi azzurri.

«Be', tu sei più giovane, e...»

Gray l'afferrò per le spalle e l'attirò a sé, inclinando la testa per infilarla sotto il cappello di lei. La sua bocca, quella bocca scolpita che sapeva sorridere o sogghignare con uguale efficacia, le sfiorò le labbra.

«Oh!»

«Non accetterò più una farsa, Pel.» Le leccò la bocca e gemette dolcemente. «Dio, il tuo odore mi fa impazzire.»

«Gray» ansimò lei, spingendolo via e scoprendo quanto erano forti le sue spalle. Le tremavano le labbra e se le sentiva bruciare. «La gente ci può vedere.»

«Non mi interessa.» Le infilò la lingua in bocca, e lei rabbrividì al gusto di lui. «Tu mi appartieni. Posso sedurti, se voglio.» La sua mano le accarezzò dolcemente la nuca, la voce si fece più profonda. «E io lo voglio decisamente.» Le coprì le labbra con le proprie, una breve provocazione, e poi si ritrasse, sussurrando: «Devo mostrarti ciò che un uomo più giovane può fare per te?».

Isabel chiuse gli occhi. «Ti prego...»

«Ti prego cosa?» Con l'altra mano Gray prese a massaggiarle la coscia, inviandole scariche di piacere in tutto il corpo. «Ti prego, mostramelo?»

Lei scosse la testa. «Ti prego, non fare che io ti desideri, Gray.»

«Perché no?» Si tolse il cappello e le posò la bocca sulla gola, leccandole la pelle, sotto la quale il sangue pulsava all'impazzata.

«Perché ti odierò per sempre se lo farai.»

Sorpreso, Gerard si scostò in fretta, e lei ne approfittò per spingerlo via. Cadde all'indietro, agitando le braccia nel tentativo di fermarsi. Isabel trasalì quando con le spalle colpì il fianco del veicolo con un forte tonfo.

«Che diavolo?» Lui la fissò, gli occhi spalancati.

«Sì, puoi averla vinta, Gray» disse cupa. «Con mia grande vergogna. Ma mentre il mio corpo è fin troppo disposto a concedersi, si dà il caso che io abbia una morale, e ci tenga a Hargreaves, che non merita di essere messo da parte dopo quasi due anni solo per una scopata.»

«Una "scopata", signora?» ringhiò lui, imprecando mentre quasi cadeva dal sedile cercando di mettersi a sedere. «Uno non fa una "scopata" con il proprio coniuge.»

Una volta che fu riuscito a riprendere la sua posizione, la stoffa tesa dei pantaloni rivelò appieno la misura della sua eccitazione. Isabel deglutì e distolse lo sguardo rapidamente. Santo cielo!

«Che altro potrebbe essere?» gli disse stizzita. «Non sappiamo nulla l'uno dell'altra!»

«Io ti conosco, Pel.»

«Davvero?» sbuffò lei. «Qual è il mio fiore preferito? E il mio colore? E il tè?»

«Tulipani. Azzurro. Menta piperita.» Gray raccolse il cappello dal pavimento, se lo mise in testa e incrociò le braccia.

Lei sbatté le palpebre.

«Pensavi che non ti prestassi attenzione?»

Isabel si morse il labbro inferiore e cercò di ricordarsi quali erano i suoi fiori preferiti, e il colore, e il tè. Si vergognò nel rendersi conto che non lo sapeva.

«Ah!» esclamò lui trionfante. «Va bene, Isabel. Ti darò il tempo di cui hai bisogno per cambiare opinione, e durante questo periodo potrai imparare tutto su di me, e io su di te.»

Il landò si fermò davanti alla loro casa. Lei guardò le fioriere sulla strada, e vide i fiori blu.

Gray saltò giù e poi l'aiutò a scendere. La accompagnò su per le scale, fece un inchino e poi si voltò.

«Dove stai andando?» lo chiamò lei, la pelle che ancora le formicolava per il suo tocco.

Lui attese un attimo prima di voltarsi verso di lei. «Se vengo a casa con te, ti prenderò, che tu lo voglia o no.» Isabel non disse nulla e lui incurvò la bocca in un sorriso beffardo. Dopo pochi istanti non c'era più.

Dove sarebbe andato? Era eccitato, ovviamente, e il fatto di aver avuto un orgasmo in sartoria non gli avrebbe certo impedito di fare sesso. Il pensiero di lui occupato in attività carnali la tormentava in un modo penosamente familiare. Sapeva che aspetto aveva svestito, e sapeva che qualsiasi altra donna lo avesse visto così sarebbe stata come creta nelle sue mani. Un dolore che non aveva mai pensato di provare ancora le strinse il ventre. Una fitta che veniva dal passato. Un promemoria.

Entrando nella casa dove viveva da quasi cinque anni, Isabel scoprì con sgomento che già le appariva vuota senza la presenza vibrante di Gray. Lo maledisse per lo sconvolgimento che le aveva causato in quelle poche ore e si avviò verso la sua stanza decisa a fare qualcosa al riguardo. Doveva programmare la cena in ogni dettaglio. E doveva studiare suo marito, e scoprire cosa gli piacesse e cosa no.

Una volta che lo avesse conosciuto bene, gli avrebbe trovato l'amante perfetta. Poteva solo sperare che il piano di Hargreaves funzionasse, e alla svelta.

L'esperienza le aveva insegnato che a uomini come Gray non si poteva resistere a lungo.

4

Mentre saliva i gradini del Remington, Gerard si rese conto che se non fosse stato così frustrato, si sarebbe sentito nervoso all'idea di entrare là dentro. In quel popolare club per gentiluomini avrebbe incontrato diversi conoscenti a cui in passato aveva rubato la moglie o l'amante. Quattro anni prima non avrebbe provato alcun imbarazzo. "In amore e in guerra tutto è concesso" si sarebbe detto. Ora, però, era più saggio. C'erano regole ovunque, e lui non era esentato dal seguirle.

Consegnò il cappello e i guanti a un valletto e attraversò le sale da gioco in cerca di una comoda poltrona e di una bevanda alcolica. Entrando nel salone principale, si guardò intorno e si sentì confortato da quell'ambiente familiare. L'odore di cuoio e tabacco gli ricordò che alcune cose rimanevano sempre uguali. Due occhi azzurri incontrarono i suoi e poi distolsero lo sguardo in un affronto deliberato. Gerard sospirò e si fece avanti per porgere le proprie scuse, sapendo che sarebbero state le prime di una lunga serie.

Si inchinò e disse: «Buon pomeriggio, lord Markham».

«Grayson.» L'uomo che una volta era il suo migliore amico non lo degnò nemmeno di un'occhiata.

«Lord Denby, lord William.» Gerard salutò gli altri due gentiluomini che sedevano con Markham. Riportò l'attenzione sul visconte. «Potrei avere un attimo del tuo tempo, Markham? Te ne sarei profondamente grato.»

«Non credo di averne» rispose quello in tono freddo.

«Capisco. Sarò costretto a scusarmi con te qui, allora» disse Gerard, rifiutandosi di lasciarsi respingere.

Markham si girò verso di lui.

«Mi dispiace che il mio matrimonio ti abbia causato disagio. Come tuo amico, avrei dovuto tenere presente i tuoi interessi nella questione. Inoltre volevo porgerti le mie felicitazioni per il tuo recente matrimonio. Questo è tutto ciò che desideravo dirti. Buona giornata, signori.»

Gerard chinò la testa rispettosamente e fece dietrofront. Individuò il suo tavolino e la sua poltrona di pelle preferita e vi si lasciò cadere, rilasciando il respiro che aveva trattenuto. Pochi istanti dopo aprì il giornale che gli venne portato e tentò di rilassarsi, un compito reso difficoltoso dagli sguardi e dai saluti che diversi gentiluomini gli indirizzavano.

«Grayson.»

Gerard si irrigidì e abbassò il giornale.

Markham lo fissò per un lungo momento e poi indicò la poltrona di fronte a lui. «Posso?»

«Certamente.» Gerard mise da parte la sua lettura, mentre il visconte si sistemava sulla poltrona.

«Sembri diverso.»

«È quello che spero.»

«Direi di sì, se le tue scuse erano sincere.»

«Lo erano.»

Il visconte si passò una mano tra i riccioli biondo scuro e sorrise. «Il mio matrimonio è piacevole, il che ha contribuito decisamente ad alleggerirmi il colpo. Ma dimmi, lei mi ha messo da parte per te? Me lo sono chiesto per anni.»

«No. A dire la verità, tu eri il nostro unico legame fino al momento in cui ci siamo sposati.»

«Non capisco. Perché rifiutare la mia proposta di matrimonio e accettare la tua, se non c'era nulla tra voi?»

«Quale uomo può permettersi di discutere le ragioni per cui la moglie l'ha sposato? Chi lo saprà mai? Qualunque cosa l'abbia spinta a dirmi di sì, sono un uomo molto fortunato.»

«Fortunato? Sei stato assente per quattro maledetti anni!» esclamò il visconte, studiandolo. «Quasi non ti riconoscevo.»

«Possono succedere molte cose in quattro anni.»
«Oppure *non* succedere» asserì Markham. «Quando sei tornato?»
«Ieri.»
«Ho parlato con Pel il giorno prima, e non mi ha detto nulla.»
«Non ne era a conoscenza.» Gerard scoppiò in una risata priva di allegria. «E, purtroppo, non è felice come speravo.»
Markham si sistemò più comodamente sulla poltrona e fece cenno a un cameriere di portargli qualcosa da bere. «Sono sorpreso di sentirlo. Voi due vi siete sempre intesi alla perfezione.»
«Sì, ma come hai notato, sono cambiato. I miei gusti sono diversi, come lo sono i miei obiettivi.»
«Mi meravigliavo che fossi immune al fascino di Pel» disse il visconte ridendo. «Il destino ha un modo tutto suo di rimettere le cose in equilibrio, se gli si dà abbastanza tempo. Mentirei se affermassi di non essere contento di vederti soffrire un po'.»
Gerard fece un sorriso riluttante. «Mia moglie è un mistero per me, il che rende più intollerabile il mio dilemma.»
«Isabel è un mistero per tutti. Perché pensi che così tanti desiderino possederla? È una sfida irresistibile.»
«Sai qualcosa del suo matrimonio con Pelham?» chiese Gerard, domandandosi perché non si fosse mai preso la briga di informarsi prima. «Vorrei che me ne parlassi.»
Markham accettò la tazza che gli veniva offerta dal cameriere e annuì. «Nessun gentiluomo della mia età ha dimenticato com'era lady Isabel Blakely da ragazza. È l'unica figlia di Sandforth, e lui stravedeva per lei. Stravede ancora, per quanto ne so. Il suo patrimonio era notevole, cosa che attirava i cacciatori di dote, ma lei sarebbe stata popolare a prescindere dalle proprie fortune. Noi tutti attendevamo il suo debutto con ansia. Già allora avevo in programma di domandare la sua mano. Ma Pelham fu scaltro. Non aspettò. La sedusse quando era ancora una ragazzina, prima che chiunque di noi avesse la possibilità di corteggiarla.»
«La sedusse?»

«Sì. Era evidente a tutti, dal modo in cui si guardavano... La loro era una grande passione. Ogni volta che erano a stretto contatto, il calore che emanava da loro era palpabile. Gli invidiavo quell'adorazione. Era ciò che speravo di avere da lei, ma non era destino. Anche dopo che iniziò a tradirla, lei continuò a adorarlo, benché fosse chiaro che soffriva molto. Pelham è stato un idiota.»

«Senti, senti» mormorò Gerard, riflettendo in silenzio sulla fitta di gelosia che lo aveva assalito.

Markham ridacchiò e bevve un lungo sorso. «Tu mi ricordi lui. O meglio, me lo ricordavi. Aveva ventidue anni quando la sposò, ed era arrogante proprio come te un tempo. In effetti, Pel diceva spesso che le ricordavi Pelham. Quando vi siete sposati, ho pensato che fosse per quello. Ma poi tu hai continuato con le tue distrazioni, e lei con le sue. Avete confuso tutti noi, e irritato non pochi. Mi sembrava uno spreco che Pel si fosse risposata con un uomo che non nutriva alcun interesse per lei.»

Gerard si fissò le mani, arrossate e indurite dal lavoro. Rigirò la sottile fascetta d'oro che aveva al dito: lui e Pel l'avevano comprata per divertimento, immaginando che non avrebbe mai visto la luce del giorno. Non era del tutto sicuro del perché avesse deciso di portarla, ma ora che l'aveva fatto, ne era contento. Gli dava una strana sensazione, la sensazione di appartenere a qualcuno. Si chiese se Pel avesse provato la stessa cosa quando aveva messo l'anello che le aveva comprato quel pomeriggio, e se fosse per quello che lo aveva respinto in modo sommario.

Il visconte rise. «Dovrei odiarti, Gray. Ma tu me lo rendi maledettamente difficile.»

Gerard inarcò le sopracciglia. «Non ho fatto nulla per impedirti di odiarmi.»

«Stai riflettendo, e ti stai tormentando. Se questi non sono segni che sei cambiato, non ho idea di quali potrebbero esserlo. Rallegrati. Lei è tua ora, e al contrario di me e di Pearson, o di uno qualsiasi degli altri, non può metterti da parte.»

«Ma c'è Hargreaves» gli ricordò Gerard.

«Ah, sì, c'è lui» ribatté Markham con un largo sorriso. «Come ho detto, il destino ha un modo tutto suo di rimettere le cose in equilibrio.»

«Sono terribilmente delusa dal fatto che il tuo coniuge errante non sia a casa» piagnucolò la duchessa di Sandforth.

«Madre.» Isabel scosse la testa. «Non posso credere che vi siate precipitata qui solo per spiare Gray.»

«Certo che sì.» Sua Grazia sorrise con l'ampio ghigno di un gatto feroce. «Bella, dovresti sapere ormai che la curiosità è uno dei miei vizi.»

«Uno dei tanti» brontolò Isabel.

Sua madre ignorò il commento. «Lady Pershing-Moore è venuta a trovarmi, e non puoi immaginare quanto sia stato orribile che conoscesse ogni minimo dettaglio dell'apparizione di Grayson, mentre io non sapevo nemmeno che lui era in città.»

«L'unica cosa orribile è quella donna.» Isabel si mise a camminare su e giù per il suo boudoir. «Sono certa che ne ha spettegolato con tutte le persone che è riuscita ad avvicinare in un pomeriggio.»

«È così bello come dice lei?»

Sospirando, Isabel ammise: «Sì, temo di sì».

«Sostiene che il modo in cui ti guardava era del tutto indecente, è vero anche questo?»

Isabel si fermò e guardò la madre negli occhi, di un caldo marrone scuro. La duchessa era considerata una gran bellezza, anche ora che i suoi capelli ramati erano generosamente spruzzati di fili d'argento. «Non ho intenzione di discuterne con voi, madre.»

«Perché no?» replicò Sua Grazia, offesa. «È delizioso! Hai un amante mozzafiato, e un giovane marito ancora più stupefacente. Ti invidio.»

Pizzicandosi il dorso del naso, Isabel sospirò. «Non dovreste invidiarmi. Questa faccenda è un disastro.»

«Ah ah!» Sua madre balzò in piedi. «Grayson ti desidera. Era ora, se vuoi il mio parere. Stavo cominciando a chiedermi se non fosse un po' matto.»

A parere di Isabel, era davvero matto. Erano stati amici per anni e avevano vissuto insieme per sei mesi senza neppure una scintilla di desiderio. Ora invece si scatenava un incendio ogni volta che semplicemente posava gli occhi su di lui. A pensarci bene, forse era matta pure lei. «Bisogna che gli trovi una donna» mormorò.

«Tu non sei una donna? Ero certa che il medico mi avesse detto che lo eri.»

«Santo cielo, madre. Siate seria, per favore. Grayson ha bisogno di un'amante.»

Spostandosi accanto alla finestra, Isabel scostò le tende trasparenti e guardò fuori. Non poteva fare a meno di ricordare la mattina in cui l'aveva visto sotto la sua finestra, intento a pregarla di farlo entrare. Subito dopo l'aveva pregata di sposarlo.

"Ditemi di sì, Pel."

Un altro ricordo, più fresco nella sua mente, risaliva al pomeriggio precedente, quando Gray si era messo dietro di lei in quell'esatta posizione, suscitando il suo desiderio, il che aveva rovinato tutto.

«Se vuol venire a letto con te che bisogno hai di trovargli un'amante?» chiese la duchessa.

«Non potete capire.»

«Su questo hai ragione.» Sua madre si avvicinò, e le mise le mani sulle spalle. «Pensavo che avessi imparato qualcosa da Pelham.»

«Ho imparato *tutto* da Pelham.»

«Non ti manca quella passione, quel fuoco?» Sua Grazia allargò le braccia e girò su se stessa con l'esuberante spensieratezza di una ragazzina, facendo ondeggiare le gonne verde scuro. «Io vivo per questo, Bella. Bramo quegli sguardi indecenti, quei pensieri indecenti e quei gesti indecenti.»

«Lo so, madre» disse Isabel seccamente. I suoi genitori avevano da tempo deciso di concedersi il piacere al di fuori del talamo nuziale, una situazione di cui entrambi sembravano molto felici.

«Pensavo che avessi messo da parte quelle sciocche illusioni sull'amore eterno quando hai cominciato a prenderti degli amanti.»

«L'ho fatto.»

«Non mi pare.» Sua madre si accigliò.

«Solo perché ritengo che la fedeltà sia un segno di rispetto, non significa che la colleghi all'amore, o alla speranza di un amore.» Isabel tornò verso il suo scrittoio, dove stava lavorando sul menu e sulla lista degli invitati per la cena che aveva in programma.

«Bella, tesoro.» Sua madre sospirò e tornò alla chaise longue, dove si versò una tazza di tè. «Non è nella natura dei mariti essere fedeli, soprattutto i mariti belli e affascinanti.»

«Vorrei che almeno non mentissero al riguardo» affermò Isabel stizzita, gettando un'occhiata al ritratto appeso al muro. «Avevo domandato a Pelham se mi amava, se sarebbe stato sincero con me. Lui rispose: "Qualsiasi donna impallidisce al tuo confronto". E io, da quella sciocca ragazzina che ero, gli ho creduto.»

«Anche se hanno le migliori intenzioni, per loro è impossibile resistere alla tentazione di tutte le donne facili che li circondano. Sperare che gli uomini belli vadano contro la propria natura conduce solo al crepacuore.»

«Ovviamente io non ho alcun desiderio che Gray vada contro la propria natura, altrimenti non mi starei impegnando per procuragli un'amante.»

Isabel osservò la madre aggiungere tre zollette di zucchero e una quantità esagerata di latte al suo tè. Scosse la testa quando la donna sollevò la teiera in una silenziosa domanda.

«Non riesco a comprendere perché non ti godi le sue attenzioni, finché è disposto a dartele. Santo cielo, a giudicare dal modo in cui l'ha descritto lady Pershing-Moore, penso che io stessa non mi tirerei indietro, se lui fosse interessato.»

Serrando gli occhi, Isabel emise un lungo sospiro sofferente.

«Dovresti imparare da tuo fratello, Bella. È molto più pratico in tali questioni.»

«Come la maggior parte degli uomini. Rhys non fa eccezione.»

«Ha fatto una lista di donne da marito...»

«Una lista?» Gli occhi di Isabel si spalancarono. «Questo è davvero troppo!»

«È perfetto. Tuo padre e io facemmo lo stesso, e guarda come siamo felici.»

Isabel tenne a freno la lingua.

«È l'affetto per Hargreaves che ti trattiene?» chiese sua madre a bassa voce.

«Vorrei che fosse così. Sarebbe molto più semplice.» In tal caso avrebbe potuto ignorare l'improvviso interesse di Gray per lei, e trattarlo come un qualsiasi corteggiatore troppo zelante: con un sorriso e un pizzico di umorismo. Trovava molto difficile sorridere ed essere divertente quando le dolevano i capezzoli e si sentiva umida tra le cosce. «Andiamo d'accordo, io e Gray. Mi piace ed è molto divertente. Potrei trascorrere tutta la vita con un uomo che mi diverte, madre. Ma non potrei vivere con un uomo che mi ha ferito in qualche maniera. Io sono più fragile di voi, e porto ancora le cicatrici che mi ha lasciato Pelham.»

«E pensi che trovargli un'amante lo renderà meno attraente? No, non rispondere, tesoro. So che non trovi attraenti gli uomini impegnati. Uno scrupolo ammirevole.» Sua Grazia si alzò e andò da lei, cingendole la vita con un braccio sottile mentre leggeva attentamente i suoi appunti. «No, no. Non lady Cartland.» Rabbrividì lievemente. «Augurerei a un uomo il vaiolo, piuttosto che una donna del genere.»

Isabel rise. «Molto bene.» Intinse la penna nel calamaio e barrò il nome. «Chi allora?»

«Non stava con qualcuno quando se n'è andato? A parte Emily Sinclair?»

«Sì...» Isabel rifletté per un momento. «Ah, sì, mi ricordo. Anne Bonner, un'attrice.»

«Invitala. Non se n'è andato a causa della noia, quindi forse c'è ancora qualcosa tra loro.»

Un'improvvisa fitta di dolore colse Isabel alla sprovvista, e la sua mano si fermò sopra la pergamena abbastanza a lungo da produrre una macchia d'inchiostro. «Grazie, madre» disse piano, grata di averla dalla propria parte, per una volta.

«Di niente, Bella.» La duchessa si chinò e premette la guancia contro quella della figlia. «A cosa serve una madre se non ad aiutare la figlia a trovare un'amante per suo marito?»

Isabel giaceva sul suo letto tentando di leggere, ma non riusciva a concentrarsi. Erano appena passate le dieci, e lei era rimasta a casa, come richiesto da Gray. Il fatto che lui non avesse riscosso il premio che le aveva richiesto era solo colpa sua, e se pensava che avrebbe potuto riscuoterlo più avanti, si sbagliava di grosso. Lei non gliene avrebbe più offerto l'occasione. L'aveva costretta ad annullare i suoi programmi per la serata, e poi non aveva nemmeno avuto la cortesia di farsi vedere.

Sospirò e stava pensando che avrebbe fatto meglio a dormire quando udì un rumore nel suo boudoir. Sicuramente non era eccitazione quella che la colse mentre metteva da parte il libro. Voleva semplicemente scoprire che cosa stava succedendo nella stanza accanto. Chiunque l'avrebbe fatto se avesse sentito degli strani rumori nei propri appartamenti.

Isabel corse a spalancare la porta e rimase a bocca aperta.

«Ciao, Pel» disse Gray, in piedi nel corridoio in maniche di camicia e pantaloni. Era a piedi nudi, e la camicia aperta gli lasciava scoperti la gola e gli avambracci. Doveva avere appena fatto il bagno perché aveva i folti capelli scuri ancora umidi.

"Codardo!"

«Cosa vuoi?» brontolò, turbata dal fatto che andasse da lei vestito, o meglio svestito, a quel modo.

Lui inarcò un sopracciglio e alzò il braccio, sollevando un cestino all'altezza dei suoi occhi. «Uno spuntino serale. Hai promesso. Non puoi ritirarti adesso.»

Isabel fece un passo indietro per permettergli di entrare, cercando di nascondere il proprio rossore. Non aveva visto il cestino perché lo stava rimirando, ed era mortificata. «Ti sei perso la cena.»

«Credevo che non mi volessi.» Il doppio senso era chiaro. Gray entrò nella stanza, e lei non poté non fare a meno di respirare il suo profumo mentre le passava accanto. Il suo boudoir drappeggiato di raso sembrò stringerli insieme in un abbraccio. «Almeno uno spuntino, però, era irrinunciabile.»

«Solo i tuoi svaghi sono irrinunciabili?»

«Ovviamente no, altrimenti non sarei qui.» Gray si sedette sul pavimento vicino al basso tavolino, e aprì il cesto. «Non mi indurrai ad andarmene con il tuo malumore, Isabel. Ho atteso tutto il giorno questo pasto, e ho intenzione di godermelo. Se non hai niente di interessante da dirmi, mettiti in bocca un panino imbottito, e lascia che ti ammiri.»

Sollevò lo sguardo e le fece l'occhiolino. Isabel si lasciò cadere a sua volta sul pavimento, ma non si trattò solo di cortesia: a farla decidere aveva contribuito anche un'improvvisa debolezza delle ginocchia.

Gray tirò fuori due bicchieri e una bottiglia di vino. «Sei deliziosa in questo raso color rosa.»

«Credevo che ci avessi ripensato» rispose lei sollevando il mento. «E allora mi sono cambiata.»

«Non ti preoccupare» replicò lui seccamente. «Non mi illudevo che ti fossi vestita così per sedurmi.»

«Dove sei stato?»

«Una volta non me lo chiedevi mai.»

Perché prima non gliene importava nulla, ma non lo avrebbe mai ammesso ad alta voce. «Di solito mi davi queste informazioni spontaneamente, mentre adesso non condividi niente con me.»

«Da Remington» disse lui, prendendo un boccone.

«Tutta la sera?»

Lui annuì e prese il suo bicchiere.

«Ah.» Isabel sapeva che c'erano delle cortigiane in quel club. Remington era un bastione dell'iniquità maschile. «T... ti sei divertito?»

«Non hai fame?» chiese lui, ignorando la domanda.

Sollevando il bicchiere, Isabel bevve un abbondante sorso di vino.

Gray rise e quel suono si riverberò dentro di lei come un liquido caldo. «Quello non è cibo.»

Isabel scrollò le spalle. «Ti sei divertito?»

Lo sguardo che le rivolse era di pura esasperazione. «Non ci sarei rimasto per tutto quel tempo se non mi fossi divertito.»

«Sì, certo.» Perlomeno si era fatto il bagno e si era cambiato i vestiti. Isabel immaginò di dovergli essere grata perché non era venuto da lei puzzando di sesso e di profumo, come aveva fatto Pelham un paio di volte. Le si contorse lo stomaco a quel pensiero, anche se l'immagine nella sua mente era di Grayson e non di Pelham. Si trasferì sulla chaise longue, sdraiandosi sulla schiena a fissare il soffitto. «Non ho fame.»

Un attimo dopo venne inondata dall'odore di Gray: lino inamidato e sapone al sandalo. Lui si sedette sul pavimento accanto a lei e le prese la mano.

«Cosa posso fare?» domandò a bassa voce, le dita callose che vagavano sul suo palmo, inviandole bollenti fremiti di eccitazione lungo la pelle. «Mi dispiace che la mia presenza ti turbi tanto, ma non riesco a starti lontano, Pel. Non chiedermelo.»

«E se lo facessi?»

«Non potrei obbligarti.»

«Anche dopo i divertimenti di stasera?»

Le dita di Gray si arrestarono, poi lui fece una risatina bassa. «Dovrei essere un buon marito e tranquillizzarti, ma in me rimane ancora abbastanza del mascalzone che ero da desiderare di farti soffrire un po', così come soffrirò io.»

«Gli uomini col tuo aspetto non soffrono mai, Gray» sbuffò lei, girando la testa per guardarlo.

«Ci sono altri uomini con il mio aspetto? È davvero scoraggiante.»

«Vedi come cambia il nostro rapporto se ti metti a fare il marito?» si lamentò lei. «Bugie, risposte evasive, cose non dette. Perché vuoi che viviamo in questa maniera?»

Gray si passò una mano tra i capelli e gemette.

«Puoi rispondermi, Gray? Ti prego, aiutami a capire perché vuoi rovinare la nostra amicizia.»

I loro occhi si incontrarono, e in quelli di lui Isabel scorse la desolazione che gli aleggiava intorno il giorno precedente. Il cuore le si gonfiò di emozione a quella vista.

«Dio, Pel.» Le posò la guancia contro la coscia, i capelli scuri che le bagnavano la camicia di raso. «Non so come parlarti di queste cose senza sembrare sdolcinato.»

«Provaci.»

Lui la fissò a lungo, le folte ciglia che gli schermavano gli occhi e i pensieri. Le dita che le accarezzavano il palmo della mano si fermarono e si intrecciarono alle sue. Quella semplice intimità colpì Isabel e per un momento le mancò il respiro.

«Dopo la morte di Emily ho provato disprezzo per me stesso, Isabel. Non hai idea di quanto le abbia fatto torto, e in quanti modi. Che spreco per una donna come lei morire a causa di un uomo come me. Ho impiegato molto tempo a venire a patti con il disgusto che provavo per me stesso e a rendermi conto che, anche se non potevo modificare il passato, avrei potuto decidere chi volevo essere in futuro. Sarei cambiato in suo onore.»

Isabel rafforzò la presa sulla sua mano, e lui la strinse di rimando. Fu allora che lei sentì l'anello al suo dito. Grayson non aveva mai portato la fede nuziale prima. Vedergliela al dito ora le diede una scossa che la fece tremare violentemente.

Gray le premette il viso contro la gamba, suscitandole un fremito di desiderio. Fraintendendo la sua reazione, lui le disse: «È orribile da parte mia. Mi dispiace».

«No, no... Non fermarti, voglio sapere tutto.»

«È un compito sgradevole tentare di cambiare il proprio carattere» proseguì lui. «Ho l'impressione che siano trascorsi anni interi senza che trovassi nulla per cui valeva la pena sorridere. Finché non ti ho visto entrare nello studio, ieri. In quel momento ho sentito una scintilla.» Sollevò le loro mani giunte e le baciò le dita. «E più tardi, in questa stessa stanza, ho sorriso. E mi sono sentito così bene, Pel. Quella scintilla si è trasformata in qualcosa di diverso, qualcosa che non sentivo da anni.»

«Brama» mormorò lei, gli occhi inchiodati al suo viso appassionato. Conosceva quel sentimento, perché la stava divorando proprio ora.

«E desiderio, e *vita,* Isabel. E tutto questo solo guardandoti. Posso solo sognare come sarebbe se potessi averti.» La voce di Gray si era fatta più profonda e roca per il desiderio, gli occhi ormai liberi dal tormento che lei vi aveva visto quando era arrivato.

«Gray...»

La sua bocca calda le premeva contro la coscia, bruciandole la pelle attraverso il raso rosa della vestaglia. Isabel si irrigidì, inarcando leggermente la schiena, in una silenziosa richiesta.

Ma subito dopo gli spinse via la testa. «Dopo che avrai appagato quella brama, cosa ci accadrà? Potremo ritornare com'eravamo prima?»

«Di cosa stai parlando?»

«Hai mai scoperto che non riesci più a mangiare un cibo che di solito ti piaceva moltissimo? Una volta placata la fame, il piatto di cui ti sei appena rimpinzato diventa poco appetitoso.» Si alzò in piedi e cominciò a passeggiare avanti e indietro, come faceva sempre quando era agitata. «Ci allontaneremmo sul serio allora. Finiremmo per vivere in case diverse e sentirci imbarazzati nell'incontrarci a qualche evento sociale.»

Gray si alzò in piedi e la seguì con lo sguardo. Uno sguardo tanto intenso che era quasi una carezza. «Vedi i tuoi ex amanti ogni giorno. Sono socievoli con te, e tu con loro. Perché con me dovrebbe essere diverso?»

«Non li guardo davanti a un caffè al mattino. Non faccio affidamento su di loro per regolare i miei conti, e provvedere al mio benessere. Loro non portano la fede nuziale!» Si bloccò e chiuse gli occhi, scuotendo la testa per la stupidità della sua bocca infida.

«Isabel» iniziò lui a bassa voce.

Lei alzò la mano per zittirlo e fissò il ritratto appeso al muro. Un dio dorato la fissava di rimando, immortalato per sempre nel fiore degli anni. «Ti troveremo un'amante. Il sesso è sesso, e con un'altra donna sarebbe molto meno difficile.»

Suo marito si mosse con tanta grazia che non lo sentì avvicinarsi. Afferrandola da dietro, le circondò con un braccio la vita, mentre l'altro saliva a prenderle un seno nella mano, con un gesto possessivo. Lei gridò sentendosi sollevare da terra, e lui le seppellì il viso nel collo. Il suo corpo era così caldo e duro dietro di lei, pieno di forza eppure tenero in quell'abbraccio.

«Non ho bisogno del tuo aiuto per trovare del sesso. Ho bisogno di te.» Le leccò la pelle morbida della gola e poi inalò il suo profumo, stringendola tra le braccia con un basso gemito. «Voglio che sia difficile. E sudato e sporco. Dio, dammi la forza, perché ho avuto la sfortuna di desiderare tutto ciò da mia moglie.»

Isabel si infiammò nel percepire la sua erezione, e si sciolse tra le sue braccia quando lui premette il bacino contro di lei. «No.»

«Ma posso anche essere gentile, Pel. Saprò amarti come si deve.»

La sua presa si allentò mentre con la punta delle dita le stuzzicava dolcemente il capezzolo.

Isabel si contorse nel suo abbraccio. Il pulsare tra le gambe era diventato quasi insopportabile.

«No...» gemette, desiderandolo con ogni respiro del suo corpo.

«Guarda l'anello che porto al dito» ringhiò Gray, evidentemente frustrato. «Sappi che sono tuo. E sono diverso dagli altri.» Le leccò il contorno dell'orecchio, quindi le mordicchiò il lobo. «Desiderami, accidenti a te. Nel modo in cui ti desidero io.»

Grayson la lasciò andare imprecando e uscì dalla stanza, abbandonando Isabel al suo dilemma: una parte di lei sapeva che una relazione con Gray non poteva durare, ma all'altra non importava un accidente se era così.

5

Gerard maledisse in silenzio la folla che si era riunita nel suo salotto. Le ore del giorno erano il suo tempo da passare con Pel, per lavorare alla costruzione del loro rapporto. Sapeva che quella sera lei sarebbe uscita per abbagliare la nobiltà con il suo fascino e la sua bellezza. Isabel era una creatura sociale e godeva della compagnia degli altri, e finché lui non avesse avuto un abbigliamento adeguato, non avrebbe potuto accompagnarla. Così aveva deciso di approfittare al massimo del tempo che gli era concesso, magari portandola a fare un picnic. Ma i visitatori avevano cominciato ad arrivare poco dopo colazione e ora la loro casa pullulava di ospiti curiosi che volevano assistere di persona alla loro scandalosa unione.

Rassegnato, guardò la moglie versare il tè per le nobildonne riunite intorno a lei. Isabel sedeva al centro del divano, circondata da bionde e brune che impallidivano al confronto con i suoi capelli ramati, così straordinari. Indossava un abito a vita alta di seta color crema, una tonalità che si adattava particolarmente alla sua pelle chiara e alle sue chiome splendenti. Nel suo salotto, decorato in damasco blu a righe, Isabel era nel proprio elemento: Gerard si rese conto che, nonostante le ragioni inconsuete per cui si erano sposati, Pel era stata una scelta eccellente come sposa. Era affascinante e gentile. La gente era felice di stare in sua compagnia.

Come se avesse percepito il suo sguardo, Isabel alzò gli occhi e incontrò i suoi. Un rosa tenue le risalì dal petto a colorarle le guance. Lui le strizzò l'occhio e sorrise, solo per vederla arrossire di più.

Come mai non si era accorto che Isabel era diversa da tutte le altre donne?

Non poté fare a meno di notarlo ora. Solo il fatto di trovarsi nella stessa stanza con lei gli faceva pulsare il sangue nelle vene, una sensazione che aveva creduto di non poter provare mai più. Isabel aveva tentato di mantenere le distanze passando da una stanza all'altra, ma lui l'aveva seguita, avendo bisogno di sentirla vicina.

«È bella, vero?»

Gerard si voltò verso la donna al suo fianco. «Infatti, Vostra Grazia.» Un sorriso gli incurvò la bocca alla vista della madre di Pel, una donna di rinomata bellezza. Era evidente che sua moglie sarebbe invecchiata altrettanto bene. «Ha preso dalla madre.»

«Galante e ardito» mormorò lady Sandforth, ricambiando il sorriso. «Per quanto tempo vi fermerete questa volta?»

«Finché mia moglie resterà qui.»

«Interessante.» La donna inarcò un sopracciglio. «Posso essere così audace da chiedervi perché avete cambiato opinione?»

«Il fatto che Isabel sia mia moglie non lo spiega già?»

«Gli uomini desiderano le loro mogli all'inizio, mio signore. Non quattro anni dopo.»

Lui si mise a ridere. «Sono un po' lento, ma sto recuperando.»

Un movimento attirò la sua attenzione. Gerard girò la testa scorgendo Bartley alla porta. Aspettò un attimo, cercando di decidere come comportarsi. Erano stati amici un tempo, ma solo nel senso più mercenario del termine. Porse le sue scuse alla suocera e si mosse per andare incontro al barone, che accolse con un genuino sorriso di benvenuto.

«Bartley, vi trovo bene.» E infatti era così, dato che aveva perso buona parte dei chili che un tempo gli ingrossavano il girovita.

«Non quanto voi, Gray» replicò il barone. «Anche se devo

dire che avete il petto di un contadino. Avete lavorato i vostri campi?» rise.

«A volte.» Gerard fece un cenno verso il corridoio vicino alle scale. «Venite a fumare un sigaro insieme a me, e raccontatemi quale guaio vi ha tenuto occupato durante la mia assenza.»

«Prima di tutto, vi ho portato un regalo.»

Gerard inarcò le sopracciglia. «Un regalo?»

La faccia rubiconda di Bartley si distese in un ampio sorriso. «Sì. Dal momento che siete appena tornato, e non avete ancora socializzato, immaginavo che sareste stato un tantino... diciamo... solo.»

Mosse il capo verso la porta.

Curioso, Gerard girò la testa nella direzione indicata e vide una donna dai capelli scuri alla porta d'ingresso: Barbara, lady Stanhope. La bocca di lei si incurvò in un sorriso così sensuale, che non poteva che definirsi malizioso. Gerard ricordava quel sorriso, capace di accendere la sua lussuria durante il loro torrido affaire, durato nove mesi. Anche a Barbara piacevano le scopate sudate e sporche.

Si mosse per salutarla, prendendo la mano che gli veniva offerta per baciarle il dorso. Le unghie lunghe gli graffiarono il palmo con deliberata sensualità.

«Grayson» cinguettò lei con una voce da ragazzina che non si addiceva al suo atteggiamento. All'epoca lo eccitava sentire quella voce da angelo innocente, mentre usava il suo corpo formoso. «Avete un aspetto stupendo, almeno da quello che posso vedere con i vestiti addosso.»

«Anch'io vi trovo bene, Barbara, ma questo lo sapete già.»

«Quando ho sentito che eravate tornato, sono venuta di corsa, prima che un'altra donna vi portasse via.»

«Non dovevate venire a casa mia» la ammonì.

«Lo so, caro, e me ne vado. Solo che ero sicura che avrei avuto più possibilità con voi se mi aveste visto di persona. Un biglietto è così impersonale, e molto meno divertente che toccarvi.» I suoi occhi chiari come la giada, splendidamente truccati, scintillavano di divertimento. «Vorrei che fossimo di nuovo amici, Gray.»

Gerard inarcò un sopracciglio e incurvò la bocca in un sorriso indulgente. «Una bella offerta, Barbara, ma temo di dover declinare.»

Lei allungò il braccio e con una mano gli sfiorò lo stomaco, facendo le fusa. «Ho sentito dire che vi state riconciliando con vostra moglie.»

«Non ci siamo mai separati in realtà» la corresse lui muovendo un piccolo passo indietro.

Barbara fece il broncio. «Mi auguro che ci ripenserete. Mi sono procurata una stanza presso il nostro hotel preferito. Vi soggiornerò per i prossimi tre giorni.» Mandò un bacio a Bartley, poi guardò di nuovo Gerard. «Spero di vedervi là, Grayson.»

Lui si inchinò. «Fossi in voi non aspetterei sveglia.»

Non appena il valletto chiuse la porta dietro la sua lasciva ospite, Bartley si spostò al suo fianco. «Potete ringraziarmi con un brandy e un sigaro.»

«Non ho mai richiesto i vostri servigi in questo campo» disse Gerard seccamente.

«Sì, sì, lo so. Ma siete appena arrivato, e volevo risparmiarvi un po' di trambusto. Non siete obbligato a tenervela quando avrete finito con lei.»

Scuotendo la testa, Gerard condusse il barone verso il suo studio. «Sapete, Bartley, credo che non ci sia alcuna possibilità che voi vi ravvediate.»

«Ravvedermi?» gridò il barone inorridito. «Buon Dio, mi auguro di no. Sarebbe terribile.»

Gli ultimi visitatori se ne andarono solo verso le sei di sera. Mentre si trovava nell'entrata accanto a Grayson, osservando gli ultimi ospiti che si allontanavano, Isabel non riuscì a trattenere un sospiro di sollievo. Avrebbe potuto giurare che tutte le vecchie amanti di Gray fossero venute in visita quel giorno. Almeno quelle di nobili natali lo avevano fatto, sapendo che lei non avrebbe potuto allontanarle. E Gray era stato affascinante e arguto, facendo nuovamente infatuare di lui ciascuna di quelle donne odiose.

«Be', non è stato facile» mormorò lei. «Nonostante tu sia un farabutto, rimani comunque popolare.» Si girò e si avviò per le scale. «Naturalmente la maggior parte dei visitatori erano donne. *Giovani* donne.»

La risatina sommessa del marito suonò esasperantemente compiaciuta. «Be', vuoi che mi trovi un'amante» le ricordò.

Lei gli lanciò uno sguardo di traverso e si accorse che la sua bocca sensuale era contratta da un sorriso trattenuto. Sbuffò. «È davvero spudorato da parte loro venire a casa mia a occhieggiarti, proprio davanti a me.»

«Forse dei colloqui programmati ti avrebbero compiaciuto maggiormente?» le suggerì.

Arrestandosi sul penultimo scalino, Isabel si mise le mani sui fianchi e lo fissò. «Perché stai deliberatamente cercando di provocarmi?»

«Tesoro, mi dispiace fartelo notare, ma non sono stato io a provocarti.» Gray non trattenne più il sorriso, e a quella vista lei si aggrappò alla ringhiera per sostenersi. «Devo ammetterlo, mi scalda il cuore vederti così gelosa.»

«Io non sono gelosa.» Isabel fece l'ultimo gradino e si avviò lungo il corridoio. «Pretendo semplicemente che mi si porti un po' di rispetto in casa mia. E ho imparato molto tempo fa che non vale la pena di tenersi un uomo che dà motivo di essere gelose.»

«Sono d'accordo.»

Quell'ammissione a bassa voce la sorprese e quasi la fece inciampare.

«Spero che tu tenga a mente, Pel» mormorò lui «che ho apprezzato quelle visite ancora meno di te.»

«Bugiardo. Tu adori essere adulato dalle donne. Tutti gli uomini l'adorano.»

"Non è nella natura dei mariti essere fedeli, soprattutto i mariti belli e affascinanti" aveva detto sua madre, e Isabel lo sapeva per esperienza personale. Ma Gray non aveva mentito. Non le aveva promesso di essere fedele, solo di essere un buon amante, della qual cosa lei non dubitava.

«Adoro le donne che mi adulano solo quando sono marchese bizzose con boudoir drappeggiati di raso.» Gray allungò la mano per ruotare la manopola in ottone, sfiorandole il seno con il braccio. «Cos'è che ti turba Isabel?» le chiese, la bocca vicino all'orecchio. «Dov'è quel sorriso che sogno?»

«Sto cercando di essere affabile, Gray.» Odiava mostrarsi di malumore. Non era da lei.

«Avevo altri piani per oggi.»

«Davvero?» Non sapeva perché le desse fastidio che lui avesse un posto dove andare, un impegno che non includesse lei.

«Sì.» Le leccò l'orecchio. «Avevo sperato di trascorrere la giornata a corteggiarti, e a mostrarti il mio lato affascinante.»

«Ho visto abbastanza del tuo lato affascinante.» E del suo lato passionale. Rabbrividì al ricordo delle sue braccia che la stringevano, delle sue labbra sul collo.

«Hai freddo, Isabel?» domandò lui in tono basso e intimo, le palpebre pesanti che gli schermavano lo sguardo. «Vuoi che ti scaldi?»

«In realtà» sussurrò, sfiorandogli con le mani le spalle e facendolo rabbrividire. «Ho molto caldo in questo momento.»

«Anch'io. Rimani a casa con me stasera.»

Lei scosse la testa. «Devo proprio andare.» Indietreggiò entrando nella sua stanza e aspettandosi che lui la seguisse, ma non lo fece.

«Molto bene.» Gray sospirò e si passò una mano tra i capelli. «Cenerai in camera tua?»

«Sì.»

«Ho alcune faccende di cui occuparmi, poi tornerò e resterò a guardarti mentre ti prepari. Spero che tu non abbia obiezioni. Un uomo deve pur prendersi i suoi piaceri.»

«No, non ho obiezioni.» Isabel cominciava a rendersi conto che il pensiero di lui che si prendeva piacere altrove era molto sgradevole.

«A dopo, allora.» Chiuse la porta, e Isabel rimase a fissarla a lungo dopo che se ne fu andato.

Nelle ore seguenti fece un bagno e consumò un pasto leggero. La sua mente era occupata dagli eventi del pomeriggio.

Sapeva che alcune delle ospiti di quel pomeriggio avevano conosciuto suo marito intimamente.

Negli ultimi quattro anni aveva incontrato quelle donne diverse volte senza che la cosa la infastidisse. Ora la disturbavano al punto che non riusciva a smettere di pensarci.

Ancora peggio, però, era la prospettiva delle nuove donne che avrebbe avuto, non quelle del suo passato, ma quelle che si proponevano per il futuro. Ciascuna di loro era certa che a Isabel non sarebbe importato. Perché avrebbe dovuto? Lei aveva Hargreaves. Purtroppo, però, le importava. Sapere che una di quelle donne avrebbe presto condiviso il letto di Gray le faceva ribollire il sangue. Nonostante avesse indosso solo la camicia e il bustino, era surriscaldata dalle sue riflessioni e dalla frustrazione.

Chiuse gli occhi mentre la cameriera le spazzolava i capelli, e glieli acconciava in corti riccioli che le incorniciavano il viso, secondo lo stile in voga. Udì un leggero bussare alla porta, che poi si aprì senza ulteriori indugi. Isabel spalancò gli occhi e vide Gray entrare dalla camera da letto adiacente.

«Cosa...?» borbottò.

Lui fece un respiro profondo e poi si distese sulla sua chaise longue preferita. «Sei incantevole» le disse, come se fosse perfettamente normale che lui entrasse dalla suite padronale. «O più propriamente, *stuprevole*. Esiste questa parola, Pel? Dovrebbe esistere, visto che è quella che ti definisce meglio.»

Da quando si erano sposati, lui aveva occupato una camera più avanti lungo il corridoio rispetto alla sua. Isabel si era offerta di prendersi una stanza nella zona riservata agli ospiti, dal momento che quella era la dimora di Gray e il loro matrimonio una farsa, ma il marito aveva sottolineato che lei passava molto più tempo in casa di quanto non facesse lui. Il che era vero. In quegli anni lei aveva dormito nel suo letto ogni notte. Gray invece a volte non tornava nella sua stanza per giorni e giorni.

Quel pensiero la fece infuriare. «Che ci facevi là dentro?»

Gray sbatté le palpebre con aria innocente. «Qualunque cosa mi andasse. Perché?»

«Non c'è niente là dentro, a parte dei mobili vuoti.»

«Al contrario» ribatté lui strascicando le parole. «La maggior parte delle mie cose sono lì. Almeno quelle che uso regolarmente.»

Le dita di Isabel si strinsero intorno al bordo del tavolino da toeletta. L'idea di Gray che riposava a pochi passi da lei, con solo una porta a separarli, la eccitò immediatamente. Immaginò il suo corpo nudo, come lo aveva visto nella sartoria. Si chiese se dormisse a faccia in giù, con quelle braccia possenti avvolte intorno al cuscino e quel voluttuoso culetto sodo esposto alla sua vista. O forse dormiva a faccia in su? La sensazione del suo cazzo le si era impressa sul fondoschiena dalla sera prima... lungo, caldo, nudo... L'immagine del bel corpo di Gray disteso nel sonno tra le lenzuola aggrovigliate...

"Oh, Signore..."

Deglutì forte e distolse lo sguardo prima che lui potesse leggere i suoi pensieri e scorgere il tumulto che l'agitava. Si alzò per indossare un abito, aiutata da Mary.

Gray sorrise alla cameriera. «Posso prendermi cura io della signora.»

Mary s'inchinò e uscì.

Lui le si mise alle spalle, e iniziò a darsi da fare con la fila di bottoncini coperti di stoffa che le correvano su per la schiena. Isabel trattenne il respiro, cercando di non annusarlo. Le dita di Gray si soffermarono sulla parte superiore della schiena, coperta dalla camiciola. «Hai la pelle d'oca. Non hai idea di quanto sia difficile, per un uomo, stare così vicino a una donna che desidera, sentire che il desiderio è ricambiato, e non agire di conseguenza.»

«Essere amici» replicò lei, stupita dalla fermezza della propria voce. «Questo è l'unico modo per far funzionare il nostro matrimonio.»

«Posso essere tuo amico e anche il tuo amante.» La sua bocca calda le premette sulla spalla.

«E che ne sarà di noi quando non saremo più amanti?»

Avvolgendole le braccia intorno alla vita, Gray le posò il

mento sulla spalla e osservò il loro riflesso. Era molto più alto. Doveva chinarsi sopra di lei, circondandola completamente.

«Cosa vuoi che ti dica, Isabel? Che saremo sempre amanti?»

Le sue mani le abbassarono il corsetto e le avvolsero delicatamente i seni, seguendone la forma, mentre si piegava leggermente e le premeva i fianchi contro il sedere. La prova tangibile del suo desiderio era evidente, e il calore le si diffuse immediatamente attraverso la pelle. Isabel chiuse gli occhi con un gemito: era pronta per il sesso, il corpo eccitato dalle sue continue sollecitazioni.

«Guardaci» la esortò Gray. «Apri gli occhi. Osserva quanto siamo arrossati e vogliosi.» Le sue dita forti e agili le pizzicarono i capezzoli. «So che potrei farti venire così, ancora completamente vestita. Ti piacerebbe venire, Isabel?» Le leccò la pelle velata di sudore. «Certo, che ti piacerebbe.»

Timorosa di perdere la testa se si fosse vista tra le sue braccia, lei scosse la testa senza aprire gli occhi.

Gray si spostò, posizionando i fianchi in modo da poter strofinare il cazzo contro di lei, su e giù per tutta la lunghezza, facendola gemere, portandola sull'orlo dell'esasperazione. Intanto le stuzzicava i capezzoli, tirandoli e torcendoli finché lei non gridò di piacere. Sentiva ogni movimento delle sue dita come se le avesse tra le gambe, la fica bagnata e bramosa di lui.

«Non so dirti se saremo sempre amanti.» La sua voce rauca le accarezzò la pelle, facendole inturgidire ulteriormente i capezzoli. Gray gemette. «Ma posso assicurarti che se il mio desiderio per te fosse anche solo la metà di quello che è adesso, ti vorrò sempre disperatamente.»

Isabel sapeva che lui avrebbe comunque desiderato altre donne. Anche quando era innamorato, non era stato fedele. Nonostante questa consapevolezza, arcuò la schiena, spingendogli i seni contro le mani e sfregando le natiche sulla sua marmorea erezione.

Gray ringhiò, un monito gutturale e profondo. «Resta a casa con me.»

La tentazione di farlo era quasi irresistibile. Isabel avrebbe voluto spingerlo a terra, impalarsi sul suo cazzo, e cavalcare quell'inquietudine che la tormentava.

«Una volta non ti desideravo affatto» gemette, dondolandosi nel suo abbraccio, tutto il corpo in tensione. Era quasi folle di desiderio, pronta a mettere da parte tutto ciò che aveva di caro per abbandonarsi a lui. «Mai una volta ti ho guardato e ho pensato di condividere il tuo letto.»

Ora non riusciva a smettere di pensarci.

Costringendosi ad aprire gli occhi, Isabel guardò nello specchio e si osservò contorcersi tra le sue mani esperte. In quel momento si odiò: non sopportava di vedersi come la ragazza che era stata quasi dieci anni prima, impotente nella morsa di un desiderio abilmente manovrato per dare piacere a un uomo.

Le braccia di Gray si tesero, bloccandola contro il suo petto. Le sue labbra, calde e umide, le percorsero la gola e la spalla. «Dio, voglio scoparti» disse con voce stridula, aumentando la stretta e quasi facendole male. «Lo voglio così tanto che ho paura di farti a pezzi.»

La crudezza di quelle parole fu più di quanto Isabel potesse tollerare. Venne con un grido, la fica che si contraeva così forte che quasi le cedettero le ginocchia. Gray la tenne saldamente in equilibrio.

Ansimando, lei distolse lo sguardo dal proprio riflesso lascivo. Era così che succedeva con Pelham. Vide gli occhi scuri che un tempo l'avevano trascinata nel vortice della passione sessuale e richiamò alla mente tutte le amanti dell'uomo. Si ricordò di ogni volta che era stata costretta a sedersi di fronte a una di loro in pubblico o a sentire il loro profumo sulla pelle del marito. Pensò a tutte le donne che erano state nella sua casa quel giorno, con i loro sorrisi allettanti, e le si contrasse violentemente lo stomaco, raffreddando all'istante il suo ardore.

«Lasciami» disse con voce bassa e determinata. Si raddrizzò, cercando di liberarsi.

Gray si irrigidì. «Ascolta il tuo respiro, e il tuo battito accelerato. Lo vuoi quanto lo voglio io.»

«Non è vero.» Si dibatté, quasi in preda al panico, fino a quando lui non la lasciò andare con un'imprecazione. Poi si girò a guardarlo con i pugni stretti, ogni fibra del suo corpo impegnata a trasformare il furioso desiderio che ancora provava in semplice rabbia. «Stai lontano da me. Tornatene in camera tua. Lasciami in pace.»

«Che diavolo di problema hai?» Gray si passò le mani tra i capelli scuri. «Non ti capisco.»

«Non voglio una relazione sessuale con te. Te l'ho ripetuto molte volte.»

«Perché no?» chiese lui seccato, cominciando a camminare avanti e indietro.

«Non continuare a farmi pressione, Grayson. Dico sul serio. Se non smetterai di cercare di importi, dovrò andarmene.»

«Impormi?» Le puntò il dito contro, pieno di frustrazione, tradita dalla rigidità del corpo. «Risolveremo questa cosa. Stasera.»

Sollevando il mento, Isabel si strinse l'abito contro il seno e scosse vigorosamente la testa. «Ho dei programmi per questa sera. Te l'avevo detto.»

«Non puoi uscire» la schernì. «Guardati. Stai tremando per il bisogno di una bella scopata.»

«Questo non è un problema tuo.»

«Certo che lo è.»

«Gray...»

Lui socchiuse gli occhi con aria torva. «Non coinvolgere Hargreaves in questo, Isabel. Non andare da lui per saziare i bisogni che io ho suscitato.»

Lei rimase a bocca aperta. «Mi stai minacciando?»

«No. E lo sai bene. Ti sto dicendo che, se andrai da Hargreaves per calmare le voglie provocate dalle mie carezze, lo sfiderò a duello.»

«Non posso crederci.»

Lui alzò le mani. «Nemmeno io. Sei lì che mi desideri da morire. Io sono qui, pronto a scoparti finché non saremo più in grado di camminare. Qual è il problema, Isabel? Me lo puoi dire?»

«Non voglio rovinare il nostro matrimonio!»

Gray prese un respiro profondo per calmarsi. «Devo ricordarti, cara moglie, che il matrimonio, per sua natura, include il sesso. Tra i coniugi, non con terzi.»

«Non il nostro» ribatté lei con fermezza. «Avevamo un patto. Devi trovarti un'altra.»

«Quel maledetto accordo! Cristo, Pel. Le cose sono cambiate.» Fece un passo verso di lei a braccia aperte, la linea tesa della mascella che si ammorbidiva.

Isabel corse allo scrittoio, volendo mettere qualcosa tra loro. Se l'avesse toccata, sarebbe crollata.

La mascella di Gray si serrò nuovamente. «Come desideri» sbottò. «Ma questo non è ciò che vuoi. Ti ho vista oggi, ho visto come guardavi ogni donna che entrava dalla porta. La verità è che, a prescindere da tutti i tuoi ragionamenti per escludermi dal tuo letto, non mi vuoi nemmeno nel letto di nessun'altra.» Si inchinò. «Comunque, ogni tuo desiderio è un ordine. Ti renderai conto del tuo errore da sola.»

Prima che Isabel potesse rispondere, se n'era andato. E benché lei avesse immediatamente rimpianto le proprie parole, non lo seguì per dirgli di restare.

6

Gerard percorse a grandi passi il corridoio che portava alla stanza d'albergo di lady Stanhope, maledicendo la testardaggine della moglie.

C'erano dei vantaggi nel fare come voleva Isabel. Il suo desiderio per lei era quasi insopportabile, e l'aveva costretto a metterla subito sotto pressione, spaventandola. Questo lo capiva, e si rendeva conto di non averle dato abbastanza tempo per abituarsi al suo ritorno e al suo nuovo interesse per lei.

Era vero che sbattersi Barbara avrebbe affievolito la sua fame, ma accidenti! Lui non voleva che si affievolisse. Voleva sperimentare quella passione dolorosa, bruciante e inebriante con Isabel, non con una sostituta.

Ma il pensiero della moglie con Hargreaves era così esasperante che gli ribolliva il sangue. Che fosse dannato se avesse permesso che lei alleviasse i suoi bisogni, mentre lui soffriva per i propri. Bussò alla porta di Barbara ed entrò immediatamente.

«Sapevo che saresti venuto» gongolò lei, nuda sul letto, con solo un nastro nero intorno al collo. A Gerard venne istantaneamente duro, come sarebbe successo a qualsiasi uomo a quella vista. Barbara era una bella donna dotata di un vorace appetito sessuale, quanto bastava per convertire la sua rabbia e la sua frustrazione in lussuria.

Togliendosi la giacca e sbottonandosi il panciotto, si accostò al letto con determinazione.

Barbara si avvicinò muovendosi carponi sul letto, per aiutarlo. «Grayson» mormorò con la sua voce da ragazzina, le mani impazienti che gli sfilavano la camicia dalle spalle, lasciandola cadere sul pavimento. «Sei così voglioso stasera.»

Gerard si stese su di lei, inchiodandola al letto, quindi ruotò, portandola sopra di sé.

«Sai cosa fare» borbottò, e poi rimase lì a fissare il soffitto, la mente del tutto distaccata dal sesso senza significato che sarebbe presto seguito.

Barbara gli passò le mani sull'addome muscoloso. «Penso che potrei venire solo guardandoti.» Si chinò su di lui, premendogli i seni contro la coscia mentre gli apriva i pantaloni. «Ma, naturalmente, farò di più che guardare.»

Gerard chiuse gli occhi e desiderò ardentemente Isabel.

Isabel scese dalla carrozza ed entrò nella residenza di Hargreaves passando dalle scuderie. Era una strada che aveva percorso centinaia di volte, sempre con grande aspettativa. Quella sera, però, era tutto diverso. Sentiva una morsa allo stomaco, e i palmi delle mani umidi. Gray era uscito a cavallo, e lei sapeva che era andato da un'altra donna.

Era lei che lo aveva spinto a farlo.

In quel momento, probabilmente, era sepolto dentro una donna, il suo meraviglioso sedere che si tendeva mentre spingeva il cazzo in un corpo pronto ad accoglierlo. Isabel si disse che per il loro matrimonio era meglio così. Meglio che lui trovasse un'altra adesso, anziché dopo che lei avesse ceduto. Ma quella consapevolezza non la faceva sentire meglio. Le immagini nella sua mente la tormentavano, e la sensazione di possessività non diminuiva.

Bussò dolcemente alla porta della camera di John e poi entrò.

Hargreaves sedeva davanti al fuoco, con indosso una vestaglia di seta e un bicchierino di liquore in mano. Fissava cupo le fiamme. «Credevo che non saresti venuta» disse senza guardarla. Aveva la voce leggermente impastata, e lei notò il decanter quasi vuoto sul tavolo accanto.

«Mi dispiace» mormorò, accovacciandosi sul pavimento ai suoi piedi. «So che i pettegolezzi ti hanno ferito. Mi dispiace molto.»

«Sei andata a letto con lui?»

«No.»

«Ma vorresti farlo.»

«Sì.»

Gli occhi di Hargreaves incontrarono i suoi e lui allungò un braccio per accarezzarle il viso. «Grazie per l'onestà.»

«Stasera l'ho mandato via.» Si strofinò contro la sua mano, assaporando la pace e il benessere familiare che provava in sua presenza. «E lui se n'è andato.»

«Rimarrà lontano da te?»

Appoggiandogli la guancia contro il ginocchio, Isabel fissò il fuoco. «Non ne sono sicura. Sembra piuttosto determinato.»

«Già.» John le fece scivolare le dita tra i capelli. «Mi ricordo cosa succede a quell'età. Cominci a pensare alla morte, e il desiderio di generare un erede diventa una necessità quasi schiacciante.»

Isabel si irrigidì. «Ha due fratelli più giovani. Non ha bisogno di un erede.»

Nella risata di John non c'era divertimento. «Quando te l'ha detto questo? Quando vi siete sposati? Quando aveva ventidue anni? Ovvio che non fosse interessato ai figli all'epoca. La maggior parte degli uomini non lo è. La necessità primaria è fottere, e la gravidanza frena ogni entusiasmo.»

Lei pensò all'eccitazione infantile di Gray per la gravidanza di Emily, e le si gelò il sangue. Lui aveva già mostrato in passato un forte desiderio di avere dei figli.

«È un marchese, Isabel» affermò Hargreaves portandosi alle labbra il bicchiere, le dita tra i suoi capelli. «Ha bisogno di un erede, e benché possa avere dei fratelli, a un uomo piace produrre da sé la propria discendenza. Che altra ragione ti ha dato per il suo ritorno?»

«Ha detto che si sentiva in colpa per avermi lasciata sola ad affrontare le chiacchiere.»

«Non avrei mai ritenuto Grayson capace di un simile altruismo» replicò Hargreaves seccamente, mettendo da parte il bicchiere vuoto. «Si direbbe un uomo del tutto diverso da quello che conoscevo solo quattro anni fa.»

Fissando il fuoco, Isabel si sentì improvvisamente molto sciocca e molto ferita. Rimase lì per molto tempo a guardare le fiamme danzare. Più tardi sentì la mano di John che le gravava inerte sulla spalla. Girò la testa e lo trovò addormentato. Indecisa e terribilmente confusa, si alzò per prendere una coperta. Una volta certa che lui stesse bene, se ne andò.

Gerard voltò la testa dall'altra parte quando Barbara tentò di baciarlo. Il suo profumo era stucchevole, un profumo muschiato che una volta gli piaceva ma che ora, purtroppo, gli risultava sgradevole. Il suo cazzo era duro come roccia e bramoso nella mano di lei, il suo corpo che rispondeva alle esperte carezze della donna nonostante il distacco emotivo e mentale che lui provava. Barbara gli sussurrò qualche frase sconcia all'orecchio e poi gli si mise a cavalcioni, preparandosi a montarlo.

«Sono così contenta che tu sia tornato a casa, Grayson» mormorò.

"Casa."

Quella parola gli turbinò nella testa e gli fece contrarre lo stomaco. Lui non aveva mai avuto una casa. Da bambino, l'amarezza della madre aveva avvelenato tutto l'ambiente che lo circondava. Si era sentito davvero accettato e in pace solo con Pel. La nuova attrazione che provavano l'uno per l'altra aveva cambiato le cose, ma lui avrebbe fatto in modo di ritrovare quell'accordo.

E la sua situazione attuale non era proprio l'ideale per riuscirci. Quella non era casa sua. Quello era un albergo, e la donna che stava per scoparlo non era sua moglie. Prendendola alla vita, Gerard si girò rapidamente, gettandola sul letto accanto a lui.

Barbara strillò di gioia. «Sì!» gridò. «Mi chiedevo quando saresti entrato nello spirito della cosa.»

Gerard le spinse una mano tra le gambe, accarezzandola. Sapeva ciò che le piaceva.

Barbara venne dopo pochi istanti, così lui fu libero di sottrarsi a quell'incontro sordido.

Con un sospiro frustrato, scese dal letto, si riallacciò i pantaloni e si accostò al lavandino nell'angolo.

«Che stai facendo?» trillò Barbara, stiracchiandosi come un gatto.

«Mi lavo. Poi me ne vado.»

«No, non andare!» Si mise a sedere. Con le sue guance arrossate e la bocca vermiglia imbronciata, era davvero bella. Ma non era affatto ciò che lui voleva.

«Mi dispiace, dolcezza» rispose burbero, strofinandosi le mani nel lavabo. «Non sono in vena questa sera.»

«Menti. Hai il cazzo duro come un attizzatoio.»

Gerard si voltò e raccolse giacca e panciotto.

Barbara incurvò le spalle. «È vecchia, Grayson.»

«È mia moglie.»

«Questo non ti ha mai disturbato prima. Inoltre, lei ha Hargreaves.»

Gerard si irrigidì, serrando la mandibola.

«Ah. Un colpo basso.» Il sorriso della donna era malvagio come sempre. «È con lui, adesso? È per questo che sei venuto da me?» Divaricando le gambe, si appoggiò contro i cuscini e si fece scorrere le mani tra le cosce. «Perché dovrebbe spassarsela solo lei? Sono in grado di offrirti gli stessi divertimenti.»

Allacciando l'ultimo bottone, Gerard si avviò verso la porta. «Buonanotte, Barbara.»

Aveva fatto solo pochi metri nel corridoio quando udì qualcosa frantumarsi contro la porta. Scuotendo la testa, scese le scale in fretta, ansioso di tornare a casa.

Comodamente sistemata nella sua camera da letto, Isabel congedò Mary che l'aveva aiutata a spogliarsi. «Portami del madera» mormorò, mentre la cameriera si inchinava.

Quando fu sola, sprofondò in una poltrona dall'alto schienale davanti al fuoco e si mise a pensare a Hargreaves. Quella situazione era così ingiusta per lui. John era un uomo buono, lei lo adorava, e si detestava per essere così confusa. Sua madre non avrebbe trovato nulla di sbagliato nel desiderare due uomini allo stesso tempo. Isabel, invece, aveva sempre ritenuto che una persona dovesse essere abbastanza forte da resistere ai propri istinti più bassi, se le importava abbastanza di qualcuno.

Diversi minuti dopo un colpo alla porta aperta attirò la sua attenzione. Fece cenno alla cameriera di entrare. La domestica reggeva un vassoio con la bottiglia di madera e un bicchiere con una mano. L'altra era carica di asciugamani.

«A cosa servono quelli?» domandò Isabel.

«Edward li ha richiesti per il bagno di Sua Signoria.»

Edward era il cameriere personale di Gray. Era quasi l'alba e suo marito stava facendo il bagno per cancellare gli odori delle sue fatiche carnali, mentre lei se ne stava lì seduta a sentirsi in colpa. Improvvisamente furiosa per quell'ingiustizia, si alzò e prese gli asciugamani. «Me ne occupo io.»

La ragazza spalancò gli occhi, ma s'inchinò e poggiò la bottiglia e il bicchiere prima di andarsene.

Isabel attraversò il boudoir diretta allo spogliatoio e poi, senza alcun preavviso, aprì la porta del bagno.

Gray giaceva nell'acqua fumante di vapore, con la testa appoggiata al bordo della vasca e gli occhi chiusi. Non si mosse quando lei entrò, e Isabel si concesse un breve momento per godersi la vista del suo petto scuro e delle sue gambe lunghe e possenti. Tutta la sua bellezza era chiaramente visibile attraverso l'acqua limpida, compreso il cazzo impressionante che lei aveva sentito solo per qualche istante. Si eccitò subito, il che aumentò ulteriormente la sua collera. Lanciò un'occhiata a Edward che lo indusse a fuggire dalla stanza.

Gray fece un respiro profondo, poi si irrigidì. «Isabel» mormorò, aprendo gli occhi. La fissò con le iridi incredibilmente azzurre incorniciate dalle ciglia bagnate, e non fece nessun tentativo di coprirsi.

«Ti sei goduto la serata?» sbottò lei.

A quel tono le labbra di Gray si contrassero. «E tu?»

«No, non me la sono goduta, ed è solo colpa tua.»

«Ovviamente.» Il silenzio si protrasse, l'aria tra loro sfrigolava di cose non dette e di un desiderio inappagato. «Te lo sei scopato, Pel?» le chiese infine con voce aspra.

Lo sguardo di Isabel gli percorse tutto il corpo.

«L'hai fatto?» ripeté lui vedendo che lei non diceva nulla.

«Hargreaves era ubriaco e depresso.» Mentre Gray aveva trascorso una serata piacevole nel letto di qualche donna. Quel pensiero la fece infuriare a tal punto che gli gettò gli asciugamani in faccia e girò sui tacchi. «Spero che tu abbia scopato a sufficienza per tutti e due.»

«Maledizione, Isabel!»

Udendo un tonfo alle sue spalle, lei si affrettò verso la porta. La camera da letto era vicina, ce la poteva fare...

Gray l'afferrò per la vita, sollevandola dal pavimento. Lei si dibatté, scalciando e sgomitando, la vestaglia di raso che scivolava contro il suo corpo bagnato.

«Smettila» ringhiò Gray.

«Lasciami!»

Isabel allungò un braccio all'indietro e gli tirò i capelli bagnati.

«Oh, dannazione!»

Gray inciampò e cadde in ginocchio, premendola bocconi sul pavimento e coprendola con il suo corpo.

Isabel aveva la camicia da notte fradicia nella parte posteriore, il seno appiattito sul tappeto. «Ti odio!»

«No, non mi odi» mormorò lui, distendendole le braccia sopra la testa.

Lei si agitò per quanto poteva con il suo peso addosso. «Non riesco a respirare» ansimò. Gray scivolò di lato, tenendole una gamba addosso e le braccia bloccate. «Lasciami andare, Gray. Non hai alcun diritto di trattarmi in questa maniera.»

«Ne ho tutto il diritto. Te lo sei scopato?»

«Sì.» Isabel voltò la testa per lanciargli uno sguardo truce. «Ho scopato con lui tutta la notte. In ogni modo immaginabile. Gli ho succhiato il...»

La bocca di Gray si avventò sulla sua con tanta violenza che Isabel sentì il sapore del sangue. Le spinse brutalmente la lingua in bocca, le labbra incollate alle sue. Mentre le bloccava entrambi i polsi con una mano, con l'altra cercava di strattonare verso l'alto l'orlo della camicia.

Isabel sentiva il sangue correrle nelle vene e il cuore battere all'impazzata contro la cassa toracica. Eccitata al di là di ogni immaginazione, gli morse il labbro inferiore. Lui inarcò la testa all'indietro con un'imprecazione.

«Lasciami andare!»

La camicia da notte era intrappolata sotto di lei, così Gray spostò il peso per potergliela sfilare.

Isabel ne approfittò per colpirlo, prendendolo alla sprovvista, poi si mise carponi e cercò di fuggire.

«Isabel» latrò lui, lanciandosi verso di lei.

Le afferrò la coda della camicia e la tenne stretta, strappando i sottili nastri sulle spalle. Lei sgusciò fuori dall'indumento, continuando a strisciare verso la sua stanza. Cominciava a sperare di poterla raggiungere quando le afferrò la caviglia in una morsa d'acciaio. Isabel scalciò con la gamba libera, lottando disperatamente, ma Gray era troppo forte. La voltò e si arrampicò sopra di lei, bloccandole le braccia e spingendole una coscia tra le gambe.

Lacrime di frustrazione le rigarono le guance. «Non puoi farmi questo» esclamò, contorcendosi e cercando di resistere al proprio desiderio, più ancora che a lui. Mentre si dibatteva, sentiva contro il ventre il calore inequivocabile della sua erezione.

Ancora una volta, lui le bloccò le braccia sopra la testa con una mano. L'altra le sfiorò dolcemente il fianco e poi scese tra le gambe. Insinuandosi tra le pieghe del sesso, le fece scivolare dentro due dita.

«Sei bagnata» gemette lui. Lei ruotò i fianchi nel tentativo di sfuggire a quell'esplorazione. «Calmati.» Gray le seppellì il volto nel collo. «Non ho scopato con nessuna, Isabel.»

«Menti.»

«Questo non significa che non ci abbia provato, sai? Alla fine, però, volevo solo te.»

Lei scosse la testa, piangendo in silenzio. «No. Non ti credo.»

«Sì che mi credi. Conosci a sufficienza il corpo di un uomo.

Sai che non potrei essere così duro se avessi scopato per tutta la notte.»

Le dita di Gray, scivolose dei suoi umori, trovarono la clitoride e cominciarono a tracciarvi sopra dei cerchi. Isabel inarcò la schiena, impotente, sentendo il sangue rallentare pigramente per il desiderio. Lui la circondava completamente con il suo corpo sodo, intrappolandola contro il pavimento. Un dito le affondò dentro e Isabel tremò da capo a piedi, bagnandogli ancora di più la mano.

«Buona» la placò lui, parlandole a bassa voce nell'orecchio. «Lascia che ti aiuti. Siamo entrambi sovreccitati.»

«No, Gray.»

«Lo vuoi tanto quanto me.»

«Non lo voglio.»

«Chi sta mentendo adesso?» Il suo dito scivolò fuori da lei, e la mano umida si spostò sulla coscia. Le mise un braccio sotto la testa, il bicipite che le faceva da cuscino alla guancia, e le posò l'altra mano a coppa sul seno sinistro. «Ho bisogno di te.»

Isabel cercò di chiudere le gambe, ma sentì la punta del pene premerle contro il sesso scivoloso. Gray lo strusciò contro di lei e le pizzicò il capezzolo. Lei gemette mentre la lussuria le velava la pelle di sudore.

«Sei calda e bagnata per il mio cazzo.» I suoi denti le sfiorarono la spalla. «Dimmi che non mi vuoi.»

«Non ti voglio.»

Una risatina le riecheggiò nell'orecchio. La spessa punta del suo pene la penetrò, dilatandola, ma per Isabel non era ancora abbastanza. I suoi fianchi si mossero di propria volontà, nel tentativo di avere di più, ma lui si tirò indietro lasciando appena un pezzettino di sé dentro di lei.

«No» la schernì, improvvisamente molto più controllato, come se l'unione carnale lo calmasse in qualche modo. «Tu non mi vuoi.»

«Accidenti a te.» Isabel gli strofinò il viso contro il braccio, asciugandosi le lacrime.

«Dimmi che mi vuoi.»

«Non ti voglio.» Ma le sfuggì un gemito, e i suoi fianchi presero a ondeggiare senza posa, massaggiandolo.

«Isabel...» Le affondò delicatamente i denti nella spalla, facendo scivolare il cazzo più in profondità. «Fermati prima che esploda senza averti soddisfatta.»

«Non ti azzardare» ansimò lei: il pensiero di essere abbandonata a quell'agonia era terribile.

«Continua così, e non sarò in grado di fermarmi.»

Isabel gli seppellì il viso nel braccio. «Tu vuoi mettermi incinta.»

«Cosa?» Gray si immobilizzò. «Di cosa diavolo stai parlando?»

«Ammettilo» disse lei con voce roca, il petto oppresso. «Sei tornato per avere un erede.»

Con sua sorpresa, lo sentì rabbrividire contro di lei.

«È ridicolo. Ma so che non mi crederai, quindi prometto che non ti verrò dentro. Almeno finché non lo vorrai.»

«Hai ragione. Non ti credo.»

«Mi farai impazzire, ragazza testarda. Smettila di trovare scuse, e ammetti che mi vuoi. Allora ti darò questo.» Si spinse un poco in lei. «Non il mio seme.»

«Sei orribile, Grayson.» Isabel si dimenò, cercando disperatamente di raggiungere l'orgasmo.

«In realtà sono molto bravo.» La sua lingua le entrò nell'orecchio. «Permettimi di dimostrartelo.»

«Ho qualche scelta?» Rabbrividì, la pelle incollata alla sua dal sudore. «Non mi lascerai andare.»

Gray sospirò e se la strinse al petto. «Non *posso* lasciarti andare, Isabel.» Le strofinò il viso contro la gola. «Gesù, adoro il tuo odore!»

E Isabel amava sentirsi dentro il suo cazzo così grosso e duro, virile come il resto di lui. Pelham l'aveva irretita con quel piacere infuocato che provocava dipendenza, e faceva desiderare a una donna di essere scopata all'infinito. Schiava del desiderio.

Era troppo debole per protestare quando le dita di lui trovarono la clitoride e cominciarono a stimolarla.

«Io ce l'ho più grosso alla radice» mormorò Gray perfidamente. «Immagina come ti sentirai quando te lo infilerò dentro tutto.»

Lei chiuse gli occhi, divaricando le gambe in un invito silenzioso. «Fallo, allora.»

«È questo che vuoi?» La sua sorpresa era palese.

«Sì!» Gli diede una gomitata nelle costole e lo udì grugnire. «Odioso, arrogante idiota.»

Allungando le braccia e intrecciando le dita alle sue, Gray emise un basso ringhio e cominciò a spingere piano, costringendola a sentire ogni centimetro, obbligandola a sottomettersi al suo potere. Isabel gridò di piacere e di sollievo, arrendendosi al desiderio devastante che finora aveva testardamente combattuto.

Stringendo le mani di Gray, si arrese alla sua nuova dipendenza con un singhiozzo di disperazione.

7

Gerard digrignò i denti nell'infilare il cazzo nelle sue carni gonfie e scivolose. Si sforzava di mantenere la razionalità, mentre ogni fibra del suo corpo vibrava di piacere infuocato nell'udire le grida ansimanti con cui lo accoglieva nella fica. Bruciava in tutto il corpo, fino alle radici dei capelli, e aveva la pelle coperta di sudore.

«Oh, Pel» sussurrò, spostando le gambe di lato in modo da poter pompare più profondamente. «Stare dentro di te è come essere in paradiso.»

Isabel si contorse sotto di lui. «Gray...»

Quella supplica mormorata lo fece rabbrividire. «Maledizione, smettila di dimenarti, prima che perda quel poco di controllo che ho.»

«Questo sarebbe controllo?» ansimò lei inarcando i fianchi in una richiesta silenziosa. «Come sei quando lo perdi?»

Lasciandole le mani, lui abbracciò il suo corpo sottile.

Molte volte, nella vita, era stato accecato dalla lussuria, dando sfogo ai suoi istinti più bassi. E non aveva mai provato un bisogno così feroce di abbandonarvisi come ora con Isabel. La sua sfolgorante bellezza, la sua sessualità sfacciata e le sue curve prosperose erano fatte apposta per un uomo dai desideri forti, come lui. Quattro anni prima lei era troppo per lui, anche se la sua arroganza non gli avrebbe mai permesso di riconoscerlo. Ora invece temeva di essere lui troppo audace per lei. E non voleva spaventarla tanto da allontanarla dal suo letto.

Le mise le mani sotto la schiena e rotolò sul pavimento mettendosela sopra.

«C... cosa...?» Isabel boccheggiò, i capelli sciolti che le ricadevano sul volto e sulle spalle, avvolgendolo nel suo profumo. Incredibilmente il cazzo gli divenne ancora più duro.

«Cavalcami» grugnì. Sentire il corpo voluttuoso di lei sopra il proprio lo portò quasi all'orgasmo. Ciò che desiderava fare, più ancora che respirare, era bloccarla sotto di sé e fottere la sua stretta fica senza pietà finché il proprio vigore non si fosse esaurito. E poi farlo di nuovo. Ma lei era sua moglie, e meritava di meglio. Dal momento che non poteva fidarsi di se stesso per condurre il gioco, doveva fidarsi di lei.

Isabel esitò, e lui per un attimo pensò che l'avrebbe rifiutato di nuovo. Invece poggiò le mani sul pavimento e si lasciò scivolare verso il basso, prendendolo più in profondità dentro di sé, fino a quando le labbra madide del suo sesso gli baciarono la base del cazzo.

«Dio, Gray. Sei così...»

Stringendo gli occhi chiusi, Gerard sospirò a quella lode inespressa. Sapeva ciò che lei avrebbe voluto dirgli, ma non c'erano parole per esprimerlo.

Forse era semplicemente perché lei lo aveva eccitato e respinto più volte, come nessuna donna aveva mai fatto. Forse perché era sua moglie, e quella consapevolezza accresceva l'intensità del momento. Qualunque cosa fosse, il sesso non era mai stato così, e non avevano nemmeno cominciato.

«Devi muoverti, Pel.» Aprendo gli occhi, deglutì a forza mentre Isabel tendeva le braccia, i suoi capelli che gli si riversavano sul petto. Si chiese cos'avrebbe fatto. Si sarebbe sollevata per mettersi faccia a faccia con lui? Guardarla venire gli avrebbe dato grande piacere, ma il pensiero di separarsi da lei era quasi insopportabile.

«Devo?» miagolò Isabel in tono di scherno, e benché lui non potesse vederle il viso, era sicuro che avesse un'espressione diabolica. Lei sollevò una mano, appoggiando il peso sull'altro braccio.

Gray rimase pietrificato e cessò di respirare, quando gli

mise una mano tra le gambe e gli sollevò i testicoli con una delicata stretta, per poi accarezzarlo più in alto.

Oh, diamine! Se si masturbava sul suo cazzo, sarebbe esploso.

«Stai per...?» cominciò.

Isabel lo fece.

Gerard grugnì quando la fica si strinse come un pugno intorno a lui. «Maledizione!»

Quasi nel panico, le afferrò i fianchi e la sostenne mentre spingeva violentemente verso l'alto, scopandola come un uomo posseduto.

«Sì!» gridò lei, lasciando crollare la testa all'indietro. Nello stesso momento il corpo di Isabel si serrò intorno al suo cazzo spremendolo con spasmi pulsanti, quasi brutali nella loro intensità, che per poco non gli fecero fuoriuscire il seme.

L'orgasmo di Isabel sembrò durare all'infinito, ma lui si morse il labbro a sangue e tenne duro. Soltanto quando lei si accasciò tra le sue braccia, si concesse di venire, schizzando bollenti fiotti di lussuria e di desiderio sulla sua coscia e sul tappeto.

Pel rimase sdraiata sopra di lui, senza fiato, e Gerard le prese i seni tra le mani e le baciò la tempia. Il suo profumo mischiato a quello del sesso era inebriante. Le premette le narici contro la pelle e lo respirò.

«Sei un uomo orribile e tremendo» sussurrò Isabel.

Gerard sospirò. Di certo, aveva sposato la donna più ostinata del mondo. «Sei stata tu a far precipitare gli eventi. Ma mi assicurerò di prolungare il processo, la prossima volta. Forse allora sarai più amabile.» Si tirò su a sedere trascinandola con sé.

«La prossima volta?»

Gerard capì che stava per mettersi a discutere, così allungò un braccio tra le sue gambe e le accarezzò la clitoride con un tocco leggero. Sentendola gemere, sorrise. «Sì, la prossima volta, che avrà inizio a breve, appena ci saremo ripuliti un po' e trasferiti in un luogo più comodo.»

Lei scattò in piedi, girandosi verso di lui in un vortice di capelli ramati e pelle arrossata. Osservandola, Gerard fu colpito dall'assoluta perfezione delle sue forme. Completamente nuda nel suo splendore, Isabel Grayson era una Venere, una sirena dai seni pieni e dai fianchi rotondi, con le labbra gonfie per i suoi baci. Il suo membro rispose con una rapidità ammirevole.

Gli occhi di Isabel si abbassarono a guardarlo, dilatandosi. «Santo cielo. L'abbiamo appena fatto.»

Gerard scrollò le spalle e trattenne un sorriso, mentre lei continuava a fissarlo, con uno sguardo di palese apprezzamento, solo leggermente intimidito. Alzandosi in piedi, le prese la mano e la condusse in bagno. «Non posso fare a meno di reagire. Tu sei una donna incredibilmente attraente.»

Isabel sbuffò, ma lo seguì senza protestare, tenendosi un po' indietro. Lui si voltò a guardarla e la sorprese a occhieggiargli il sedere con espressione rapita. Allora strinse le natiche e poi rise quando lei arrossì. Qualunque fosse l'origine della sua avversione per l'intimità coniugale, non era certo mancanza di interesse verso di lui.

«Vuoi raccontarmi della tua notte?» le domandò con sollecitudine. Non era abituato a fare conversazione nel bel mezzo di un interludio amoroso e la sua erezione non lo aiutava a concentrarsi. Del resto non poteva farci nulla. Lo sguardo della moglie gli bruciava la pelle.

«Perché?»

«Perché sei turbata.» Gerard la fece accomodare su una sedia.

«Hai fatto abbastanza, grazie. Ora lasciami in pace, mi lavo da sola.»

«Non ho ancora iniziato» rispose lui con voce strascicata.

«Sciocchezze. Hai avuto quello che volevi. Dimentichiamo l'accaduto, e andiamo avanti come prima.»

Gerard si inginocchiò. «Ho avuto quello che volevo, eh? Non essere sciocca, Pel.» Le allargò le cosce a forza e vi spinse una salvietta in mezzo. «Devo ancora fare tutte le cose che voglio. Non ti ho piegato su un mobile e scopato da dietro. Non ti ho succhiato i capezzoli o la...» Le fece scorrere delicatamente il panno sul sesso, a cui fece seguire un tocco stuzzicante della lingua, soffermandosi un momento prima di tormentare la clitoride. «Non ti ho steso sulla schiena e sbattuto per bene. In breve, siamo ben lontani dall'aver finito.»

«Gray.» Lei lo sorprese posandogli una mano sulla guancia. Il suo sguardo era serio e diretto. E molto caldo. «Abbiamo iniziato con un patto. Cerchiamo di farla finita con un altro accordo.»

Gerard strinse gli occhi, sospettoso. «Che tipo di accordo?»

«Uno piacevole. Se io ti do una notte, promettendoti di fare tutto ciò che vuoi, tu mi prometti in cambio di rispettare il nostro accordo iniziale dalla mattina seguente?»

Il suo cazzo si sollevò con impazienza, ma Gerard non era così entusiasta. «Una notte?» Era pazza a pensare che fosse sufficiente, una notte non era abbastanza per soddisfare nessuno dei due.

«Il tuo desiderio per me non è sbagliato, Isabel.» Lasciò cadere la salvietta e l'abbracciò, seppellendole il viso fra i seni, dove il suo profumo era più intenso. Era nuda tra le sue braccia, e tuttavia c'era una barriera tra loro. Per quanto la tenesse stretta, non riusciva ad arrivarle abbastanza vicino.

Girando la testa le catturò il capezzolo con la bocca. Leccò la punta turgida, vi mulinò la lingua intorno e ne assaporò la morbidezza vellutata. Lei gemette, con le mani che gli afferravano la testa per attirarlo più vicino.

La desiderava con un ardore tale che gli causava una sofferenza fisica. Le lasciò andare il seno e la sollevò. Lei gli avvolse le gambe intorno alla vita, le braccia intorno al collo, e lui grugnì di approvazione vedendola finalmente così remissiva. Accelerò il passo mentre si avviava alla sua camera da letto, quella dove si era trasferito solo poche ore prima, per essere più vicino a Pel, ottenendo invece di allontanarla.

Ora lei gli avrebbe profumato le lenzuola e scaldato il sangue, saziando la sua fame. Mentre la deponeva con cautela sul letto, gli si serrò la gola.

«Una notte» mormorò Isabel contro la sua gola.

Gerard rabbrividì, non solo per la sensazione del suo respiro sulla pelle. Sapeva che non avrebbe potuto prenderla come realmente desiderava. Avrebbe dovuto corteggiarla con il proprio corpo e mostrarle quanto sapeva essere dolce, per fare in modo che anche lei lo bramasse.

E aveva solo una notte per riuscirci.

Isabel sprofondò nei cuscini ricoperti di lino, un altro segno della trasformazione di Gray. Un tempo preferiva le lenzuola di seta, lei lo sapeva. Non aveva idea di cosa significasse questo cambiamento di gusto, ma voleva saperlo. Aprì la bocca per chiederglielo, ma lui gliela coprì con la sua, la lingua che le mulinava dentro con una carezza lenta e deliberata. Lei gemette e accolse il suo peso su di sé.

«Pel» mormorò Gray contro le sue labbra, un suono basso e seducente. «Ti leccherò e ti bacerò dappertutto, e ti farò venire per tutta la notte.»

«E io farò lo stesso con te» gli promise lei, passandogli dolcemente la lingua sul labbro inferiore ferito.

Avendo come obiettivo di esaurire la loro reciproca lussuria, era pronta a impegnarsi a fondo in quel compito.

Allontanandosi un po' per guardarla, Gray le fornì l'occasione per prendere l'iniziativa. Agganciò il piede al suo polpaccio, e rotolò sopra di lui. Poi si mise a ridere quando la stese di nuovo sotto di sé.

«Oh, no, volpacchiotta» la ammonì, fissandola con i ridenti occhi azzurri. «Ti ho già fatto stare sopra prima.»

«Non mi sembrava che ti dispiacesse in quel momento.»

La bocca di Gray si contrasse in un sorriso trattenuto. «È finito tutto così in fretta che non ho avuto la possibilità di protestare.»

Lei inarcò un sopracciglio. «Penso semplicemente che tu sia rimasto senza parole per il piacere.»

Gray rise forte e quel suono si riverberò sul suo petto, facendole inturgidire i capezzoli.

Dall'abbassarsi delle palpebre del marito capì che lui l'aveva notato.

«Qualsiasi cosa io voglia» le rammentò, mentre muoveva la mano verso il basso per sollevarle la gamba e divaricarla al massimo. La punta del suo membro la violò, costringendola ad aprirsi a quella provocante invasione.

Immediatamente Isabel si sciolse, avvolgendolo con i propri umori. Le si contrassero le dita dei piedi e le si strinse il petto. Gray aveva un odore meraviglioso, un misto di sapone al bergamotto e sudore causato dal recente rapporto sessuale.

«Gray...» Quell'appello era una richiesta per avere di più, e nello stesso tempo una supplica perché la risparmiasse. Non sapeva come combattere l'improvvisa sensazione di essere legata a lui. Dopo la morte di Pelham, le sue unioni carnali erano state incentrate sulla gratificazione, sull'appagamento. Questa, invece, era una resa assoluta.

Le mani grandi del marito le scivolarono sotto le spalle, sostenendola per evitare di schiacciarla.

«Darai il benservito a Hargreaves.»

Era un'affermazione, un ordine, e per quanto Isabel desiderasse contraddirlo solo per opporsi alla sua arroganza, sapeva che aveva ragione. Il fatto che fosse così attratta da Gray era la prova che il suo interesse per John non era più lo stesso di una volta.

Eppure quella consapevolezza la rattristò, e voltò la testa per nascondere le lacrime che le pizzicavano gli occhi.

Gray le sfiorò lo zigomo con la bocca e si spinse ancora un poco dentro di lei. Isabel gemette e si inarcò verso l'alto, desiderosa di abbandonarsi a lui, anche se sapeva quanto poteva essere pericoloso.

«Io posso renderti felice» le sussurrò contro la pelle. «E non ti mancherà mai il piacere, te lo posso assicurare.»

Forse lui poteva renderla felice, ma lei non avrebbe potuto fare lo stesso per lui, e una volta che l'avesse tradita, il piacere si sarebbe rapidamente tramutato in dolore.

Gli avvolse le gambe intorno ai fianchi e si sollevò dal materasso, inghiottendo lentamente il suo cazzo. Serrò le palpebre e si concentrò sulla crescente delizia di fare l'amore con Grayson. Era così lungo, così grosso. Nessuna meraviglia che le sue amanti tollerassero le sue intemperanze. Non doveva essere facile rinunciare a lui.

«Preferisci una scopata lenta, Pel?» le domandò con un sussurro strozzato, le braccia tremanti mentre affondava un po' di più. «Dimmi cosa vuoi.»

«Sì... lenta...» La voce di Isabel era impastata, mentre affondava le unghie nella sua ampia schiena. Le sarebbe piaciuto comunque e in ogni maniera, ma stava rapidamente perdendo la capacità di pensare in modo coerente.

Sprofondò nel materasso e lui prese il sopravvento, stringendo le natiche e facendosi lentamente strada dentro di lei. Nonostante l'avesse appena penetrata, la sua vagina lo costrinse a guadagnarsi nuovamente il diritto di violarla. Il pene entrava e si ritraeva a un ritmo costante, e ogni spinta lo portava un po' più in profondità.

«Dio, come sei stretta» gemette Gray.

Lei contrasse i muscoli interni solo per aumentare il suo tormento.

«Non tirare troppo la corda, o te ne pentirai» l'avvertì cupo. «Non voglio venirti dentro, ma non mi fermerò per nessuna ragione. Mi hai dato una notte, e per tutti i diavoli, non me ne perderò un solo minuto.»

Isabel rabbrividì. "Non mi fermerò." L'avrebbe presa, che lei lo volesse o no. Quel pensiero la eccitò, come risultò evidente dall'immediato aumento dei suoi umori, che gli permisero di affondare completamente dentro di lei con un unico colpo.

«Apriti di più.» Le sue labbra le sfiorarono l'orecchio. «Prendimi tutto.»

Lei si sentiva già così piena da avere difficoltà a respirare, ma si spostò leggermente e lui si infilò fino alla radice.

«Stupendo» commentò, strofinando la guancia umida contro la sua. «Ora possiamo andare lenti quanto vuoi.»

Gray la penetrò con decisione, ondulando deliberatamente tutto il corpo, il petto che si strofinava contro i seni di lei, le dita che le massaggiavano quasi senza tregua le sue spalle.

«Fammi sentire quanto ti piace» la incoraggiò ruotando i fianchi e spingendo, così da accarezzarla in profondità. Lei era talmente bagnata che quel movimento provocò uno schiocco.

Isabel gridò, graffiandogli la schiena, e Gray si inarcò al suo tocco, dimenandosi dentro di lei. «Mio Dio, Isabel...»

Lei sollevò i fianchi verso l'alto per andargli incontro e la punta del pene raggiunse una zona delicata di cui finora aveva ignorato l'esistenza. Ansimò e si contorse. «Di più... Dammi di più...»

Gray rotolò di lato attirandola con sé, i muscoli tesi dell'addome che si increspavano mentre spingeva più forte, non più veloce, e il bacino che batteva contro quello di Isabel. Quella posizione era molto intima, i loro corpi erano premuti assieme, i volti a pochi centimetri l'uno dall'altro. I loro ansiti si fusero, mentre respiravano all'unisono, tutti tesi verso il comune obiettivo. Un bicipite le cullava la testa, una grande mano le stringeva la natica mantenendola ferma per ricevere i colpi. Gray la fissava con il suo sguardo azzurro scintillante di lussuria, la mascella serrata e i denti digrignati. Sembrava che soffrisse, e aveva il cazzo rigido e incredibilmente gonfio.

«Vieni» le ordinò. «Vieni adesso!»

Quel comando imperioso suonò come una deliziosa minaccia, che la spinse oltre il limite. Isabel gridò, scossa da un orgasmo così potente che tutto il suo corpo vibrò in preda agli spasmi.

Le dita di Gray le affondarono nella carne, e il suo cazzo continuò a spingersi in profondità. Solo quando Isabel si tranquillizzò lui si ritrasse, richiudendole le gambe così da poter continuare a pompare tra le sue cosce serrate. Isabel rimase immobile, quasi intimorita, mentre lui veniva, il cazzo che le pulsava tra le gambe, ogni pulsazione accompagnata da un grugnito, le labbra aperte che le premevano sulla fronte.

Mentre Gray eiaculava sul copriletto, Isabel seppe di essere rovinata. Lei voleva proprio questo, desiderava questa profondità di sensazioni durante il sesso.

Lo odiava per averle ricordato ciò che poteva essere, ciò che le mancava, ciò da cui si era tenuta lontana negli ultimi anni. Le aveva dato un assaggio devastante di ciò che presto le avrebbe portato via.

Già ne sentiva la mancanza, e le doleva per la sua perdita.

I rumori prodotti dai domestici nella stanza da bagno destarono Gerard, ma subito dopo fu il profumo di fiori esotici e di sesso che fece risvegliare il resto del suo corpo. Aveva fatto ciò che aveva voluto con Isabel per ore, il bisogno che diminuiva solo leggermente a ogni rapporto. Nonostante fosse esausto, sapeva di non poter riposare con un'erezione del genere. Rotolò sopra Pel, scostando le lenzuola che la coprivano e sollevandole una gamba. Le mise una mano tra le cosce, palpando con delicatezza il sesso gonfio.

Si leccò la punta del dito medio e poi le accarezzò la clitoride, tracciandovi cerchi, strofinandola, stuzzicandola. Lei piagnucolò e cercò, con scarsa convinzione, di allontanargli la mano.

«Basta, accidenti a te» mormorò, con voce rauca di sonno e di disappunto. Ma quando lui si spinse più a fondo, la trovò umida.

«La tua fica non è d'accordo.»

«Quella maledetta stupida.» Gli spinse nuovamente il braccio, ma lui si accoccolò più vicino. «Sono esausta, disgraziato. Fammi dormire un po'.»

«Va bene, volpacchiotta» le concesse, baciandole la spalla. «Lascia che mi prenda cura di te, e poi potremo dormire tutto il giorno.»

Isabel gemette. «Sono troppo vecchia per te, Gray. Non riesco a tenere il passo con i tuoi appetiti.»

«Sciocchezze.» Si allungò e le posizionò il cazzo tra le gambe. «Tu non devi fare nulla.» Le mordicchiò dolcemente la spalla mentre si faceva strada in lei con spinte delicate. Semiaddormentato e stordito dalla sensazione estatica di penetrarla, si mosse languidamente, le dita che le accarezzavano la clitoride, il viso sepolto nel groviglio selvaggio dei suoi capelli. «Rimani lì sdraiata e vieni. Tutte le volte che vuoi.»

«Oddio» mormorò lei, bagnandolo in segno di benvenuto.

Troppo vecchia per lui. Anche se trovava ridicolo il concetto, una piccola parte del cervello di Gray che non era assorta nel loro pigro scopare si chiese se davvero per lei l'età fosse un problema, come lo era per la buona società. Di certo non lo era per lui. Era per quello che Isabel era così reticente? Non si riteneva in grado di soddisfarlo? Era per quello che insisteva affinché lui si trovasse un'amante?

Se era così, le sue costanti richieste sessuali non erano certo d'aiuto. Forse avrebbe dovuto...

La fica di Isabel si contrasse, e lui non riuscì più a pensare. Aumentò la pressione sulla clitoride e grugnì mentre lei raggiungeva l'orgasmo con un piccolo grido sorpreso. Non ne avrebbe mai avuto abbastanza di quella sensazione. Se all'inizio Isabel era stretta come un guanto, quando veniva i suoi spasmi lo serravano ancora più forte. Come una mano che si stringesse ritmicamente. Il suo membro si gonfiò in risposta.

«Gesù, Gray. Non puoi diventare ancora più grosso.»

Gerard morse un poco più forte la sua carne morbida.

Voleva sprofondare dentro di lei, fotterla fino farla svenire, voleva ruggire di piacere. Voleva le sue unghie nella schiena, i suoi capelli impregnati di sudore, i capezzoli segnati dai denti. Isabel lo faceva impazzire, e quell'animale vorace che c'era in lui non ne sarebbe mai stato completamente sazio.

Avrebbero dovuto semplicemente scopare un sacco, concluse, nascondendo il viso tra i suoi capelli. Un obiettivo che non sarebbe stato facile da raggiungere, sospettava, date le attuali condizioni di Isabel. Appariva indolenzita e stanchissima. Inoltre aveva quel carattere ostinato e la ridicola convinzione che lui fosse troppo giovane per lei. E chissà quali altre obiezioni gli avrebbe mosso. E poi c'era il dannato accordo, naturalmente. E Hargreaves...

Ma mentre lei si scioglieva tremando tra le sue braccia e gridava il suo nome, lui ebbe la certezza che, come aveva intuito dal primo momento in cui l'aveva vista, per Isabel valeva la pena di lottare.

8

Isabel si chiuse silenziosamente alle spalle la porta del boudoir e si avviò verso le scale. Gray rimase sdraiato nella vasca da bagno, la bocca ben disegnata incurvata in un sorriso trionfante e felice. Era convinto che lei fosse del tutto soggiogata, e forse lo era. Di certo si muoveva in modo diverso, il suo corpo era rilassato e languido. Sazio. Arreso.

Ora tenere a bada il marito le sarebbe stato più difficile. Gray sapeva cosa farle, come toccarla, come parlare per farla delirare di lussuria. Senza dubbio sarebbe stato insopportabile d'ora in poi. Quell'uomo era insaziabile. Se avessero fatto alla maniera di Gray, era sicura che non avrebbero mai lasciato il letto.

Fece un sospiro che suonò come un gemito di dolore. I primi mesi con Pelham erano stati simili. Ancora prima che pronunciassero i voti, lui l'aveva intrappolata nella sua rete di seduzione. Il bel conte dai capelli dorati e dalla cattiva reputazione compariva ovunque, presentandosi all'improvviso negli stessi luoghi in cui si trovava lei. Più tardi, Isabel si era resa conto che quelli non erano stati incontri fortuiti voluti dal destino, come il suo sciocco cuore aveva creduto. All'epoca, però, aveva pensato che fossero destinati l'una all'altro.

I sorrisi e le strizzatine d'occhio che lui le rivolgeva avevano creato un'atmosfera di familiarità, come se condividessero qualche segreto. Da quella sciocca che era, Isabel si era convinta che fosse amore. Le affettuose attenzioni di Pelham l'avevano completamente travolta; gesti dolci come pagare la sua cameriera per consegnarle dei bigliettini.

Quelle semplici righe scarabocchiate con spavalda grafia maschile erano state devastanti. "Siete incantevole in blu." "Mi mancate." "Vi ho pensato tutto il giorno."

Dopo il matrimonio si era fatto la cameriera, ma Isabel aveva interpretato l'adorazione della domestica per l'impetuoso conte come una conferma del fatto che si era scelta il marito giusto.

La settimana prima del suo ballo di debutto, lui aveva scalato l'olmo accanto al balcone della sua camera, intrufolandosi arditamente nel suo letto. Isabel era sicura che solo un amore puro poteva averlo spinto a correre un tale rischio. Nel buio, mentre le strappava la camicia da notte e la amava con la bocca e con le mani, Pelham le aveva sussurrato: "Spero mi scoprano. Così sarete certamente mia", la voce roca di lussuria.

"Certo, che sono vostra" gli aveva sussurrato lei di rimando, nella gloria dell'orgasmo. "Io vi amo."

"Non ci sono parole per esprimere quello che sento per voi" le aveva risposto.

Una settimana di incontri notturni e di piaceri illeciti l'avevano soggiogata totalmente. La consumazione avvenuta la settima notte gli aveva garantito che fosse sua. Al suo debutto in società Isabel non era già più disponibile, e nonostante il padre avrebbe preferito un giovanotto di posizione più elevata, non si era opposto alla sua scelta.

Si erano sposati appena scaduto il termine delle pubblicazioni e poi avevano lasciato la città per una beata luna di miele in campagna. Isabel era stata felicissima di rimanere a letto con Pelham per giorni e giorni, alzandosi solo per lavarsi e mangiare, sguazzando nei piaceri carnali, come adesso avrebbe voluto fare Gray.

Non poteva ignorare le somiglianze tra i due uomini. Non quando il pensiero di entrambi le faceva battere il cuore e sudare i palmi delle mani.

«Che diavolo stai facendo, Bella?»

Isabel sbatté le palpebre, riacquistando rapidamente la consapevolezza di dove si trovasse. Scuotendo la testa, guardò giù nell'ingresso e incontrò il volto accigliato del fratello maggiore Rhys, lord Trenton.

«Hai intenzione di restare lì tutto il giorno? Se è così, ritengo di aver compiuto il mio dovere di fratello, e me ne vado in cerca di occupazioni più piacevoli.»

«Dove?» Isabel gli andò incontro.

Rhys sorrise. «Se te ne sei dimenticata, non sarò certo io a ricordartelo. Non è che abbia una gran voglia di andarci.»

I capelli di Rhys erano di un mogano scuro, un colore assolutamente meraviglioso che gli metteva in risalto la pelle abbronzata e gli occhi color nocciola. Le signore andavano matte per lui, ma preso com'era dai suoi piaceri, Rhys prestava loro scarsa attenzione. A meno che non le trovasse sessualmente attraenti. Le donne per lui erano solo giocattoli, e quando non lo divertivano più, le congedava senza rimpianti.

«La colazione da lady Marley!» esclamò Isabel rammentandosene. «Che ore sono?»

«Quasi le due.» Il suo sguardo stanco lo percorse da capo a piedi. «E tu sei appena scesa dal letto.» La sua bocca si incurvò in un sorriso scaltro. «A quanto pare, le voci sulla tua riconciliazione con Grayson sono vere.»

«Credi a tutto quello che senti?» Raggiunto l'ingresso, Isabel inclinò la testa all'indietro per guardare il fratello.

«Credo a ciò che vedo. Occhi arrossati, bocca gonfia, vestiti scelti a casaccio.»

«Non discuterò del mio matrimonio con te, Rhys.»

«Grazie a Dio» affermò lui rabbrividendo. «È tremendamente fastidioso quando le donne iniziano a parlare dei loro sentimenti.»

Alzando gli occhi al cielo, lei chiese a un domestico di portarle la mantella. «Io non nutro sentimenti di sorta per Grayson.»

«Molto saggio.»

«Siamo solo amici.»

«Ovviamente.»

Assicurandosi il cappello con uno spillone, Isabel lo guardò di traverso. «Che cosa ti avevo promesso, dunque, se mi avessi scortato? Qualunque cosa sia, vale più della tua compagnia.»

Rhys rise, e Isabel dovette riconoscere che era un uomo affascinante.

«Di presentarmi alla bella lady Eddly.»

«Ah, sì. Normalmente non mi presterei a un maneggio così palese, ma in questo caso penso siate perfetti l'uno per l'altra.»

«Sono assolutamente d'accordo» le disse offrendole il braccio, e prendendo il cappello dal maggiordomo in attesa vicino alla porta.

«Davvero? Allora concorderai che forse dovresti cambiare vita. Non sei più così giovane, sai.»

«Sono consapevole dell'avanzare degli anni e delle scelte che dovrei compiere. Pertanto ho stilato una lista di possibili future mogli.»

«Sì, nostra madre mi ha parlato della tua lista» ribatté lei seccamente.

«Un uomo dev'essere pratico nella scelta della propria sposa.»

Isabel annuì con finta severità. «Certo, i sentimenti non dovrebbero mai essere presi in considerazione.»

«Non avevamo già concordato di evitare discussioni sui sentimenti?»

Soffocando una risata, gli chiese: «E posso sapere chi è in cima alla tua lista?».

«Lady Susanna Campion.»

«La seconda figlia del duca di Raleigh?» Isabel sbatté le palpebre.

Lady Susanna in effetti era una scelta sensata. La sua educazione e la sua condotta erano impeccabili, e la sua idoneità al titolo di duchessa innegabile. Ma quella ragazza bionda e delicata non aveva nessun fuoco, nessuna passione. «Ti annoierà a morte.»

«Oh, insomma» obiettò lui. «Non può essere così terribile.»

Gli occhi di Isabel si spalancarono. «Non hai mai visto la ragazza che intendi sposare?»

«Certo che l'ho vista! Non sposerei una ragazzetta a scatola chiusa.» Si schiarì la gola. «Semplicemente non ho ancora avuto il piacere di parlarle.»

Scuotendo la testa, Isabel sentì di non essere del tutto in sintonia con la sua famiglia, così assennata. Sì, la disillusione che lei aveva patito era stata un'esperienza tremenda, ma innamorarsi non era poi così male.

«Per fortuna hai deciso di accompagnarmi oggi, visto che lady Susanna sarà certamente presente alla colazione. Fa' in modo di parlare con lei.»

«Naturalmente» la rassicurò Rhys mentre uscivano di casa e si avviavano alla carrozza in attesa.

Gerard osservò il proprio riflesso nello specchio e fece un respiro frustrato. «Quando è previsto l'arrivo del sarto?»

«Domani, milord» rispose Edward con evidente sollievo.

Girandosi verso il domestico che lo serviva da tanti anni, Gerard gli domandò: «I miei vestiti sono veramente così orribili?».

L'altro si schiarì la gola. «Non ho detto questo, milord. Tuttavia spazzolare grumi di sporcizia e rammendare ginocchia lacerate non sono certo i migliori tra i miei molti talenti.»

«Lo so.» Gerard sospirò teatralmente. «Diverse volte ho pensato di licenziarti.»

«Milord!»

«Ma dal momento che tormentarti era spesso il mio unico divertimento, ho resistito alla tentazione.»

Il cameriere sbuffò, facendo ridere il padrone.

«Milord.»

Gerard si voltò verso un valletto che s'inchinava sulla porta. «Sì?»

«È arrivata la marchesa.»

Gli si drizzarono i peli sulla nuca. Era riuscito a trascorrere quattro anni senza vederla, ma se fosse stato per lui l'avrebbe evitata per il resto della vita. «Dov'è?»

«In salotto, mio signore.»

«E lady Grayson?»

«Sua Signoria è uscita con lord Trenton mezz'ora fa.»

In altri frangenti Gerard si sarebbe indispettito se Trenton, o chiunque altro, lo avesse privato della compagnia della moglie senza prima avvisarlo, ma ora era sollevato che a Isabel fosse risparmiata la visita della suocera. Potevano esserci un centinaio di ragioni per cui sua madre era venuta a trovarlo, ma la verità probabilmente era che voleva semplicemente dargli il tormento. Ne traeva un tale piacere, e ora aveva quattro anni di bile da sfogare. Sarebbe stato spiacevole, senza dubbio, quindi si fece forza prendendo un respiro profondo e si diresse verso il salotto.

Si fermò un attimo sulla soglia, studiando le copiose ciocche d'argento che ora rischiaravano le chiome scure della donna. A differenza della madre di Pel, a cui l'amore per la vita preservava la bellezza, la marchesa aveva l'aria stanca e avvizzita.

Avvertendo la sua presenza, si voltò verso di lui. Il suo sguardo azzurro lo percorse dalla testa ai piedi. Una volta quello sguardo lo avrebbe raggelato. Adesso invece conosceva il proprio valore. «Grayson» lo salutò con voce tesa.

Lui si inchinò, notando che portava ancora il lutto dopo tutti quegli anni.

«I tuoi vestiti sono una vergogna.»

«Anche per me è un piacere vedervi, madre.»

«Non prendermi in giro.» Sospirò forte e si lasciò cadere sul divano. «Perché mi tormenti così?»

«Io vi tormento per il solo fatto di respirare, e temo di non essere disposto a smettere solo per rendervi contenta. Il meglio che possa fare è tenermi alla larga.»

«Siediti, Grayson. È scortese da parte tua stare in piedi obbligandomi a storcere il collo per guardarti.»

Gerard si lasciò cadere su una poltrona. Da quella posizione, proprio di fronte a lei, fu in grado di studiarla approfonditamente. Aveva la schiena dritta come una bacchetta, e serrava le mani in grembo al punto da far sbiancare le nocche. Gerard sapeva di aver ereditato da lei i suoi colori, suo padre aveva capelli e occhi castani, ma quell'innata rigidità non gli apparteneva.

«Cosa vi affligge?» le chiese con scarso interesse. Qualsiasi cosa affliggeva sua madre. Era semplicemente una donna infelice.

Lei sollevò il mento. «Tuo fratello Spencer.»

Questo attirò la sua attenzione. «Raccontatemi.»

«Essendo completamente privo di nerbo, ha deciso di adottare il tuo stile di vita.» Le sue labbra sottili si strinsero ancora di più.

«In che senso?»

«In ogni senso: va con le sgualdrine, beve in modo smodato, è completamente irresponsabile. Dorme tutto il giorno e sta fuori tutta la notte. Non ha fatto molti sforzi per mantenersi da quando ha lasciato la scuola.»

Sfregandosi la faccia con la mano, Gerard cercò di conciliare l'immagine che gli veniva presentata con il giovane dal viso fresco che lui conosceva quattro anni prima. Era colpa sua, lo sapeva. Lasciare un ragazzo alle cure della loro madre significava destinarlo a uno stile di vita volto al perseguimento dell'oblio.

«Devi parlare con lui, Grayson.»

«Parlare non porterà a nulla. Mandatelo da me.»

«Come?»

«Radunate le sue cose e mandatelo da me. Ci vorrà del tempo per raddrizzarlo.»

«Non lo farò!» La donna irrigidì ulteriormente la spina dorsale. Pareva impossibile, ma ci riuscì. «Non voglio che Spencer viva sotto lo stesso tetto di quella prostituta che hai sposato.»

«Tenete a freno la lingua» la avvertì lui con inquietante delicatezza, stringendo i braccioli scolpiti della poltrona.

«Hai ottenuto ciò che volevi umiliandomi completamente. Ora poni fine a questa farsa. Divorzia da quella donna per adulterio, e fai il tuo dovere.»

«Quella donna» sbottò lui «è la marchesa di Grayson. E voi sapete bene quanto me che una richiesta di divorzio per essere accolta dovrebbe provare l'armonia coniugale antecedente all'adulterio. Si potrebbe anche affermare che la mia incostanza abbia causato la sua.»

Sua madre si ritrasse. «Sposare una cortigiana. Santo cielo, non potevi ferirmi senza intaccare il titolo? Tuo padre se ne vergognerebbe.»

Gerard nascose il proprio disagio dietro un'espressione impassibile. «A prescindere dalle ragioni per cui ho sposato lady Grayson, è una scelta di cui sono abbastanza contento. Mi auguro che possiate imparare a conviverci, ma se così non sarà, non me ne preoccuperò eccessivamente.»

«Non ha mai onorato i voti nuziali» disse la vedova con amarezza. «Tu sei cornuto.»

Il respiro gli si fece affannoso per la ferita al suo orgoglio. «Non ho anch'io la medesima colpa? Per lei non sono stato un marito, se non in senso finanziario.»

«Ringraziamo Dio per questo. Riesci a immaginare che tipo di madre sarebbe quella donna?»

«Non peggiore di voi.»

«*Touché*.»

La sua quieta reazione lo fece sentire in colpa. «Forza, madre» sospirò. «Forse riusciremo a concludere questa piacevole visita senza spargimenti di sangue.»

«Io sapevo in che cosa mi stavo impegnando quando pronunciai i miei voti: fare onore al nome e al titolo di tuo padre, dargli dei figli che lo rendessero orgoglioso.»

«Eppure non l'abbiamo mai fatto» replicò Gerard seccato. «Come ci ricordate così spesso, lo disonoriamo costantemente.»

Le sopracciglia della donna si congiunsero in uno sguardo torvo. «Ho avuto la responsabilità di farvi sia da madre che da padre e di insegnarvi a essere come lui. So che pensi io abbia fallito, ma ho fatto del mio meglio.»

La mente di Gerard si riempì del ricordo di frustate con cinghie di cuoio e invettive, ma lui si trattenne dal ribattere. Desiderando improvvisamente rimanere solo, disse: «Sono più che disposto a occuparmi di Spencer, ma lo farò qui, a casa mia. Ora, se volete scusarmi, ho delle faccende da sbrigare».

«Sì, certo.» Sua madre si alzò, sistemandosi le gonne. «Ho i miei dubbi, ma parlerò della tua soluzione con Spencer e se andrà bene a lui, andrà bene anche a me.» La sua voce si indurì. «Tieni quella donna lontano da lui.»

Gerard corrugò la fronte. «Mia moglie non ha il vaiolo, sapete.»

«Questo è opinabile» scattò lei, lasciando la stanza in un turbine di gonne scure e fredda alterigia.

Gerard si sentì sollevato e all'improvviso desiderò il conforto della moglie.

Rhys tirò fuori l'orologio dal taschino e si chiese per quanto tempo ancora avrebbe dovuto sopportare quell'odiosa riunione. Mentre gli altri si affollavano al tavolo del rinfresco, si era allontanato per cercare un po' di pace.

Erano solo le tre. Richiuse il coperchio d'oro e gemette.

«È il massimo del cattivo gusto consultare l'orologio come se non vedeste l'ora di andarvene.»

«Come, prego?» Girò su se stesso, cercando la proprietaria di quella musicale voce femminile. «Dove siete?»

Non ci fu risposta.

Ma improvvisamente gli si rizzarono i capelli sulla nuca. «Vi troverò» promise, studiando le basse siepi che fiancheggiavano il giardino.

«Trovare una cosa implica che sia nascosta o persa, e io non sono né l'una né l'altra.»

Perdiana, la voce era dolce come quella di un angelo e voluttuosa come quella di una sirena. Senza curarsi dei calzoni chiari, Rhys attraversò gli arbusti alti fino ai fianchi, girò intorno a un grande olmo, e trovò un piccolo spiazzo. Lì, su una panchina di marmo semicircolare, era seduta una brunetta minuta con un libro in mano.

«C'è un viottolo un po' più giù» gli disse senza alzare gli occhi dalla sua lettura.

Lo sguardo di Rhys percorse la sua figura snella, notando le punte consunte delle scarpette, l'orlo leggermente sbiadito dell'abito a fiori e il corpetto troppo stretto. Si inchinò e disse: «Lord Trenton, signorina...?».

«Sì, so chi siete.» Chiudendo il libro, lei sollevò la testa e lo studiò con la stessa attenzione che lui le aveva riservato.

Rhys la fissò. Non poté fare altrimenti. Non era una gran bellezza. In effetti, i suoi lineamenti delicati erano piuttosto insignificanti. Il naso era impertinente e coperto di lentiggini, la bocca non era diversa da qualsiasi altra bocca femminile. Non era né giovane né vecchia. Vicina ai trenta, secondo lui. Gli occhi, tuttavia, erano belli come la voce. Erano grandi e di un sorprendente azzurro screziato di pagliuzze dorate. Vi si leggeva un'intelligenza appassionata, e un intrigante scintillio malizioso.

Gli ci volle un momento per rendersi conto che la ragazza non gli aveva risposto.

«Mi state fissando» sottolineò.

«Come voi» ribatté lei con una schiettezza che gli ricordò Bella. «Io ho una scusa. Voi no.»

Rhys alzò le sopracciglia. «Condividete la vostra scusa con me. Forse potrei farne uso anch'io.»

La giovane sorrise, e lui all'improvviso si sentì accaldato. «Ne dubito. Vedete, voi siete decisamente l'uomo più bello che io abbia mai visto. Confesso che il mio cervello ha impiegato un momento a rielaborare le sue precedenti nozioni di bellezza virile, al fine di poter valutare appieno la vostra.»

Rhys contraccambiò il sorriso con entusiasmo.

«Smettetela» disse lei, agitando in segno di rimprovero un dito macchiato di inchiostro. «Andatevene.»

«Perché?»

«Perché state influendo sulla mia capacità di pensare in modo coerente.»

«Non pensate.» Si avvicinò a lei, chiedendosi di cosa odorasse e perché avesse i vestiti usurati e i polpastrelli macchiati. Perché stava leggendo, tutta sola, nel bel mezzo di un'occasione mondana? Il subitaneo diluvio di domande che lo assalì e il prepotente bisogno di conoscerne le risposte lo lasciarono perplesso.

Lei scosse la testa e i lucidi riccioli neri le scivolarono sulle guance rosa. «Siete in tutto e per tutto il libertino che si racconta voi siate. Se non facessi nulla per fermarvi, cosa fareste?»

Quella ragazzetta impertinente stava flirtando con lui, ma Rhys sospettò che non lo facesse volontariamente. «Non ne sono certo. Vogliamo scoprirlo insieme?»

«Rhys! Accidenti a te» borbottò Isabel da breve distanza. «Non otterrai niente da me, se scappi.»

Rhys si arrestò a metà di un passo e imprecò tra i denti.

«Salvato da lady Grayson» asserì la ragazza facendogli l'occhiolino.

«Chi siete?»

«Nessuno di importante.»

«Non sta a me deciderlo?» le chiese, riluttante a lasciarla.

«No, lord Trenton. Questo è stato deciso molto tempo fa.» Si alzò in piedi e raccolse il suo libro. «Vi auguro una buona giornata.» E prima che lui potesse pensare a una ragione per chiederle di restare, lei non c'era più.

9

Isabel fluttuava dolcemente in un mare di beatitudine. Sognava che Gray la stava accarezzando, e non voleva più svegliarsi. D'altronde aveva ancora un'oretta per riposare prima di prepararsi per la serata.

"Brava, ragazza" lo udì mormorarle all'orecchio. Le sollevò una coscia e se la tirò addosso. "Mi sei mancata oggi."

Isabel si destò di soprassalto. E si ritrovò il corpo duro ed eccitato di Grayson contro la schiena.

«No!» Isabel si divincolò dal suo abbraccio e si mise a sedere. Lo guardò di traverso. «Che ci fai nel mio letto?»

Gray si girò sulla schiena incrociando le mani sotto la testa, completamente indifferente alla propria evidente erezione.

Con la camicia aperta sul collo e gli occhi azzurri brillanti di malizia e di lussuria, era insopportabilmente bello. «Sto facendo l'amore con mia moglie.»

«Be', smettila.»

«Questo non è ciò che hai detto ieri sera. Oppure questa mattina. Credo tu abbia detto: "Oddio, Gray, è così bello!".» Le sue labbra si contrassero.

Isabel gli gettò un cuscino in faccia.

Gray rise e se lo infilò sotto la testa. «Com'è andato il pomeriggio?»

Lei sospirò e si strinse nelle spalle, dolorosamente consapevole del corpo steso così vicino. «Avevo una colazione da lady Marley.»

«È stata piacevole? Confesso, sono sorpreso che tu sia riuscita ad attirare Trenton a un evento del genere.»
«Mi ha chiesto un favore.»
«Ah, un'estorsione.» Sorrise. «Le adoro.»
«La tua giornata è stata migliore della mia?»
«È venuto mio fratello e credo che la sua visita si protrarrà a lungo. Spero che tu non abbia obiezioni.»
«Naturalmente no. C'è qualcosa che non va?»
«Non proprio. A quanto pare, sta diventando un po' troppo sfrenato.»
«Mmh... Be', ha l'età giusta per queste cose.» Studiando Gray, si accorse che era turbato. «Sembri così serio. È nei guai?»
«No.» Gray si mise a fissare il soffitto decorato. «Non ha ancora contratto un grosso debito, né fatto infuriare alcun marito, ma è sulla buona strada per arrivarci. Avrei dovuto essere qui a fargli da guida, ma ancora una volta le mie esigenze sono venute prima di quelle di chiunque altro.»
«Non puoi biasimare te stesso» protestò lei. «I comportamenti sregolati sono normali per i ragazzi della sua età.»
Suo marito si voltò a guardarla con gli occhi socchiusi. «I ragazzi della sua età?»
«Sì.» Lei si ritrasse un po', improvvisamente diffidente.
«Ha la stessa età che avevo io quando ti ho sposata. Pensavi che fossi un ragazzo, allora?» Rotolò su di lei, inchiodandola al letto. «Pensi che io sia un ragazzo ora?»
Il cuore di Isabel accelerò. «Gray, davvero...»
«Sì, davvero» ripeté lui, la mascella minacciosa mentre le infilava la mano sotto le natiche e le sollevava il bacino per incontrare il suo. Dondolò i fianchi, strofinandole il pene contro il ventre. «Voglio sapere. Mi giudichi meno uomo, perché sono più giovane di te?»
Lei deglutì forte, il corpo teso sotto il suo. «No» mormorò. Inspirando, si riempì i polmoni del suo profumo sensuale. Grayson era virile, focoso e sicuramente maschio.
«Ora voglio dirti una cosa.» Afferrandole le natiche, l'attirò contro il cazzo rigido. Tenendole le labbra contro l'orecchio, le sussurrò: «Mi duole dappertutto da quanto ti desi-

dero: il tuo corpo, il tuo profumo, i gridolini che fai quando scopi. Se pensi che mi negherò questi piaceri, sei pazza. Una pazza furiosa».

«Finiscila.» La sua voce era così flebile da non essere credibile.

«Farò un patto con te, cara moglie.»

Lei trattenne il respiro vedendo il calore che gli bruciava negli occhi e gli arrossava le guance. «Tu non rispetti i patti, Grayson. Quello della notte scorsa non l'hai onorato.»

«Ah, ma non ho mai promesso di farlo. Onorerò questo, invece. Il giorno in cui smetterai di volermi, sarà il giorno in cui non ti desidererò più.»

Lei lo fissò e sospirò in modo teatrale. «Non mi avevi mai prestato attenzione in passato.»

«Non è vero, e tu lo sai. Io non sono immune al tuo fascino, come qualsiasi altro uomo, del resto.» La sua espressione si indurì. «Per questo motivo Spencer ti accompagnerà quando uscirai stasera.»

«Tuo fratello non ha alcun interesse per gli eventi sociali a cui partecipo io» ribatté lei con una risata.

«Ora sì.»

Isabel impiegò un attimo a riconoscere l'improvvisa intensità del tono del marito. Si alzò dal letto. Il fatto che la lasciasse uscire senza protestare la rese diffidente. «Devo anche essere a casa a una certa ora?» gli domandò tesa.

«Alle tre.» Gray si mise a sedere, sistemandosi i cuscini dietro la schiena, e incrociò le braccia. Dal suo tono e dalla sua postura era evidente che la stava sfidando.

Isabel accettò la provocazione. «E se non riesco a tornare per quell'ora?»

«Allora ti verrò a cercare» le rispose con una dolcezza inquietante. «Non voglio perderti, ora che ti ho ritrovato.»

«Non puoi farmi questo, Gray.»

«Posso e lo farò, Pel.»

«Non sono un bene mobile.»

«Tu mi appartieni.»

«Questo possesso si applica anche a te in maniera simile?»

Gray si accigliò. «Cosa intendi?»
Isabel si accostò al letto e si mise le mani sui fianchi. «Tornerai sempre alle tre, quando non sarò con te?»
Il cipiglio del marito si fece più evidente.
«Quando non ritornerai in tempo, avrò il diritto di venirti a prendere? Potrò presentarmi in qualunque covo di iniquità che ti capiterà di onorare della tua presenza e strapparti dalle braccia della tua amante?»
Gray scese dal letto con grazia lenta e minacciosa.
«È questo che hai in mente? Un amante?»
«Non stiamo parlando di me.»
«Sì, invece.» Girando intorno al letto, suo marito le andò incontro a piedi nudi.
In qualche modo Isabel trovò quella vista eccitante, il che non fece che accrescere la sua rabbia. Quell'uomo era tutto ciò che lei non voleva, eppure lo desiderava più di ogni altra cosa.
«Grayson, io non sono ossessionata dal sesso, come si direbbe dalla tua domanda.»
«Puoi essere ossessionata dal sesso quanto ti pare. *Con me.*»
Gray la prese alla vita e le circondò un seno con la mano, facendola gemere. «Non sono così sciocco da volerti tenere rinchiusa in una gabbia, Isabel, soprattutto perché noi due siamo già incatenati insieme. Però» continuò con voce dura «prima per me tutto poteva aspettare un altro giorno. Visitare le mie proprietà, incontrare un fattore, vedere lady Sinclair. Certe volte quel giorno non arriva mai, Pel. Certe volte l'oggi è tutto ciò che abbiamo. Per cui verrò a cercarti.» Imprecando, la lasciò andare.
«Non voglio essere tenuta d'occhio come una prigioniera.»
«Non desidero limitare la tua libertà.»
«Allora perché?»
«Presto si saprà che hai lasciato Hargreaves. Gli uomini ti verranno dietro come cani affamati, e al momento non posso fare nulla al riguardo.»
«Stai accampando dei diritti?» gli chiese freddamente.
«Ti sto proteggendo.» Incrociò le mani dietro la nuca e si stiracchiò. All'improvviso sembrava stanco. «Sono tornato

col preciso scopo di essere un marito per te, te l'ho detto fin dall'inizio.»

«Per favore. Ne abbiamo già parlato.»

«Arrenditi a me, volpacchiotta» le disse a bassa voce. «Un giorno alla volta, è tutto ciò che chiedo. Altrimenti come faremo a vivere insieme? Rispondimi.» La sua voce si fece più ruvida mentre lasciava ricadere le braccia lungo i fianchi. «Desiderandoci l'un l'altra... bramandoci... Io sono affamato di te, Isabel. Sto morendo di fame.»

«Lo so» sussurrò lei, tremando di lussuria. «E io non posso saziarti.»

«Nemmeno io ti ho saziata.» Gray si incamminò verso la porta.

«Non abbiamo finito di discutere della tua regola delle tre, Grayson.»

Lui si fermò, ma non si voltò a guardarla. Alla luce della candela, i suoi capelli brillavano. «Te ne stai lì con indosso solo la camiciola e le calze, il tuo corpo morbido che implora di essere scopato. Se rimango un minuto di più, è ciò che otterrai Pel.»

Isabel esitò, sollevando una mano verso la sua schiena, un momentaneo segno di debolezza che non riuscì a controllare.

"Come faremo a vivere insieme?"

Non potevano. Non per molto tempo ancora.

La sua mano si abbassò. «Sarò a casa per le tre.»

Gray annuì e se ne andò senza voltarsi indietro.

Gerard guardò Spencer, in piedi di fronte alla sua scrivania, ed emise un sospiro stanco. C'era troppo scompiglio nella sua vita al momento. Da quando era tornato a Londra, gli unici momenti in cui si sentiva abbastanza in pace, erano quelli che trascorreva a parlare con Pel.

Non quando litigavano. Quando parlavano.

Pregava Dio di riuscire a capirla. Perché si ostinava a preservare intatto un rapporto che non era ancora veramente iniziato? Per lui aveva poco senso, come indossare un cappotto foderato di pelliccia quando faceva caldo solo perché un giorno sarebbe potuto piovere.

«Questo non è ciò che mi aspettavo quando ho accettato di venire qui» brontolò Spencer scuotendo la testa. Aveva i capelli troppo lunghi, e un grosso ricciolo gli ricadde sulla fronte. Gerard sapeva che quel gesto avrebbe spinto diverse donne a toccarglielo. Lo sapeva perché era uno stratagemma a cui lui stesso ricorreva una volta per attirare le attenzioni femminili. «Pensavo che io e te ce ne saremmo andati in giro per la città insieme.»

«E lo faremo, una volta che avrò dei vestiti adeguati. Nel frattempo, ti invidio la serata che trascorrerai in compagnia di lady Grayson. Vi divertirete, te lo posso assicurare.»

«Sì, ma speravo di trascorrerla con una donna che potessi sbattermi.»

«Accompagnerai a casa mia moglie non più tardi delle tre, dopo di che sarai libero di fare come ti pare.» Gerard fu sul punto di dirgli di godersela, dato che per un po' non avrebbe avuto altre occasioni di stare fuori fino a tardi. Ma tenne a freno la lingua.

«Nostra madre la odia, sai» osservò Spencer. «La detesta veramente.»

«E tu?»

Spencer spalancò gli occhi. «Vuoi davvero conoscere la mia opinione?»

«Certamente.» Gerard si appoggiò allo scomodo schienale della sedia, pensando che avrebbe dovuto ricordarsi di gettarla via quando lo studio fosse stato rinnovato. «Sono curioso di sapere cosa pensi di mia moglie. Condividerete la mia casa. La tua opinione, quindi, mi interessa.»

Spencer si strinse nelle spalle. «Non riesco a decidere se ti invidio o ti compatisco. Non ho idea di come possa una nobildonna avere un corpo così. La bellezza di Pel non è in alcun modo signorile. Quei capelli... la pelle... i seni. E per l'amor di Dio, dove diavolo ha preso quelle labbra? Sì, darei una fortuna per avere una donna così nel mio letto. Ma prenderla in moglie?» Scosse la testa. «Eppure sia tu che Pelham avete cercato il piacere fuori dal talamo nuziale. Puoi spiegarmi perché?»

«Idiozia.»

«Ah!» Spencer rise e si diresse al tavolino dei liquori per versarsi da bere. «La metterai in riga adesso?»
«Non è mai stata "fuori dalle righe".»
«Se lo dici tu» asserì Spencer scettico.
«Lo dico. Ora, mi aspetto che tu rimanga con lady Grayson per tutta la serata. Resta alla larga dalla sala da gioco e tieni a freno le tue inclinazioni libidinose finché lei non sarà a casa al sicuro.»
«Esattamente, cosa ti aspetti che le accada?»
«Niente, perché ci sarai tu.»
Gerard si alzò in piedi quando la figura sinuosa di Pel si stagliò sulla porta. Vestiva di rosa pallido, un colore che avrebbe dovuto farla apparire dolcemente innocente, e che invece sottolineava la sua sensualità vibrante. I seni pieni erano splendidamente messi in mostra dall'abito a vita alta. L'effetto generale era quello di una prelibatezza rivestita di zucchero che a lui faceva venire voglia di sgranocchiare fino a rimpinzarsi.
Gerard ansimò. La sua reazione alla vista di Isabel era del tutto istintiva: voleva gettarsela in spalla, correre su per le scale, e scoparla fino allo stremo delle forze. Quell'immagine era così assurda che non poté fare a meno di sorridere, emettendo un gemito tormentato.
«Insomma» mormorò lei sorridendo lievemente. «Non posso avere un aspetto così terribile.»
«Santo cielo!» esclamò Spencer, facendosi avanti per prenderle una mano e portarsela alle labbra. «Avrò bisogno di una spada per tenerli lontani. Ma non temete, mia carissima cognata, vi difenderò a costo della vita.»
La risata dolce e roca di Isabel riecheggiò per lo studio, facendo vacillare la decisione, già traballante, di Gerard di consentirle di uscire. Non era un tipo geloso, ma il fatto che Isabel facesse resistenza al legame che lui voleva lo rendeva ansioso.
«Come siete galante, lord Spencer» replicò lei con un sorriso abbagliante. «Era da tempo che non mi capitava di godere della compagnia di uno sfacciato libertino.»
Il caldo apprezzamento negli occhi del fratello fece digrignare i denti a Gerard.

«Mi impegnerò a fondo per colmare questa lacuna.»

«E lo farete mirabilmente, non ne dubito.»

La gola stretta, Gerard tossicchiò, richiamando la loro attenzione su di sé. Cercò disperatamente qualcosa da dire per farla restare, così non avrebbe dovuto passare la serata da solo. La notte prima era stata un inferno, mentre lei era fuori.

Alla fine sospirò rassegnato e si decise a salutarla. Le tese la mano, e ogni muscolo gli si indurì quando la punta delle sue dita inguantate gli premette leggermente contro il palmo. L'accompagnò alla porta, le drappeggiò la mantella sulle spalle, e ritornò alla finestra del suo studio per osservare la carrozza condurla via.

Lei gli apparteneva, era uno dei suoi beni inalienabili.

Niente e nessuno poteva portargliela via. Ma non voleva tenerla legata a sé con la forza. Voleva guadagnarsi la sua considerazione, proprio come si era guadagnato il rispetto dei propri affittuari. L'orgoglio era una brutta bestia: finché non aveva lavorato fianco a fianco con gli affittuari dei suoi molti possedimenti, finché non aveva indossato i loro vestiti, partecipato alle loro feste, e mangiato alle loro tavole, questi non avevano avuto alcun rispetto per lui, un signore errante che non si occupava di loro e non mostrava alcuna lealtà.

I suoi metodi erano stati estremi in ogni senso, e ogni volta che si era dedicato a una nuova proprietà, aveva dovuto ricominciare da capo a costruirsi la fiducia e il rispetto. Ma quel processo era stato terapeutico. Gli aveva dato modo di trovare una casa, un'appartenenza, cose che non aveva mai avuto nella vita.

Ora sapeva che tutto questo l'aveva preparato a una nuova sfida. Quella era la sua vera casa. E se fosse riuscito a raffreddare i propri ardori e ad arginare i bisogni primitivi che lo artigliavano, forse avrebbe potuto condividerla con Isabel.

Era un obiettivo per cui valeva la pena lottare.

10

Seduta allo scrittoio del suo boudoir, Isabel siglò l'ultimo invito a cena con un ghirigoro che smentiva la sua apprensione. Grayson non era il tipo da tollerare una macchinazione del genere. Era subdolo e per certi versi privo dei freni morali della maggior parte della gente, ma poco disposto a perdonare coloro che avessero provato a giocargli qualche brutto scherzo.

Pienamente consapevole del fatto che stava per colpire un leone dormiente con un bastone, Isabel esitò un momento, fissando la pila ordinata di buste color crema.

«Volete che vengano spediti immediatamente?» le chiese la sua cameriera, che indugiava nelle vicinanze.

Isabel esitò un attimo, poi scosse la testa. «Non ancora. Puoi andare per adesso.»

Si alzò dalla scrivania. Era consapevole che aspettando ad avviare la ricerca di un'amante per suo marito stava solo rimandando l'inevitabile, ma aveva bisogno di un po' più di risolutezza per gestire quella faccenda. Se solo avesse capito che cosa aveva modificato in maniera così drastica il loro rapporto, forse avrebbe trovato un modo per farlo tornare com'era prima.

Si diresse verso la porta comunicante con la stanza di Gray per parlare con lui, con lo stomaco che le si contraeva al solo pensiero di vederlo. Non appena socchiuse l'uscio venne fermata da un suono di voci arrabbiate.

«Quello che mi preoccupa sono le chiacchiere, Gray. Dato che di solito evito questi eventi sociali in cui non si fa che pavoneggiarsi, non avevo idea di quanto fossero malefiche. Sono veramente terribili.»

«Ciò che si dice su di me non ti riguarda» replicò Gray seccamente.

«Col cavolo che non mi riguarda!» gridò Spencer. «Anch'io sono un Faulkner. Tu mi rimproveri di essere sfrenato, ma Pel ha una reputazione ben peggiore. La gente si domanda se tu abbia le capacità per rimetterla in riga. Fanno illazioni sul motivo per cui te ne sei andato: che forse la tua recalcitrante moglie è troppo per te. Che non sei abbastanza uomo per...»

«Ti suggerisco di non dire altro.» Il tono di Gray era gravido di minaccia.

«Fare orecchio da mercante non servirà a nulla. Isabel si è ritirata nella stanza delle signore per pochi minuti, e in quel frattempo ho sentito cose che mi hanno fatto gelare il sangue. Nostra madre ha ragione. Dovresti presentare una richiesta al parlamento per liberarti di lei. Troverai facilmente due persone disposte a testimoniare sul suo adulterio. Centinaia, in effetti.»

«Stai camminando sul ghiaccio sottile, fratello.»

«Non tollererò che il nostro nome venga infangato, e sono stupefatto che lo tolleri tu! Lei è un'amante, Grayson. Non una moglie.»

Si udì un forte grugnito, e la parete accanto tremò violentemente. Isabel si coprì la bocca per soffocare un grido.

«Di' un'altra parola scortese su Pel» latrò Gray «e non mi tratterrò più. Non tollero che mia moglie venga denigrata.»

«Accidenti» ansimò Spencer. La sua voce sorpresa suonò così vicina che Isabel pensò che sarebbe stata scoperta. «Mi hai aggredito! Che cosa ti è successo? Sei cambiato.»

Dei passi affrettati le fecero capire che Gray aveva spintonato il fratello.

«Dici che sono cambiato. Perché? Perché ho scelto di onorare promesse e impegni? Questa è maturità.»

«Lei non ti porta un simile rispetto.»

Il basso ringhio di Grayson spaventò Isabel. «Vattene. Non sopporto di starti vicino in questo momento.»

«Siamo d'accordo, allora, perché anch'io non sopporto più di stare qui.»

Il rumore di passi rabbiosi che si allontanavano fu seguito da quello di una porta che sbatteva.

Col cuore che correva all'impazzata, Isabel si accasciò contro il muro. Era ben consapevole delle chiacchiere suscitate dal loro matrimonio, che si erano intensificate da quando avevano cominciato a condurre esistenze separate. Il titolo di Gray era abbastanza importante da evitarle di venire ostracizzata, e lei aveva sempre considerato i pettegolezzi il prezzo che doveva pagare per le proprie decisioni e la propria libertà. Gray non ne sembrava toccato, e così lei aveva presunto che non gliene importasse. Ora invece Isabel sapeva che gliene importava. E molto. Il pensiero di aver ferito Gray era così doloroso che le toglieva il fiato.

Incerta su cosa fare o dire per rimediare ai danni che aveva causato, Isabel rimase immobile finché non udì il sospiro stanco del marito. Quel suono delicato la commosse profondamente, sciogliendo qualcosa che era rimasto a lungo congelato dentro di lei. Afferrò il pomello e spalancò la porta...

... e rimase bloccata dalla vista che la accolse.

Gray indossava solo i pantaloni, nuovi a giudicare dall'aspetto, segno che era passato il sarto. Era accanto al letto, la mano sulla colonna scolpita del baldacchino, le spalle e le natiche, splendidamente disegnate, rigide per la tensione.

«Grayson» lo chiamò lei con calma, nonostante le si scaldasse il sangue solo a guardarlo.

Gray si raddrizzò, ma non si voltò. «Sì, Pel?»

«Volevi parlarmi?»

«Scusami. Ora non è un buon momento.»

Isabel prese un respiro profondo e si fece avanti nella stanza. «Sono io che ti devo delle scuse.»

A quelle parole Gray si girò verso di lei, costringendola ad aggrapparsi allo schienale di una sedia vicina: la vista del suo torso nudo la faceva uscire di senno.

«Hai sentito» le disse seccamente.
«Non era mia intenzione.»
«Preferisco non discuterne adesso.» Serrò la mascella. «Non sono molto di compagnia in questo momento.»
Scuotendo la testa, Isabel lasciò andare lo schienale e gli si fece più vicina. «Dimmi come posso aiutarti.»
«Non ti piacerà la mia risposta, quindi ti consiglio di andartene. Subito.»
«Mi rifiuto di frappormi tra te e la tua famiglia, Gray.»
«Che sia dannata la mia famiglia!» ribatté lui. «Come lo sarai tu, se rimarrai qui.»
«Non minacciarmi.» Isabel lo guardò socchiudendo gli occhi. «Hai sempre condiviso i tuoi problemi con me. Ora che il problema sono io, credo che mantenere quell'abitudine sia ancora più importante. E smettila di fissarmi così... che stai facendo?»
«Ti avevo avvertito» asserì cupo lui. Muovendosi così in fretta che lei non ebbe il tempo di sottrarsi, Gray la sollevò di peso e la portò verso la stanza da bagno. La sua pelle era calda, la sua presa troppo stretta. La depose sul pavimento, la spinse dentro e sbatté la porta.
«Gray!» gridò lei.
«Mi sento violento, e il tuo profumo stimola la mia lussuria. Se insisterai con le chiacchiere insulse, ti ritroverai stesa sulla schiena e con la bocca impegnata in occupazioni molto migliori.»
Isabel sbatté le palpebre, sorpresa. La sua maleducazione aveva lo scopo di allontanarla, di scioccarla, e c'era quasi riuscito. Nessun uomo le aveva mai parlato in modo così crudo e con tale rabbia. Le provocò una strana sensazione alle viscere, facendola tremare e respirare affannosamente. Eppure... non era una sciocca. Conosceva di gran lunga meglio gli uomini delle donne, e la cosa migliore da fare con un uomo intrattabile era tenersi alla larga da lui. Isabel era ben consapevole di ciò che sarebbe accaduto se si fosse azzardata a entrare di nuovo nella camera del marito.
«Grayson?»

Lui non rispose.

Non c'era nulla che potesse fare per aiutarlo, niente che potesse cambiare la situazione o farlo sentire meglio, al di là del temporaneo sollievo dell'orgasmo. Ma forse era quello di cui lui aveva bisogno, dopo aver udito denigrare la sua virilità. Forse era ciò di cui aveva bisogno anche lei, per dimenticare, almeno per poco, che entrambi i suoi matrimoni erano falliti. La prima volta era giovane e ingenua. Ma questa volta no. Quanto era stata sciocca a pensare che Gray non sarebbe maturato con l'età; invece era proprio quello che era successo, come dimostrava il fatto che si fosse assunto la responsabilità del fratello. Magari anche Pelham sarebbe cambiato, se ne avesse avuto il tempo.

«Mi dispiace, Grayson.»

«Di cosa?» le domandò a bassa voce. «Di avermi sposato?»

Lei deglutì forte, rifiutandosi di dar voce al "no" che le era rimasto in gola.

«Isabel?»

Sospirando, si allontanò dalla porta. Gray aveva ragione. Quello non era il momento giusto per discuterne, visto che non era in grado di pensare con chiarezza. Perché non riusciva a essere pratica come il resto della sua famiglia in fatto di matrimonio? Perché le sue emozioni dovevano diventare così complicate e rovinare tutto?

«Tanto per essere chiari» riprese lui burbero «a me non dispiace, e di tutte le cose che mi sono state dette nell'ultima ora, sentire che per te abbiamo fatto qualcosa di sbagliato è quella che mi disturba di più.»

I passi di Isabel vacillarono. Come poteva non pentirsi di un matrimonio che gli aveva causato tanto dolore? Se non bastava questo a dissuaderlo dal suo proposito di trasformare il loro rapporto in una vera relazione coniugale, niente ci sarebbe riuscito.

La rabbia la invase quando si rese conto di essersi all'improvviso ammorbidita nei confronti del marito. Non avrebbe dovuto intenerirsi così per lui. Sua madre non l'avrebbe fatto. Rhys nemmeno. Si sarebbero goduti del sesso magnifico finché non fossero stati sazi. Sollevò il mento. Ecco quello che avrebbe dovuto fare anche lei.

Uscì dal bagno e si avviò lentamente al suo boudoir.

Accidenti a quell'uomo! Un tempo erano amici. Poi lui era tornato del tutto diverso, quasi un estraneo, e aveva assunto il ruolo di sposo.

Un marito ti apparteneva. Un amante no.

Lo stomaco le fece una capriola.

"Lei è un'amante, Grayson. Non una moglie."

Le parole rabbiose di lord Spencer erano proprio la soluzione che cercava.

Tirando il cordone del campanello, Isabel attese con impazienza che arrivasse la cameriera e poi con il suo aiuto, si spogliò. Completamente. E si sciolse i capelli. Quindi raddrizzò le spalle e si diresse rapidamente verso la camera di Gray. Aprì la porta, vide il marito che stava prendendo una camicia dal letto, e con una corsa gli saltò in groppa.

«Ma che...»

Gray perse l'equilibrio e cadde a faccia in giù sul letto, con Isabel aggrappata alla schiena. Allungando un braccio dietro di sé, lui la capovolse sul copriletto con un basso ringhio.

«Alla fine sei rinsavita» mormorò, prima di abbassare la testa e succhiarle un capezzolo.

«Oh» esclamò lei, sorpresa dalla sensazione che le dava la sua bocca calda e umida. Cielo, quell'uomo si riprendeva in fretta! «Aspetta.»

Lui grugnì e continuò a succhiare.

«Voglio stabilire delle regole!»

Due occhi azzurri pieni di desiderio incontrarono i suoi, e lui le lasciò il capezzolo con uno schiocco sonoro. «Tu. Nuda. Ogni volta che ti voglio. Dove ti voglio. Queste sono le uniche "regole".»

«Sì.» Isabel annuì, e Gray si immobilizzò, il suo corpo poderoso che diveniva duro come la pietra. «Stileremo un accordo e...»

«Abbiamo già un accordo scritto, signora, un certificato di matrimonio.»

«No. Io sarò la tua amante e tu sarai il mio. L'accordo verrà messo nero su bianco, visto che non posso fidarmi che manterrai le promesse.»

«Giusto per curiosità» iniziò lui, alzandosi dal letto e cominciando a slacciarsi i pantaloni. «Sei pazza?»

Isabel si appoggiò sui gomiti e le venne l'acquolina alla bocca mentre Gray gettava gli indumenti sul pavimento, rimanendo presto nudo in tutta la sua gloria, e incredibilmente eccitato.

Si avventò su di lei con scarsa delicatezza. «La tua malattia mentale non raffredderà il mio ardore, quindi non preoccuparti. Puoi farneticare fin che vuoi mentre ti prendo. Non me ne importa affatto.»

«Gray, sul serio.»

Infilandole un ginocchio tra le cosce gliele divaricò e vi insinuò i suoi fianchi snelli. «Una moglie va coccolata e trattata con gentilezza. Un'amante è una fica comoda da sbattersi. Sei sicura che desideri modificare la tua posizione in camera da letto?»

Serrò minacciosamente la mascella, e Isabel si rese conto che era ancora arrabbiato. Sentiva il calore pesante della sua erezione: le venne la pelle d'oca su tutto il corpo e le si gonfiò dolorosamente il seno. «Non mi spaventi.»

«Tu non presti molta attenzione agli avvertimenti» mormorò Gray in tono profondo, e prima che lei potesse elaborare il significato di quelle parole, la penetrò con un colpo. Non abbastanza lubrificata e ancora un po' dolente, Isabel gridò e si inarcò verso l'alto a quell'invasione tanto dolorosa quanto inaspettata.

Gray le afferrò i capelli con una mano, tirandole la testa all'indietro. Una volta che lei fu inerme e completamente immobilizzata sotto di lui, cominciò a scoparla con affondi feroci e potenti.

«Quando saremo stanchi l'uno dell'altra» ansimò lei con determinazione incrollabile «ci separeremo. Io tornerò nella mia vecchia residenza. Saremo amici e tu potrai recuperare la faccia.»

Lui la impalò, colpendo così in profondità da toglierle il respiro.

«Potrai avere solo me» riuscì ad aggiungere Isabel un attimo dopo, il sesso che si bagnava man mano che lui si prendeva ciò che voleva. «Infilati tra le lenzuola di un'altra donna, e il nostro accordo si annullerà.»

Gray abbassò la testa e le succhiò forte il collo. A ogni affondo del suo cazzo grugniva, i testicoli pesanti che sbattevano contro di lei. Avendo la testa trattenuta all'indietro, Isabel era costretta a protendere i seni verso l'alto, e i peli ruvidi del petto del marito le graffiavano i capezzoli.

Gemette a quella sensazione, il senno che l'abbandonava rapidamente.

Non avrebbe dovuto sentirsi così bene. La posizione era scomoda, lui la stava prendendo con violenza, la bocca e i denti che le graffiavano la gola morbida, il sesso che pompava con vigore, una crudele intrusione nei suoi tessuti gonfi... Eppure l'assoluta sicurezza con cui lui la toccava, la sua mancanza di esitazioni, la sua arroganza suprema nell'usare il corpo di lei per il proprio piacere la rendevano quasi estatica.

«Sì...» il suo corpo tremava sull'orlo dell'orgasmo, e lei emise un gemito basso e lamentoso. Gli artigliò i fianchi, affondandogli i talloni nelle natiche, dandosi con la medesima intensità con cui riceveva.

«Isabel» grugnì lui, con la bocca premuta contro il suo orecchio. «Abbastanza sfrontata da affrontare un uomo nudo, eppure subito sottomessa da un cazzo duro.»

Non sarebbe stato come prima! «Le mie regole» gli ricordò, poi gli conficcò i denti nel petto.

«Al diavolo le tue regole.» Gray uscì da lei, stringendosi il cazzo con la mano libera, e iniziò a pomparselo, accompagnando con suoni gutturali gli schizzi di sperma sul ventre di Isabel. Quel gesto volgare era molto diverso dal modo in cui avevano fatto l'amore il giorno precedente e tuttavia la fece contorcere in un'agonia di lussuria.

«Bastardo egoista.»

Con la bella bocca tirata in un ghigno duro, il volto arrossato e gli occhi vitrei, Gray osservò: «Un uomo non è tenuto a dare piacere alla sua amante».

«Così accetti l'accordo» sbottò Isabel digrignando i denti. Era lei ad avere il controllo della situazione, indipendentemente da quello che credeva lui.

Le mani di Gray iniziarono a frizionarle la pelle col suo seme, e lui fece un sorriso freddo. «Se desideri stringere un patto col diavolo, così sia.» Le prese i capezzoli tra le dita umide e li strofinò.

Isabel lo schiaffeggiò. «Basta.»

«Dovrei lasciarti andar via tutta arrabbiata e calda e bagnata. Forse allora ti sentiresti un po' come mi sento io.»

«Risparmiami» lo derise. «Tu comunque ti sei preso il tuo piacere.»

Lui scosse la testa con aria di rimprovero. «Credi davvero che possa sentirmi sazio se tu non lo sei?»

«Non è sperma quello che ho sulla pancia?»

Gray si sedette sui talloni per offrirle una visione completa della lunghezza del suo cazzo rigido. Quella vista fu devastante per il corpo surriscaldato di Isabel. E il sorriso arrogante che le rivolse non fece altro che acuire il suo desiderio. Suo marito era fatto apposta per il piacere di una donna, e lo sapeva benissimo.

Gray socchiuse gli occhi. Senza dubbio stava pensando a qualcosa di ambiguo. Isabel riusciva quasi a vedere la sua mente al lavoro. «Nessun uomo inginocchiato sopra la tua fica madida potrebbe resistere alla tentazione di farsela.»

«Quanto sei poetico» mormorò lei seccamente. «Mi fai battere forte il cuore.»

«Riservo la poesia per mia moglie.» Scivolò verso il basso con un sorriso malizioso che la fece preoccupare. «Se ci fosse lei nel mio letto, non la lascerei così insoddisfatta e vogliosa.»

«Non sono insoddisfatta.»

Le leccò la pelle intorno agli umidi riccioli del sesso. Lei boccheggiò.

«Certo che no» replicò lui sorridendo. «Le amanti non si aspettano l'orgasmo.»

«Io sì.»

Ignorandola, Gray abbassò la testa e le fece scorrere la lingua lungo le labbra del sesso. Isabel arcuò involontariamente i fianchi. «A mia moglie direi quanto mi piace il suo sapore e la sensazione della sua pelle morbida come un petalo. Quanto mi ecciti l'odore della nostra lussuria combinata, e mi faccia rimanere duro nonostante sia già venuto molte volte.»

Isabel guardò le sue mani forti e callose, con le unghie ben tagliate, premere per allargarle ulteriormente le gambe.

La vista della sua pelle scura contro il pallore della propria era molto erotica, così come la ciocca di capelli che gli ricadde sulla fronte solleticandole l'interno delle cosce.

«Le direi quanto mi piace il colore dei suoi peli, un vivido cioccolato con riflessi di fuoco. È come un faro che mi attira verso di lei, promettendo indicibili delizie e ore di piacere.» Le baciò la clitoride, e quando lei gemette a bassa voce, lui cominciò a succhiarla, muovendo piacevolmente la lingua avanti e indietro.

Lasciando andare il copriletto che stringeva, Isabel allungò un braccio verso di lui, facendogli scorrere le dita nei folti capelli setosi per accarezzarne le radici umide di sudore. Lui emise quel suono che lei adorava, un incrocio tra un grugnito e un arrogante incoraggiamento, e quindi la ricompensò leccando più velocemente.

Mettendogli le gambe sulle spalle, Isabel se lo tirò più vicino, sollevando le anche per rotearle contro la sua bocca esperta. Si aspettava che da un momento all'altro lui si fermasse, per torturarla crudelmente lasciandola piena di desiderio. Nel disperato tentativo di venire, lo pregò: «Per favore... Gray...».

Lui borbottò una rassicurazione, le sue grandi mani che l'accarezzavano mentre la portava all'orgasmo scopandola dolcemente con la lingua. Isabel si immobilizzò, ogni muscolo e tendine bloccato dal piacere, che si diffuse lentamente e aumentò di intensità fino a farla rabbrividire in modo incontrollabile.

«Quanto mi piace questo» mormorò lui, sollevandosi con cautela e allungandosi sul suo corpo. «Quasi quanto quest'altro.» Si spinse con un ringhio nelle sue profondità che si contraevano.

«Oh mio Dio!» Isabel non riusciva ad aprire gli occhi. Era ubriaca di lui, del suo odore, della sensazione che le dava.

Guardarlo sarebbe stata la sua rovina.

«Sì» sibilò Gray, affondando in profondità, il membro duro come pietra e caldo, tanto da farla sciogliere. Infilandole le braccia sotto le spalle, Gray la cinse in un abbraccio avvolgente. Con la bocca contro il suo orecchio, sussurrò: «Direi a mia moglie quello che mi fa provare, così calda e fradicia. È come se immergessi il cazzo nel miele caldo».

Isabel sentiva contro la pancia il suo addome teso come una corda, mentre lui si ritirava lentamente per poi tornare a pompare.

«Amerei il suo corpo come si conviene a un marito, preoccupandomi del suo benessere e del suo piacere.»

Le mani di Isabel gli accarezzarono la curva della schiena, afferrandogli i glutei d'acciaio. «Continua così» sussurrò, con la testa che le ricadeva di lato.

«Intendi questo?» Si ritrasse e quindi roteò i fianchi, spingendosi nuovamente dentro di lei.

«*Mmh*... Un po' più forte.»

La spinta successiva la colpì in profondità. Deliziosa.

«Sei un'amante esigente» ridacchiò Gerard mentre con la bocca le seguiva la curva dello zigomo.

«So quello che voglio.»

«Sì.» La sua mano le accarezzò il fianco e poi lo spostò, angolandolo perfettamente per ricevere i suoi colpi misurati. «Me.»

«Gray...» Le braccia di Isabel si strinsero al suo corpo.

«Di' il mio nome» la esortò lui con voce roca, fottendola con colpi lunghi e ritmici.

Isabel si costrinse ad aprire le palpebre e incontrò il suo sguardo. Non era una richiesta frivola. I bei lineamenti del marito erano distesi, fanciulleschi, spogliati della loro usuale arroganza.

Un'amante non l'avrebbe chiamato per nome. E nemmeno la maggior parte delle mogli. L'intimità era rivelatrice.

«Dillo.» Questa volta si trattava di un ordine.

«Gerard» gridò Isabel, mentre veniva in una bollente esplosione di calore.

E lui la strinse e fece l'amore con lei, sussurrandole parole dolci.

Proprio come un marito.

11

«Che cos'ho fatto?»

Anche se udì Pel mormorare, Gerard tenne gli occhi chiusi, fingendo di dormire. La testa della moglie riposava sul suo bicipite e la curva morbida del suo sedere gli premeva contro l'anca. L'aria odorava di fiori esotici e di sesso, e lui si sentiva in paradiso.

Ma, ovviamente, Pel no.

Aveva contrattato con lui per imporgli la fedeltà... ecco cos'aveva fatto. Gray ne era lusingato e commosso, ma decisamente curioso di conoscere le sue motivazioni. Perché non gli aveva semplicemente chiesto di essere leale? Perché spingersi a minacciare di lasciarlo pur di raggiungere il suo scopo?

La fedeltà a una donna gli era sconosciuta. I suoi bisogni a volte erano violenti, come lo erano stati oggi, e se alcune donne servivano allo scopo, altre, come la moglie, erano create per fare l'amore. Se l'avesse sottoposta spesso a un trattamento del genere, Isabel avrebbe iniziato ad aver paura di lui, e questo non poteva sopportarlo. Aveva bisogno di conoscerla meglio, in modo da poterla capire. Così avrebbe imparato come farla felice. O almeno lo sperava.

Attese che Pel si addormentasse prima di alzarsi dal letto. Gli sarebbe piaciuto rimanere lì con lei, ma doveva trovare suo fratello e tentare di chiarirsi. Forse Spencer avrebbe capito o forse no, ma Gerard non poteva lasciare che la situazione tra loro rimanesse com'era.

Passando di fronte a uno specchio, si fermò, avendo intravisto qualcosa di sfuggita. Si voltò e fissò il proprio riflesso, notando il segno di un morso sul petto, dei graffi sulla schiena e, appena sopra le natiche, due ombre livide.

«Che io sia dannato» mormorò a occhi spalancati. Isabel non era un'amante passiva. Erano proprio una coppia ben assortita.

Una sensazione piacevole gli formicolò nel petto e scoppiò in una risatina bassa.

«Sei una strana creatura» disse una voce arrochita dal sonno, alle sue spalle. «Ridere non è la prima cosa che mi viene in mente di fare quando ti vedo nudo.»

Il calore gli infiammò la pelle. Avvicinandosi al letto non poté evitare di notare i segni dei propri denti sul collo di lei. Gli si infiammò il sangue a quella vista. Era un vero animale, ma almeno se ne rendeva conto. «Qual è la prima cosa che ti viene in mente, allora?»

Pel si tirò su a sedere, tutta arruffata e arrossata. Sembrava felice. «Che il tuo culo è divino, e che ho voglia di morderlo.»

«Morderlo?» Gerard sbatté le palpebre. «Il mio culo?»

«Sì.» Isabel si sistemò il lenzuolo sotto le braccia, col viso serio. Non sembrava che stesse scherzando.

«Perché mai vorresti fare una cosa simile?»

«Perché è teso e sodo come una pesca.» Si leccò le labbra, inarcando un sopracciglio in segno di sfida. «Voglio vedere se è altrettanto sodo quando lo stringo tra i denti.»

Le sue mani si spostarono di loro volontà a coprirgli il sedere. «Sei seria.»

«Sì.»

«È davvero strano» mormorò Gerard, sdraiandosi a faccia in giù accanto a lei.

«Non intendevo proprio in questo momento» disse lei seccamente.

Gerard tirò un respiro di sollievo. «Grazie a Dio!» Ma quando accennò ad alzarsi dal letto, Isabel gli si mise sopra a cavalcioni, con i piedi dalla parte della sua testa, i fianchi che gli sfioravano le spalle, i seni all'incavo della sua schiena. La sensazione voluttuosa delle sue curve e il calore seducente del suo corpo riscaldato dal sonno glielo fecero venire di nuovo duro.

E lui che aveva pensato di essere a posto per un po'! Circondandole le caviglie con una stretta apprensiva, Gerard attese. Sentì le mani di Isabel, così piccole e morbide, che gli accarezzavano la curva delle natiche, per poi strizzarle delicatamente. Il fatto che non potesse vederla non faceva che rendere ancora più erotici i suoi gesti. Per quanto ridicolo, il pensiero che la moglie avesse ammirato un altro uomo in quel modo lo disturbava.

«Hai sempre avuto questa predilezione?»

«No. Tu hai un culo particolare.»

Le sue dita gli massaggiarono la carne, sfregandola e premendola in un modo che gli fece rizzare ogni pelo sul corpo. Gli venne la pelle d'oca. Chiudendo gli occhi, seppellì il viso nel letto.

Una morbida carezza seguì la piega delle natiche al di sopra delle cosce. Poi Gerard sentì il calore del fiato sulla pelle. Si irrigidì completamente. L'attesa fu infinita.

E poi lei lo baciò.

Prima su una natica e poi sull'altra. Baci lievi, a bocca aperta. Gerard sentiva i capezzoli di Isabel inturgidirsi contro la sua schiena, e gli fu di qualche conforto sapere che non era l'unico a farsi eccitare da quella cosa. Qualunque cosa fosse.

Poi sua moglie lo morse, sempre delicatamente, e gli si arricciarono le dita dei piedi.

Le sue stramaledette dita dei piedi!

«Cristo, Isabel!» esclamò con voce roca, coi fianchi che si muovevano inquieti, premendo il pene dolorante contro il letto. Sapeva per certo che nessun'altra donna sarebbe riuscita a eccitarlo in modo così insopportabile semplicemente mordendogli il sedere. Era sicuro che se ci fosse stata un'altra femmina al posto di Pel in quel momento lui avrebbe riso.

Ma lì non c'era niente da ridere. Questa era una vera e propria tortura, del genere più carnale.

Qualcosa di caldo e umido gli scivolò sulla pelle, e lui si mosse. «Mi hai *leccato*?»

«Ssh» mormorò lei. «Rilassati. Non ti farò male.»
«Mi stai uccidendo!»
«Devo smettere?»
Gerard digrignò i denti e rifletté. Poi rispose: «Solo se hai intenzione di fermarti. Altrimenti, no. Tuttavia devo ricordarti che puoi prendere il mio corpo ogni volta che lo desideri».
«Lo voglio adesso.»
Gerard sorrise per la sensuale determinazione nella voce della moglie. «Prego, allora.»
Isabel lo fece ruotare a pancia in su, gli si mise a cavalcioni sui fianchi e lo prese dentro di sé, lentamente. Era bollente e fradicia, e lui guardò mentre il suo cazzo palpitante veniva inghiottito, centimetro dopo centimetro, dalle labbra arrossate e luccicanti di lei.
«Oddio...» mormorò Pel, le cosce tremanti, gli occhi incatenati ai suoi. Il suo morbido gemito si trasformò in un respiro affannoso.
Vederla così in estasi mentre si godeva il suo cazzo fu sufficiente a provocargli un fremito ai testicoli.
«Non durerò per molto» la avvertì, tirandola impazientemente verso il basso con le mani. L'aveva già presa più volte, ma lei non aveva mai preso lui, e Isabel era una donna ben consapevole dei propri desideri. Gerard aveva sempre ammirato la sua compostezza e la sua sicurezza. Adesso era affascinato dalla padronanza con cui conduceva il rapporto. «Sto per esplodere.»
«Ma non lo farai.»
E non lo fece. Il timore per lei lo trattenne, perché Isabel era sua moglie, e voleva compiacerla, godersela, proteggerla. Non l'avrebbe persa come aveva fatto con Em.
Lei era sua.
Ora doveva solo convincerla di questo.

«Che ci fai qui, Rhys?» domandò Isabel non appena entrò nella stanza. Per quanto tentasse, non riusciva a nascondere la nota irritata nella propria voce. Svegliarsi senza Gray era già stato sgradevole; e leggere il suo brusco e vago messaggio l'aveva messa ancora più di malumore:

Devo uscire per occuparmi di Spencer.
Tuo

Grayson

Sapeva come andavano le cose tra uomini: dopo aver litigato si riconciliavano davanti a una birra e una bella donna. Ben conoscendo la resistenza fisica del marito, non si sentiva di giurare che con lui sarebbero andate diversamente.

Suo fratello si alzò dal divano di velluto blu e le fece un rapido inchino. Nell'elegante completo nero da sera era uno spettacolo notevole.

«Al vostro servizio, signora» esordì in una comica imitazione di un maggiordomo.

«Al mio servizio?» Isabel si accigliò. «Per che cosa dovrei aver bisogno di te?»

«Mi ha mandato a chiamare Grayson. Mi ha scritto che stasera non poteva accompagnarti al ballo degli Hammond e ha suggerito che forse a me avrebbe fatto piacere. A titolo di gratitudine per il mio favore, ha detto che mi avrebbe perdonato.»

Gli occhi di Isabel si spalancarono. «Ti ha minacciato?»

«Lo sapevo che si sarebbe infuriato perché ieri ti ho portata via da lui.»

«Questo è ridicolo» sussurrò lei. «Possiamo andare allora?» Così dicendo si avviò alla porta, precedendo il fratello.

Per tutto il tragitto fino alla residenza dagli Hammond Isabel rimuginò sul proprio comportamento e su quello del marito, incerta e amareggiata. Quando poi nell'affollata sala da ballo intravide un volto noto, avvertì un groppo in gola che ben presto lasciò il posto a una fredda rabbia.

«Lord Spencer Faulkner è qui» notò Rhys in tono indifferente, mentre il giovane entrava nel salone.

«Già.» Però Grayson non c'era. Dunque le aveva mentito. Perché era sorpresa?

Studiò il cognato con attenzione. Al contrario di lei e Rhys, Gray e lord Spencer condividevano solo una superficiale somiglianza fisica, cosa che le diede una vaga idea di quello che doveva essere stato l'aspetto del padre.

Come se avesse percepito il suo accurato esame, Spencer girò la testa e incontrò il suo sguardo. Per un breve, incauto attimo, Isabel vi lesse qualcosa di decisamente sgradevole, che poi venne schermato da una studiata impassibilità.

«Bene, bene» mormorò Rhys. «Finalmente un uomo che è davvero immune al tuo fascino.»

«Hai visto?»

«Purtroppo sì.» Rhys fece scorrere lo sguardo sulla folla degli ospiti. «Posso solo sperare che tu e io siamo stati gli unici a... Buon Dio!»

«Che succede?» Allarmata, Isabel si alzò in piedi e si guardò intorno. Era arrivato Gray? Il suo cuore correva all'impazzata. «Che cosa c'è?»

Rhys le allungò il suo bicchiere di champagne con tanta fretta che il liquido quasi si rovesciò, rischiando di rovinarle l'abito di raso. «Scusami.» E se ne andò, lasciando di stucco Isabel.

Rhys seguì la figura sottile che si faceva strada agilmente tra i gruppetti di ospiti. Passava inosservata, quasi fosse un fantasma, una donna insignificante che indossava un abito insignificante. Ma Rhys ne rimase incantato. Conosceva quei capelli scuri. Aveva sognato quella voce.

La giovane uscì dalla sala da ballo e si mosse rapidamente lungo il corridoio.

Lui la seguì. Quando la ragazza uscì dalla portafinestra dello studio, Rhys rinunciò a nascondersi. Il visetto piccolo e attraente si sollevò verso di lui, gli occhi sgranati per la sorpresa.

«Lord Trenton.»

Lui uscì sul terrazzo e chiuse la porta dietro di sé, escludendo i suoni del ballo. Fece un breve inchino, le prese la mano inguantata e la baciò. «Lady Mistero.»

Lei rise, e Rhys strinse la presa. La dama misteriosa inclinò la testa di lato con aria perplessa. «Mi trovate attraente, vero? Ma non sapete perché. In tutta franchezza, io sono altrettanto sconcertata.»

A Rhys sfuggì una risatina. «Mi permettete di indagare un po'?» Si chinò lentamente, lasciandole il tempo di scostarsi prima di sfiorarle le labbra con le proprie. Quel morbido contatto lo colpì stranamente, così come l'odore di lei, talmente delicato che si sentiva appena nell'aria fresca della notte. «Penso che siano necessari un paio di esperimenti.»

«Oh, cielo» mormorò lei. Spostò la mano libera a coprirsi lo stomaco. «Questo mi ha provocato un piccolo tremito qui.»

Qualcosa di caldo gli si diffuse nel petto, e da lì scese tra le gambe. Non era affatto il suo tipo di donna. Banale. Un'intellettuale. Certamente la sua franchezza lo incuriosiva, ma perché volesse metterle le mani sotto le gonne era un mistero che non riusciva a comprendere. Era troppo magra per i suoi gusti, e mancava delle piene curve femminili che lui tanto apprezzava. Eppure, non poteva negare che la desiderava, e voleva saperne di più su di lei. «Perché siete venuta qui?»

«Perché preferisco stare qua fuori piuttosto che là dentro.»

«Passeggiate con me, dunque» mormorò lui, infilandosi la sua mano nell'incavo del gomito e conducendola via.

«Amoreggerete spudoratamente con me?» gli chiese mentre gli si affiancava. Trovarono un sentiero che attraversava serpeggiando il giardino e lo seguirono. Non era illuminato, quindi procedettero lentamente.

«Naturalmente saprò il vostro nome prima che ci separiamo.»

«Sembrate così sicuro.»

Lui sorrise verso i suoi occhi illuminati dal chiaro di luna. «Ho i miei metodi.»

Lei fece un verso scettico. «Vi divertirete a gareggiare in ingegno con me.»

«Non dubito che il vostro cervello sia formidabile, ma non è la parte di voi sulla quale userei le mie astuzie.»

Lei gli assestò un colpetto di rimprovero alla spalla con la mano libera. «Siete crudele a parlare in questa maniera a una donna inesperta come me. Mi fate venire le vertigini.»

Rhys trasalì, un po' imbarazzato. «Mi dispiace.»

«No, non è vero.» Lo sfiorò dove lo aveva toccato un attimo prima, e lui si sentì ribollire il sangue. Come poteva eccitarlo una mano inguantata che gli sfiorava la spalla coperta dal tessuto della giacca?

«È così che gli uomini punzecchiano le donne con cui si sentono in intimità? Lady Grayson ride spesso per cose che le vengono dette da uomini che io trovo abbastanza noiosi.»

Fermandosi bruscamente, Rhys la fissò.

«Non avevo intenzione di offendere!» aggiunse in fretta lei. «In effetti, trovo che lady Grayson sia una donna complessa, nel senso più lusinghiero del termine.»

Studiandola attentamente, Rhys concluse che era sincera e ricominciò a camminare. «Sì, una volta divenuti amici di un membro del sesso opposto e una volta che ci si sente a proprio agio, la conversazione può diventare intima.»

«Sessualmente intima?»

«Spesso sì.»

«Anche se l'obiettivo finale non è di carattere sessuale, ma solo un divertimento temporaneo?»

«Siete una gattina curiosa.» Le rivolse un sorriso indulgente. L'atto così comune dell'amoreggiare poteva davvero diventare eccitante, visto attraverso gli occhi di lei. Avrebbe voluto restare con lei per ore e rispondere a tutte le sue domande.

«Temo di non possedere le conoscenze necessarie per gareggiare in astuzia con voi. Quindi spero che mi perdonerete se vi chiederò apertamente di baciarmi.»

Inciampò, smuovendo la ghiaia del sentiero. «Come, prego?»

«Mi avete udito, milord.» Sollevò il mento. «Mi piacerebbe molto che mi baciaste.»

«Perché?»

«Perché nessun altro lo farà mai.»

«Perché no? Vi sottovalutate.»

Il suo sorriso malizioso lo riempì di gioia. «Mi valuto il giusto.»

«Sapete di certo che un altro uomo vi bacerà.» Mentre lo diceva, Rhys si rese conto di quanto lo disturbasse quel pensiero. Le sue labbra erano carnose e morbide come petali di rosa. Lo avevano accolto con dolcezza quando l'aveva baciata, e gli erano parse tra le più belle che avesse mai visto. L'immagine di un altro che le assaggiava gli fece stringere i pugni.

«Un altro uomo potrebbe, ma non lo farà.» Lei avanzò di

un passo e si sollevò in punta di piedi, offrendogli la bocca. «Perché non glielo permetterò.»

Suo malgrado, Rhys la strinse a sé. Era snella come un giunco, con le curve appena pronunciate, ma perfetta per lui. Rimase immobile ancora un momento, assorbendo quel fatto.

«Siamo fisicamente compatibili» mormorò lei a occhi spalancati. «È normale?»

Rhys deglutì a fatica e scosse la testa, alzando una mano per mettergliela sulla guancia. «Non ho idea di cosa fare con voi» ammise.

«Semplicemente baciatemi.»

Rhys chinò il capo, indugiando a pochi centimetri di distanza dal viso di lei. «Ditemi il vostro nome.»

«Abby.»

Le leccò il labbro inferiore. «Voglio vedervi di nuovo, Abby.»

«Così da poterci nascondere nei giardini e fare cose sconvenienti?»

Che cosa poteva risponderle? Non sapeva nulla di lei, ma il suo abbigliamento, la sua età, e il fatto che se ne andasse in giro senza un accompagnatore gli dicevano che non era di nobili ascendenze. Per lui era giunto il momento di sposarsi, e Abby non era una donna che potesse corteggiare.

Lei sorrise come se gli avesse letto nel pensiero. «Baciatemi e poi ditemi addio, lord Trenton. Dovete essere contento di avermi dato un'idea di come sia essere corteggiata da un bel giovane focoso.»

Rhys non seppe cosa rispondere, quindi la baciò, profondamente e con sentimento. Lei si sciolse tra le sue braccia, restò senza fiato ed emise un lieve gemito che lo fece uscire di senno. Avrebbe voluto prendersi delle libertà: spogliarla nuda, condividere con lei tutte le cose che sapeva, vedere l'atto sessuale attraverso la meraviglia dei suoi occhi.

Così, quando lei se ne andò lasciandolo lì in giardino, l'addio che avrebbe dovuto pronunciare non venne. E più tardi, quando rientrò nel palazzo esibendo una finta indifferenza, si rese conto che neanche lei gli aveva detto addio.

12

«Isabel.»

John Hargreaves si fermò a discreta distanza. La percorse dalla testa ai piedi con lo sguardo, dalle perle intrecciate alle chiome ramate, al bel vestito verde scuro, il cui colore intenso metteva in risalto la consistenza della sua pelle di porcellana. Il girocollo con tre fili di perle nascondeva abbastanza bene i lividi sul collo, ma lui li notò comunque. Quando l'aveva vista arrivare senza il marito, aveva subito desiderato avvicinarla, ma lady Stanhope, la sua nuova e inattesa alleata, gli aveva intimato di attendere il momento giusto. Se si fosse affidato a lei, gli aveva sussurrato maliziosa, avrebbero entrambi ottenuto ciò che volevano: separare lord e lady Grayson. Così, mentre Barbara fingeva di approcciare casualmente lord Spencer e lord Trenton si allontanava, John aveva fatto la sua mossa. «Stai bene?»

Il sorriso che lei gli rivolse era affettuoso quanto triste. «Abbastanza.» Si chinò verso di lui. «Mi sento malissimo, John. Tu sei un uomo buono e non meritavi di essere trattato come ho fatto io.»

«Ti manco?» si azzardò a chiedere lui.

«Sì.» Lo sguardo ambrato di Isabel incontrò direttamente il suo. «Anche se forse non come ti manco io.»

Hargreaves sorrise. Come sempre, ammirava il candore di Isabel. Era una donna che parlava senza artifici. «Dov'è Grayson questa sera?»

Lei sollevò il mento leggermente. «Non discuterò di mio marito con te.»

«Non siamo più amici quindi, Pel?»

«Sicuramente no, se hai intenzione di ficcare il naso nel mio matrimonio» scattò lei. E poi arrossì, abbassando lo sguardo.

John aprì la bocca per scusarsi, ma si fermò. Il malumore di Isabel era diventato sempre più frequente man mano che la loro relazione progrediva. Cominciò a chiedersi se in realtà si fosse già deteriorata prima del ritorno di Grayson e lui fosse stato semplicemente troppo stupido per non capirlo.

Fece un sospiro mentre rifletteva su questa possibilità. Tuttavia, l'improvvisa rigidità dell'atteggiamento di Pel richiamò la sua attenzione. Alzò gli occhi e vide Grayson in piedi dall'altro lato del salone. Lo sguardo del marchese dapprima fu attirato da Isabel e poi si spostò fermandosi su di lui.

Gelato da quell'occhiata, John rabbrividì. Grayson gli voltò le spalle.

«Tuo marito è arrivato.»

«Sì, sì, lo so. Scusami.»

Isabel aveva già fatto qualche passo quando John si ricordò del piano di Barbara. «Ti accompagno sulla terrazza, se vuoi.»

«Grazie» rispose lei con un cenno del capo, facendo oscillare i riccioli infuocati. John aveva sempre amato i suoi capelli. Un'incredibile combinazione di cioccolato fondente e riflessi rossastri.

Quella vista fu quasi sufficiente a distrarlo dal gelido sguardo azzurro che gli trapassava la schiena.

Quasi.

Isabel uscì sul balcone affollato, sforzandosi di non pensare a quanto l'avesse ferita il comportamento indifferente di Grayson. Subito dopo, però, scorse una familiare testa di capelli grigi, e i suoi pensieri vennero immediatamente dirottati altrove. Sospirando si rivolse a Hargreaves: «Dobbiamo separarci ora».

Seguendo il suo sguardo, lui annuì e si ritirò in fretta, lasciandola sola con la marchesa di Grayson. La donna più anziana le andò incontro a braccia conserte, conducendola lontano dagli altri ospiti.

«Non avete vergogna?» sussurrò la vedova.

«Vi aspettate veramente che risponda?» ribatté Isabel. Dopo quattro anni non riusciva ancora a tollerarla.

«Come possa una donna con la vostra educazione mostrare così poca considerazione per il titolo che porta è al di là della mia comprensione. Grayson ha sempre fatto del suo meglio per irritarmi, ma il matrimonio con voi è inaccettabile.»

«Potreste trovare qualcosa di nuovo con cui assillarmi?»

Scuotendo la testa, Isabel le voltò le spalle. Ora che non le vedeva più nessuno, non c'era bisogno che fingessero di essere in buoni rapporti. Il fervente desiderio della vedova di preservare l'onore dei Grayson era comprensibile, ma i suoi modi risultavano insopportabili a Isabel.

«Farò in modo che si liberi di voi, prima di esalare il mio ultimo respiro.»

«Buona fortuna» mormorò Isabel.

«Come, prego?» La vedova si raddrizzò in tutta la sua statura.

«Ho parlato molte volte di separazione a Grayson dopo il suo ritorno. Lui si rifiuta di prenderla in considerazione.»

«Non volete essere sposata con lui?»

L'assoluto stupore della vedova avrebbe divertito Isabel se non fosse stata così angosciata dal comportamento di Gray dopo che aveva lasciato il suo letto. L'aveva messa da parte e ignorata con una tale leggerezza... E lei si era fidata di un uomo che le aveva mentito.

Faceva male, e lei aveva promesso a se stessa che nessun uomo l'avrebbe più ferita.

«No, non lo voglio.» Isabel sollevò il mento. «Adesso le ragioni per cui ci siamo sposati mi sembrano sciocche e azzardate. Sono certa che lo sono sempre state e che siamo stati entrambi troppo ostinati per rendercene conto.»

«Isabel.» La vedova serrò le labbra e la fissò con gli occhi socchiusi. «Dite sul serio?»

«Sì.»

«Grayson sostiene che una richiesta di divorzio andrà incontro al fallimento. In ogni caso, lo scandalo sarà terribile per tutti.»

Togliendosi uno dei lunghi guanti, Isabel stese la mano e sfiorò i petali di una rosa. Così Gray aveva preso in considerazione di troncare il loro legame. Avrebbe dovuto saperlo.

Che sfortuna che le piacesse tanto la compagnia. Ne aveva bisogno. Diversamente, non avrebbe provato un tale desiderio di essere abbracciata e coccolata, e non si sarebbe trovata in quella posizione adesso. Molte donne praticavano l'astinenza. Lei non poteva.

Sospirò. Lo scandalo suscitato da una richiesta di divorzio sarebbe stato devastante, ma non lo sarebbe stato ancora di più il matrimonio con Grayson? Il suo primo marito l'aveva quasi annientata e l'attrazione che ora provava per Gray era altrettanto potente di quella che un tempo aveva provato per Pelham.

«Cosa volete che vi dica?» domandò con amarezza. «Che sono disposta ad accettare un divorzio per adulterio? Non lo sono.»

«Ma siete decisa, lo vedo. E io vi aiuterò.»

A quelle parole Isabel si voltò. «Voi cosa?»

«Mi avete sentito.» Un sorriso appena accennato ammorbidì il profilo duro della vedova. «Non so ancora come. So solo che ci riuscirò, in un modo o nell'altro. Forse troverò anche la maniera di sistemarvi.»

All'improvviso Isabel si sentì stanchissima. «Scusatemi.» Avrebbe trovato Rhys e gli avrebbe chiesto di accompagnarla a casa. Per quel giorno i Faulkner l'avevano ferita abbastanza, e lei desiderava solo chiudersi nella sua stanza con una caraffa di madera.

«Mi farò sentire, Isabel» le gridò dietro la marchesa.

«Splendido» mormorò lei, accelerando il passo. «Non vedo l'ora.»

Non riuscendo a trovare Spencer, Gerard stava quasi per sfogare la propria frustrazione prendendosela con il primo che gli capitasse a tiro, quando svoltò un angolo e si trovò davanti una donna che usciva da una stanza buia.

Lady Stanhope si voltò e fece un salto. «Santo cielo» urlò, portandosi la mano inguantata sul cuore. «Mi hai spaventato, Grayson.»

Lui la studiò sollevando un sopracciglio. Arrossata e leggermente scarmigliata, evidentemente aveva appena avuto un incontro con un amante. Quando la porta si aprì di nuovo e ne uscì Spencer con la cravatta stropicciata, l'altro sopracciglio di Gerard salì a raggiungere il primo. «Ti sto cercando da ore.»

«Davvero?»

Suo fratello era chiaramente molto più rilassato che durante il loro ultimo colloquio. Conoscendo per esperienza l'appetito sessuale di Barbara, Gerard non ne rimase sorpreso. Sorrise. «Vorrei parlare con te.»

Spencer si raddrizzò la giacca e lanciò uno sguardo a Barbara, che indugiava. «Domani, forse?»

Studiandolo attentamente, Gerard gli chiese: «Che progetti hai per stasera?». Non avrebbe aspettato, se suo fratello stava ancora cercando guai.

Un altro sguardo a Barbara placò le preoccupazioni di Gerard. Se era impegnato a scopare, Spencer non avrebbe fatto danni.

«A colazione nel mio studio, allora.»

«Molto bene.»

Portandosi alle labbra la mano di Barbara, Spencer fece un elegante inchino e si allontanò, molto probabilmente per organizzare la loro partenza dalla festa.

«Vi seguo tra un attimo, caro.» Gli occhi di Barbara rimasero incollati su Gerard.

Quando furono soli, lui le disse: «Ti sono grato per la tua amicizia con lord Spencer».

«Ah, sì?» Lei fece il broncio. «Un piccolo accenno di gelosia sarebbe il benvenuto, Grayson.»

Gerard sbuffò. «Ridicolo. Non c'è nulla tra noi che possa suscitare gelosia, e non c'è mai stato.»

Barbara gli posò la mano sull'addome, gli occhi verdi che scintillavano maliziosamente sotto le ciglia abbassate. «Ci potrebbe essere, se solo tornassi a scaldare il mio letto. Anche se il nostro incontro l'altra sera è stato deplorevolmente breve, mi ha ricordato come siamo stati bene insieme.»

«Ah, lady Stanhope.» La voce di Pel, alle sue spalle, era tesa. «Vi ringrazio per avermi trovato mio marito.»

Gerard non ebbe bisogno di girarsi per sapere che la serata, incredibilmente, stava volgendo al peggio.

L'arruffata contessa si allontanò, e Isabel rimase in silenzio coi pugni serrati. Grayson la osservava con cautela, la figura possente tutta tesa per l'aspettativa, mentre lei considerava ciò che intendeva fare. In passato aveva lottato aspramente per Pelham, e quello sforzo era stato inutile, oltre che estenuante. I mariti mentivano e tradivano. Le mogli sagge lo comprendevano.

Sentendo di nuovo sul cuore la corazza di ghiaccio con la quale aveva imparato a difendersi, gli voltò le spalle con l'intento di andarsene... dal ballo, dalla sua casa, da lui. Nella sua mente stava già facendo le valigie, passando rapidamente in rassegna i propri averi.

«Isabel.»

Quella voce... Isabel rabbrividì. Perché doveva avere una voce così roca e sensuale, che grondava lussuria e desiderio?

I suoi passi tuttavia non vacillarono, e quando lui le afferrò il gomito per fermarla, lei si sforzò di concentrarsi sulla sua vecchia casa e su come tutta la mobilia fosse tristemente datata.

La mano inguantata di Gray le circondò la guancia, costringendola ad alzare gli occhi.

«Cristo» mormorò lui. «Non guardarmi così.»

Lo sguardo di Isabel scese sulla grande mano che le stringeva l'avambraccio.

Prima ancora che se ne rendesse conto, Gray la trascinò in una stanza buia che puzzava di sesso e chiuse la porta dietro di loro. Le si rivoltò lo stomaco e approfittò della luce della luna per fuggire verso una porta sul lato opposto. Entrò in una libreria con le portefinestre aperte. Si fermò e appoggiò le mani sullo schienale di una poltrona di pelle, inalando l'aria incontaminata.

«Isabel.» Gray la afferrò per le spalle e poi intrecciò le dita alle sue. Il suo corpo caldo le premeva contro la schiena. Lei iniziò a sudare. «Vuoi parlare con me, per favore?» la blandì.

Certo, era molto bravo a blandire. E a lusingare e ad affascinare e a fottere. Una donna poteva facilmente perdere la testa per lui se abbassava la guardia.

«Non è come pensi.»

«Io non penso niente, milord» rispose lei con voce pacata. «Se vuoi scusarmi...» Si spostò di lato.

Lui la baciò.

Come un brandy riscaldato alla candela, il calore di quel bacio le andò dritto allo stomaco, per poi diffondersi verso l'alto. Inebriante. Le rallentò i pensieri e lo scorrere del sangue. Sentendosi mancare l'aria, Isabel inspirò a fondo col naso e percepì l'odore del marito. Lino inamidato. Pelle pulita.

L'abbraccio di Gray si fece più stretto, sollevandola leggermente finché si ritrovò a sfiorare il tappeto solo con la punta dei piedi. Sentiva il suo cazzo premerle contro il ventre, ma le loro bocche erano dolcemente unite, la lingua l'assaporava e la leccava, non affondava con forza. Mentre il ghiaccio si scioglieva dentro di lei al calore di quell'abbraccio ardente, Isabel gemette. Le labbra di Gray erano così belle, così morbide. Le labbra di un angelo... un angelo con l'abilità e la capacità di ingannare del diavolo.

"Pelle pulita."

La bocca di Gray le risalì lo zigomo fino a strofinarsi contro l'orecchio. «Lo so che sembra impossibile, eppure ti desidero ancora più di prima.»

«Io so quello che ho sentito» sussurrò Isabel, rifiutandosi di credere all'evidenza che il naso le suggeriva.

«Mio fratello è così avventato» continuò lui, ignorandola. «Questa sera ho passato ore a cercarlo. Temevo che potesse essere ferito o aver ferito gravemente qualcun altro, ma è stato il desiderio di tornare da te a rendermi tanto impaziente.»

«Sei stato in intimità con quella donna. Poco fa.»

«Sono stato contento di apprendere che aveva scaricato la rabbia con una sveltina nella stanza accanto.»

Isabel si immobilizzò. «Lord Spencer?»

«Sono stato ancora più contento di vederlo andarsene con lady Stanhope per proseguire le loro attività in una sede più appropriata. Così ho il resto della serata libero per sedurti.»

«Lei ti vuole.»

«Come te» ammise lui senza problemi. «Io sono un uomo attraente, con un patrimonio e un titolo allettante.» La allontanò con delicatezza in modo da poter incontrare il suo sguardo. «Ho anche una moglie attraente.»

«Te la sei scopata da quando sei tornato?»

«No.» Le sfiorò la bocca con le labbra. «E so che lo trovi difficile da credere.»

Stranamente, Isabel non lo trovava difficile.

«Se fossi in te, Pel, non sono certo che crederei a un farabutto come me, soprattutto con quello che ti è successo in passato.»

Isabel raddrizzò la schiena. «Il mio passato non conta.»

Era una vita che tutti la commiseravano, ora ne aveva abbastanza. Soprattutto non voleva essere commiserata da lui.

«Invece sì, come sto iniziando a capire.» Il viso di Gray era severo nella sua perfezione, gli occhi socchiusi e pensosi. Da quando era tornato, una profonda tristezza gli segnava le labbra. «Non vado bene per te, Pel. Non vado bene per nessuno, in effetti. Tutti gli uomini hanno dei difetti, ma io temo di averne in sovrabbondanza. Però sono tuo e devi imparare a sopportarmi, perché sono un egoista e mi rifiuto di lasciarti andare.»

«Perché?» Isabel trattenne il respiro, ma furono le sue parole successive a darle le vertigini.

«Mi guarisci.»

Chiuse gli occhi e premette la guancia contro la sua, un gesto tenero che la fece rabbrividire fino al midollo.

Il marchese di Grayson era noto per molte cose, ma la tenerezza non era una di queste. Il fatto che tali manifestazioni stessero diventando più frequenti la terrorizzava.

«Forse anch'io posso guarirti» le sussurrò contro la bocca. «Se me lo permetti.»

Per un breve istante, premette le labbra contro le sue. Esausta dalle tensioni della giornata, Isabel desiderava solo rannicchiarsi contro il suo petto e dormire per giorni. Invece si liberò. «Se guarire significa dimenticare, non mi interessa.»

Lui fece un sospiro stanco.

«Ho imparato dai miei errori passati, Gray, e ne sono contenta.» Si torse le dita, irrequieta. «Dimenticare non è il mio scopo. Non voglio dimenticare.»

«Allora insegnami a vivere con i miei errori, Pel.»

Lei lo osservò.

«Dobbiamo lasciare Londra» aggiunse lui con urgenza. Avvicinandosi le prese le mani.

«Cosa?» Isabel spalancò gli occhi e rabbrividì. Da sola con Gray!

«Non possiamo star bene insieme qui. Non saremo mai una vera coppia.»

«Una coppia?» Lei scosse la testa violentemente.

La porta si aprì, sorprendendo entrambi. Gray l'attirò a sé con rapidità fulminea, proteggendola con un abbraccio avvolgente.

Lord Hammond, il proprietario della libreria nella quale si trovavano, ammiccava sulla porta. «Vi chiedo scusa. Fece per ritirarsi, poi si fermò.» Lord Grayson? Siete voi?

«Sì» rispose Gray con voce strascicata.

«Con lady Grayson?»

«Con chi altri mi sarei appartato in una stanza buia?»

«Be'... ah...» Hammond si schiarì la gola. «Nessun altro, ovviamente.»

La porta cominciò a richiudersi, e Gray ne approfittò per prenderle un seno nella mano a coppa. Abbassò la bocca su di lei, sapendo che non era in condizione di potersi sottrarre.

«Ehm, lord Grayson?» chiamò Hammond.

Gray sospirò e alzò la testa. «Sì?»

«Questo fine settimana Lady Hammond ha organizzato un ricevimento presso la nostra tenuta di campagna, vicino a Brighton. Sarebbe molto lieta se voi e lady Grayson partecipaste. E io apprezzerei la possibilità di fare nuovamente la vostra conoscenza.»

Isabel rimase a bocca aperta sentendo la mano di Gray muoversi sul suo seno. Senza la luce di una candela o di un focolare, non si vedeva chiaramente. Eppure, il fatto che un altro individuo si trovasse a pochi metri di distanza dal punto in cui lei veniva accarezzata così intimamente le fece battere forte il cuore.

«Quante persone ci saranno al ricevimento?»

«Non molte, temo. Una dozzina secondo l'ultimo conteggio, ma lady Hammond...»

«Perfetto» lo interruppe Gray, sollecitandole il capezzolo turgido. «Accettiamo l'invito.»

«Sul serio?» La figura corpulenta di Hammond si raddrizzò in tutta la sua trascurabile altezza.

«Sul serio.» Prendendo la mano a Isabel, Gray la trascinò fuori dalla stanza, stringendosi a lei per superare il visconte, che era rimasto troppo sorpreso per muoversi.

Hammond li seguì. «Partiamo venerdì mattina. Per voi va bene?»

«È il vostro ricevimento, Hammond.»

«Oh, sì... è vero. A venerdì, allora.»

Gray fece cenno a un valletto nelle vicinanze di provvedere ai mantelli e alla carrozza, poi si rivolse a un altro servitore. «Riferite a lord Trenton che ha tenuto fede in modo impeccabile ai suoi obblighi.»

Isabel si rese conto di come Gray fosse stato abile nel raggiungere il suo obiettivo di portarla via di nascosto. Forse avrebbe dovuto arrabbiarsi per questo, ma era troppo stordita.

Suo marito non aveva mentito né l'aveva tradita.

Ma se fosse un bene o un male, ancora non poteva dirlo.

13

«Lord e lady Grayson! Che bello che siate venuti.»

Girando la testa, Isabel vide lady Hammond che scendeva le scale d'ingresso della sua residenza. Si erano dati tutti appuntamento lì per recarsi in campagna. Oltre a loro c'erano Rhys, lord Spencer e la marchesa vedova. «Grazie a voi di averci invitati» rispose.

«Ora che siete arrivati» continuò la viscontessa «possiamo partire. La giornata ideale per mettersi in viaggio, non trovate?»

«Sì» mormorò lei, desiderosa di tornare in carrozza.

«Io verrò con voi, Grayson» affermò la vedova.

Isabel trasalì: all'improvviso la prospettiva di un giorno di viaggio le appariva un tormento.

Gray le accarezzò la schiena in un gesto di conforto, ma non fu sufficiente a calmarla. Trascorsero il resto della mattinata e il pomeriggio negli angusti confini della loro carrozza ascoltando la suocera riprenderli in continuazione per questa o quella mancanza. Isabel poteva solo immaginare l'orrore di vivere con un genitore che trovava difetti in tutto, e di nascosto accarezzò la coscia a Gray con il dorso della mano in segno di solidarietà. Lui si chiuse in un silenzio di tomba per l'intera durata del viaggio, rianimandosi solo quando si fermarono per cambiare i cavalli e pranzare.

Fu con grande sollievo che alla fine della giornata giunsero in vista della deliziosa tenuta di campagna degli Hammond. Non appena la carrozza si arrestò, Grayson balzò a terra e l'aiutò a scendere. In quel momento Isabel intravide Hargreaves, e comprese perché Grayson si era comportato in maniera così scostante. Nonostante esibisse un'aria annoiata, non si staccava un istante da lei e continuava a perlustrare il viale con lo sguardo.

«Che bella tenuta» esclamò la vedova, attirando il sorriso compiaciuto della viscontessa. Era effettivamente una proprietà notevole, con le costruzioni in mattoni e la profusione di fiori colorati e rampicanti.

Una settimana lì, in altre circostanze, sarebbe stata una benedizione. Considerati i personaggi presenti, però, tra cui lady Stanhope che stava già adocchiando Gray, Isabel dubitava che quello fosse il caso. «Saremmo dovuti rimanere a Londra» borbottò.

«Andiamo?» domandò Gray. «Ho una proprietà non lontano da qui.»

Lei si voltò con gli occhi sgranati. «Sei pazzo?» Ma l'intensità dei suoi occhi azzurri le confermò che era davvero intenzionato ad andarsene. Anche se a volte le sembrava che in lui non fosse rimasta alcuna traccia del Grayson di un tempo, di tanto in tanto riconosceva degli sprazzi dell'uomo che ricordava. Era più raffinato, più cupo, ma non meno spietato di quello che era sempre stato.

«No.» Lui sospirò e le offrì il braccio. «Sapevo che lo avresti detto. Spero comunque che tu sia disponibile a trascorrere una grande quantità di tempo nelle nostre stanze.»

«Avremmo potuto trascorrere del tempo nelle nostre stanze a casa. Qui sarebbe scortese.»

«Avresti dovuto dirmelo prima, così ci saremmo risparmiati il viaggio.»

«Non darmi la responsabilità di questa situazione» sussurrò Isabel, tremando leggermente alla sensazione del suo avambraccio forte sotto le dita. «È tutta colpa tua.»

«Volevo andare via» ribatté lui secco, con un'occhiata che rivelava chiaramente quanto fosse consapevole dell'effetto che le faceva «e trascorrere del tempo con te e Spencer. Non avevo idea che questa festa avrebbe riunito tutte le persone che più desideravamo evitare.»

«Isabel!»

Il grido di Rhys catturò la loro attenzione. Camminando all'indietro con lo sguardo rivolto altrove, suo fratello quasi la investì.

«Scusatemi» disse in fretta Rhys, quindi la guardò con un entusiasmo palpabile. «Sai chi è quella donna laggiù?»

Scrutando oltre la sua alta figura, Isabel vide un piccolo gruppo di signore parlare con lady Hammond. «Quale?»

«La bruna a destra di lady Stanhope.»

«Oh... sì, la conosco, anche se al momento il suo nome mi sfugge.»

«Abby?» suggerì suo fratello. «Abigail?»

«Ah, sì! Abigail Stewart. È la nipote di lord Hammond. Sua sorella e il marito, un imprenditore americano, sono morti, lasciando orfana la signorina Stewart. Comunque è piuttosto ricca, a quanto mi è stato riferito.»

«Un'ereditiera» disse Rhys a bassa voce.

«Poverina» aggiunse Isabel scuotendo la testa in segno di commiserazione. «La scorsa stagione è stata braccata da tutti gli scapestrati d'Inghilterra. Ho parlato con lei una volta. È molto intelligente. Ha un carattere un po' spigoloso, ma affascinante.»

«Non l'avevo mai notata.»

«Perché avresti dovuto? Lei sa nascondersi bene e non è affatto il tuo tipo di donna. È troppo intelligente per te» lo canzonò.

«Sì... sono certo che sia così.» Si allontanò accigliato.

Con tranquilla efficienza, Isabel, Gray e gli altri ospiti vennero accompagnati alle rispettive camere perché potessero rinfrescarsi prima del pasto serale. Gerard si accertò che Isabel fosse affidata alle cure della cameriera, prima di congedarsi per andare a incontrarsi con gli altri gentiluomini da basso.

L'infelice scelta degli ospiti dopotutto lo favoriva. La strana accoppiata costituita da sua madre e Hargreaves gli permetteva di togliere loro qualsiasi illusione riguardo al suo matrimonio con Pel. Li avrebbe convinti a non interferire nei suoi affari. Davvero sciocco, da parte loro, dimenticare quanti pochi scrupoli avesse. Tuttavia, non avrebbe fatto fatica a ricordarglielo.

Entrando nel salone, notò le grandi finestre incorniciate da tende rosso scuro e le numerose sedie tappezzate in pelle bordeaux. Il rifugio di un uomo. Proprio l'ambiente giusto per dire ciò che andava detto.

Fece un brusco cenno a Spencer, rifiutando il sigaro offertogli da lord Hammond, quindi attraversò a grandi passi il tappeto Aubusson dirigendosi verso la finestra dove si trovava Hargreaves. Mentre si avvicinava, Gerard esaminò il portamento fiero e l'abbigliamento impeccabile del conte. Quell'uomo aveva condiviso due anni di intimità con Pel e la conosceva molto meglio di lui.

Ricordava com'era quando stava con Markham: la tranquilla sicurezza che trovava in lui la illuminava come una candela e le faceva brillare gli occhi. Il contrasto con l'attrazione puramente sessuale che riservava a lui era impressionante e inquietante. L'amicizia spontanea che una volta avevano condiviso ormai era incrinata dalla tensione. Gli mancava la serenità che un tempo gli dava la compagnia di Isabel, e desiderava crogiolarsi nelle attenzioni affettuose che lei condivideva con gli altri.

«Hargreaves» mormorò.

«Lord Grayson.» Il conte posò due freddi occhi scuri su di lui. Erano quasi della stessa altezza, Gerard lo superava solo di poco. «Permettetemi di dirvi che non ho alcuna intenzione di provare a riconquistare Isabel, quindi non è necessario che vi sforziate di tenermi d'occhio.»

«No?»

«No, ma se lei verrà da me non la respingerò.»

«Nonostante il rischio a cui vi esporrà un simile comportamento?» Gerard era un uomo d'azione, non faceva minacce a vuoto. Dal lieve cenno di assenso di Hargreaves, dedusse che l'altro lo sapeva.

«Non si può tenere in gabbia una donna come Isabel, Grayson. Per lei la libertà vale più di ogni altra cosa. Sono certo che la irriti rendersi conto che si è sposata per essere libera, e invece si trova in trappola.» Scrollò le spalle. «Inoltre, alla fine vi stancherete di lei, o lei di voi, e allora il vostro desiderio di rivendicarla come vostra in modo così primitivo svanirà.»

«La mia rivendicazione» ribatté Gerard secco «non è semplicemente "primitiva". È anche legale e vincolante.»

Hargreaves scosse la testa. «Voi avete sempre desiderato donne che appartenevano a qualcun altro.»

«In questo caso, la donna che desidero mi appartiene.»

«Vi appartiene? Davvero? Strano che lo scopriate dopo quattro anni di oblio coniugale. Vi ho visti insieme dopo il vostro ritorno, come vi hanno visti tutti gli altri. In verità, sembra vi tolleriate appena.»

La bocca di Gerard si curvò in un lento sorriso. «Sicuramente facciamo ben più che tollerarci appena.»

Il conte arrossì. «Non ho intenzione di farvi una lezione di psicologia femminile, Grayson, ma voglio dirvi che gli orgasmi non sono tutto ciò che serve a una donna per essere felice. Isabel non si innamorerà di voi, lei non ne è capace, e anche se fosse disponibile ad aprirsi a sentimenti nobili, un uomo incostante come voi non la attrarrebbe. Siete molto simile a Pelham, sapete. Anche lui non riusciva a capire la fortuna che gli era toccata in sorte. Isabel mi ha raccontato diverse storielle divertenti sulle vostre imprese e ogni volta concludeva dicendo: "Proprio come faceva Pelham".»

Un calcio nei testicoli non avrebbe potuto fargli più male.

Benché fosse rimasto apparentemente impassibile, Gerard sentì un groppo allo stomaco. Markham gli aveva detto la stessa cosa. Non poteva esserci nulla di peggio per lui che ricordare a Isabel il suo defunto marito. Se non fosse riuscito a dimostrare, perlomeno a se stesso, di essere migliore di Pelham, non avrebbe mai ottenuto l'affetto di Isabel.

Ma in sua assenza lei gli aveva scritto puntualmente ogni settimana, per mantenere quel tenue legame tra loro. Di certo, questo significava qualcosa.

Dannazione! Perché non aveva letto quelle lettere?

«Voi affermate che Isabel è incapace di sentimenti profondi, eppure pensate che possa tornare da voi: perché dovrebbe farlo, visto che ha fama di non tornare nemmeno a far visita a un amante, una volta che ha rotto con lui?»

«Perché siamo amici. So quanto le piace il tè, quali sono i suoi libri preferiti...» Hargreaves si irrigidì. «Lei era felice con me prima che voi tornaste...»

«No. Non è vero. Voi lo sapete come lo so io.» Isabel non sarebbe stata attratta da lui se fosse stata felice con Hargreaves. Non era una donna volubile. Ma era una donna ferita, e Gerard era determinato a guarirla.

Il conte serrò la mascella. «Credo che ci siamo capiti. Non rimane nient'altro da dire. Voi siete al corrente della mia posizione e io della vostra.»

Gerard inclinò leggermente la testa in segno di assenso. «Ne siete davvero al corrente? State attento, Hargreaves. Io sono un tipo facilmente irritabile, e non intendo affrontare di nuovo questa conversazione. La prossima volta che sentirò l'impulso di ricordarvi di stare alla larga dal mio matrimonio, sottolineerò le parti salienti del discorso con la punta della mia lama.»

«Signori, vi posso intrattenere con i miei racconti sull'India?» s'intromise lord Hammond, spostando nervosamente lo sguardo da uno all'altro. «Un paese affascinante, devo ammettere.»

«Grazie, Hammond» disse Gerard. «Magari stasera davanti a un bicchiere di porto.»

Si allontanò dalla finestra e si diresse verso Spencer, che inarcò le sopracciglia vedendolo avvicinarsi.

«Gray, solo tu potevi essere così sfacciato.»

«Ho imparato che il tempo è prezioso. Non vedo alcun motivo di sprecarlo, dato che la franchezza è così efficace.»

Spencer rise. «Devo ammetterlo: ero rassegnato a una settimana fiacca. Invece sono felice di vedere che non ci saranno momenti noiosi.»

«Certo che no, ho intenzione di tenerti occupato.»

«Davvero?»

Gli occhi di Spencer si illuminarono come il suo sorriso. Gerard ancora una volta si rese conto di quanta influenza avesse sul fratello minore. Sperava solo di riuscire a farne buon uso.

«Sì. I Grayson hanno una proprietà a solo un'ora da qui. Ci andremo domani.»

«Stupendo!»

Gerard sorrise. «Ora, se vuoi scusarmi...»

«Non riesci a stare lontano da lei, vero?» Spencer scosse la testa. «Sei ancora più arrapato di me, per quanto mi dolga ammetterlo.»

«Naturalmente dai per scontato che quando siamo soli passiamo tutto il tempo a letto.»

Spencer sbuffò. «Vuoi dire che non è così?»

«Mi rifiuto di dire qualsiasi cosa.»

Immergendosi maggiormente nell'acqua del bagno che si stava raffreddando, Isabel si rese conto che sarebbe dovuta uscire, ma non trovava la forza di farlo. Nonostante la frequenza con la quale gli si concedeva, l'appetito sessuale di Grayson non era affatto diminuito. Il sonno era un lusso che coglieva al volo quando poteva.

Avrebbe voluto lamentarsi, ma era troppo esausta per fare uno sforzo del genere. Del resto, era difficile irritarsi con un uomo che le procurava due orgasmi per ciascuno dei suoi. E lui ne aveva un bel po'.

Aveva cominciato a utilizzare dei preservativi, non essendo più in grado di ritrarsi prima di venire. La diminuzione della sensibilità per Gray significava poter fottere più a lungo, una circostanza che in precedenza lei aveva apprezzato con gli amanti che incontrava solo una volta o due volte alla settimana. Ma con il suo instancabile marito il sesso durava persino troppo. Gli piaceva vederla contorcersi e implorare pietà sotto di lui, e prolungava quel tormento erotico finché lei non poteva fare altro che gemere di piacere e prendere ciò che le dava.

Quell'uomo era un animale: la mordicchiava, le lasciava dei lividi dappertutto... eppure lei ne amava ogni momento. La passione di Grayson era reale, non una semplice pratica ginnica, com'era stato con Pelham.

Isabel sospirò. Suo malgrado, i ricordi dell'ultimo ricevimento in campagna a cui aveva partecipato con il defunto marito le affiorarono nella mente, dandole la consueta sensazione di voltastomaco. Pelham allora era all'apice della sua carriera di donnaiolo, e sgattaiolava fuori dalla loro stanza durante la notte per andare a trastullarsi con altre donne. Quelle due settimane erano state un inferno: lei passava il tempo a domandarsi quale delle donne che bevevano il tè con lei fosse stata col marito la sera prima. Quando se n'erano andati, era quasi certa che tutte le signore attraenti lì riunite lo avessero fatto.

Da quel momento aveva negato i propri favori a Pelham, il quale aveva avuto l'ardire di protestare, finché non si era reso conto che lei gli avrebbe causato seri danni fisici, se avesse insistito. Alla fine avevano smesso di viaggiare insieme.

La porta della stanza adiacente si aprì e Isabel udì la deliziosa voce di Gray congedare la cameriera. Mentre si avvicinava, i suoi passi erano sicuri come sempre. Avevano un loro ritmo, una cadenza, il suono del dominio. Grayson dava per scontato che ogniqualvolta entrava in una stanza quella diventava sua.

«Stai prendendo freddo» osservò, la voce vicinissima al suo orecchio. Doveva essersi accovacciato accanto a lei. «Lascia che ti aiuti a uscire.»

Aprendo gli occhi, Isabel vide la sua mano tesa, il suo viso così vicino, così preso da lei. Come accadeva sempre più spesso, la sua vista le suscitò un'angoscia improvvisa, dolorosa e lacerante. Era un uomo di cui qualsiasi donna avrebbe voluto rivendicare il possesso in esclusiva, ma lei, l'unica che aveva il diritto di farlo, non poteva. Non voleva.

Si era tolto i vestiti e ora indossava solo una pesante vestaglia di seta. Prima di potersi fermare, Isabel gli toccò la spalla e vide l'azzurro dei suoi occhi trasformarsi in fuoco liquido. Un tocco, un sorriso, uno sporgere di labbra, tutto poteva attizzare il suo ardore nello spazio di un respiro.

«Sono stanca» lo avvertì.

«Sei tu che cominci, Pel. Ogni dannata volta.» La tirò in piedi e le tenne aperto un asciugamano.

«Non è vero!»

Mentre l'avvolgeva nel telo, le baciò una spalla... una leggera pressione delle labbra sulla sua carne tenera, non i baci bollenti a bocca aperta a cui si era abituata.

«Sì, che lo fai. Di proposito. Vuoi che sbavi per te.»

«Ma tu sbavi nei momenti meno opportuni.»

«Mi sono reso conto che ti piace. Ti piace che io sia eccitato e ti desideri in pubblico e in privato. Ti piace che diventi pazzo di lussuria fino a scoparti dovunque, davanti a chiunque, in qualsiasi momento.»

Lei sbuffò, ma quel tono e la sensazione del suo respiro sulla pelle umida le diedero un brivido.

Era vero? Era lei che lo provocava?

«Tu sei istupidito dalla lussuria, Gray. Lo sei sempre stato.»

«No. Lussurioso, sì. Istupidito, mai. In realtà, a volte vorrei prenderti in pubblico, Isabel, tanto ti desidero. Respingimi ora, e ti sdraierò sul tavolo da pranzo, assicurando l'intrattenimento della serata.» Le mordicchiò il lobo dell'orecchio.

Lei rise. «Non hai speranza. Sei una bestia.»

Gray ringhiò giocosamente e si strofinò contro di lei. «Tu sai come domarmi.»

«Lo so?» Girandosi, gli si mise di fronte e sorridendo gli sfiorò con la punta di un dito la pelle nuda che spuntava dall'apertura della vestaglia.

«Sì. Lo sai.» Gray le prese la mano e la spinse in basso, in modo che lei sentisse quanto era duro.

«Le tue erezioni sono tanto repentine che è quasi ridicolo» lo rimproverò scuotendo il capo.

Gray era così sfacciato al riguardo, così spudorato. Sì, lei era sedotta da lui, ma lui non era un seduttore. Forse la sua scandalosa bellezza aveva reso inutile l'arte della persuasione. O forse era la dimensione del suo cazzo che le pulsava contro il palmo della mano. E che avrebbe ben svolto il compito in sua vece.

Il membro si flesse nella sua stretta e lui le sorrise con maliziosa arroganza.

Lei gli sorrise di rimando, ammettendo con se stessa che le

piaceva davvero che fosse così primitivo. Niente giochi, niente falsità, nessun dubbio.

«Non ti sento addomesticato.» Si mosse, facendo cadere l'asciugamano sul pavimento. Accarezzando la calda lunghezza della sua asta, si leccò le labbra.

«Strega.» Il marito fece un passo avanti e la spinse, afferrandola per i fianchi quando lei inciampò per la sorpresa. «Mi hai reso schiavo con il sesso.»

«Non è vero.» Raramente le concedeva di prendere l'iniziativa, preferendo condurre lui il gioco.

«Sono venuto qui con il preciso intento di riposarmi un po'. Tu mi hai istigato a fare tutto quello che ora dovrò farti per spegnere il mio desiderio, così da poter dormire un poco.»

Le cosce di Isabel urtarono l'alto letto, e lui la sollevò e la gettò sul materasso. Poi si tolse la vestaglia e le si sdraiò addosso.

Isabel rimase colpita dal suo sorriso, dal luccichio nei suoi occhi, dai setosi capelli che gli ricadevano sulla fronte. Era diverso dall'uomo minaccioso e cupo che aveva incontrato nel suo salotto solo pochi giorni prima.

Aveva prodotto lei questo cambiamento? Aveva così tanta influenza su di lui?

I suoi occhi scivolarono più in basso.

«Quello sguardo» osservò Gray seccamente «è la ragione per cui trascorriamo così tanto tempo in questa posizione.»

«Quale sguardo?» Isabel sbatté le ciglia maliziosamente, godendosi le sue battute che le erano mancate tanto. Ultimamente c'era sempre tensione tra loro.

Gray abbassò la testa e le leccò la punta del naso, poi premette la bocca sulla sua. «Quello che dice: scopami, Gerard. Allargami le cosce e montami, sfiniscimi di piacere.»

«Santo cielo!» cinguettò lei. «Con occhi tanto loquaci, è incredibile che io riesca a pronunciare qualche parola.»

«Mmh...» La voce del marito si abbassò fino a un tono che lei riconobbe immediatamente come pericoloso. «Io di certo non riesco a parlare quando mi guardi così. Mi fai impazzire.»

«Forse non dovresti guardarmi, allora» gli suggerì, con le mani che scendevano ad accarezzargli i fianchi snelli.

«Non potrò mai ignorarti, Pel. Per colpa tua sono sempre più infatuato.»

"Infatuato." Isabel rabbrividì. Possibile che gli importasse di lei? Voleva che gliene importasse? «Perché farei una cosa simile?»

«Perché non vuoi che mi interessi alle altre.» La baciò prima che potesse assimilare ciò che aveva detto.

Isabel rimase immobile, la bocca rapita da un bacio che le fece arricciare le dita dei piedi: la lingua di Gray leccava la sua bocca, godendosela come se fosse una prelibatezza. Per tutto il tempo Isabel rimuginò su quello che le aveva detto. Stava tentando di legarlo a sé con un ricatto sessuale?

Quando Gray alzò la testa, aveva il respiro affannoso come il suo. «Tu non mi lasci neanche un attimo per pensare a un'altra donna.» Abbassò le palpebre, adombrando gli occhi. «Mi porti a letto a ogni occasione. Mi sfinisci.»

«Ah. Il tuo appetito è inesauribile.» Ma quella replica, intesa a respingerlo, risultò incerta e modulata come una domanda. Era passata dal desiderare che la tradisse al volerlo tenere tutto per sé?

Con un movimento elegante e fluido Gray rotolò sulla schiena portandola sopra di sé. «Ho bisogno di sonno quanto qualsiasi altro essere umano.» Le premette le dita sulla bocca per mettere a tacere la sua protesta. «Non sono così giovane da poter rinunciare del tutto al sonno, quindi non usare di nuovo questa scusa. Tu non sei troppo vecchia per me e io non sono troppo giovane per te.»

Afferrandogli il polso, Isabel gli scostò la mano. «Potresti sempre dormire lontano da me.»

«Non dire stupidaggini. Hai scambiato la mia osservazione per una lamentela, e non lo è.» Gray le accarezzò la curva della colonna vertebrale, esercitandovi una leggera pressione, in modo che i suoi seni gli aderissero maggiormente al petto. «Forse qualche volta mi è passato per la mente che avrei dovuto controllare il mio cazzo, invece di farmi guidare da lui. Ma poi mi ricordo la sensazione della tua fica quando vieni, il modo in cui mi stringe mentre ti inarchi e gridi il mio nome. E così metto a tacere il mio cervello e gli dico di lasciarmi in pace.»

Chinando la fronte sul suo petto, Isabel rise.

Lui la spostò di lato. «Se in questo momento hai bisogno di una dimostrazione fisica del mio affetto, sono più che pronto ad assecondarti. Perché tu creda in me, farò qualunque cosa mi chiedi, Pel. Avrei dovuto mettere in chiaro le cose in precedenza, così non ci sarebbero stati dubbi. Io non sono Pelham.»

Il suo sguardo era pieno di affetto, oltre che di desiderio, lo sguardo di un uomo che era altrettanto contento di abbracciarla come di scoparla.

Le si serrò la gola e le vennero le lacrime agli occhi.

«Da dove ti sono venute queste intuizioni improvvise sul mio comportamento?» gli chiese dolcemente. Il Grayson che aveva sposato non avrebbe mai guardato abbastanza a lungo al di là di se stesso da vedere qualcosa.

«Ti ho detto che hai la mia completa attenzione.» Le affondò le dita nei capelli, allentando l'acconciatura e poi rimuovendo le forcine che la tenevano ferma, prima di lasciarle cadere sul pavimento. «Non c'è nessun'altra persona con cui vorrei essere, donna o altro. Tu mi fai ridere, è sempre stato così. Tieni a bada la mia arroganza. Vedi tutti i miei difetti e riesci a trovarli in buona parte affascinanti. Non ho bisogno di nessun'altra compagnia. In effetti, io e te rimarremo nelle nostre stanze questa sera.»

«Adesso chi è che dice stupidaggini? Tutti penseranno che siamo di sopra a fare sesso se saltiamo la cena.»

«E non sbaglierebbero» mormorò, le labbra sulla fronte di Isabel. «Siamo in luna di miele, non possono aspettarsi altro da noi.»

"Luna di miele." Quelle parole le ricordarono i suoi sogni di un tempo, di un matrimonio appassionato e monogamo. Quanti sogni aveva allora! E quant'era ingenua. Adesso avrebbe dovuto essere troppo vecchia per avere ancora quel tipo di speranze nel futuro.

Avrebbe dovuto. Ma si stava rendendo conto che era tutto il contrario.

«Mangeremo qui insieme» continuò lui «e giocheremo a scacchi. Io ti racconterò del...»

«Tu odi gli scacchi» gli ricordò Isabel, tirandosi indietro per guardarlo.

«In realtà, ho imparato ad apprezzarli. E sono abbastanza bravo. Preparati a subire una sconfitta.»

Isabel lo fissò. Spesso aveva l'impressione che fosse tornato un estraneo. Un uomo che assomigliava molto a quello che aveva sposato, ma non lo era. Fino a che punto era cambiato? Era così volubile. Anche adesso sembrava diverso dall'uomo che aveva lasciato la sua stanza appena un'ora prima.

«Chi sei?» mormorò, la mano che si sollevava a toccargli il viso, seguendo l'arco della fronte. Così simile, eppure così diverso.

Il sorriso di Gray si spense. «Sono tuo marito, Isabel.»

«No, non è vero.» Lo spinse indietro, scivolando nuovamente su di lui. La consistenza del suo corpo sodo era irresistibile per lei: i rilievi duri e gli avvallamenti, la spruzzata di peli sopra la pelle scurita dal sole.

«Come puoi dire questo?» chiese Gray, la voce che gli diventava roca sentendola muoversi su di lui. «Eri accanto a me davanti all'altare. Hai pronunciato i voti, e udito i miei.»

Abbassando la testa, Isabel si impossessò della sua bocca con un bacio voluttuoso, desiderandolo improvvisamente. Non perché non fosse in grado di resistere alla tentazione che quell'uomo rappresentava, ma perché vedeva in lui qualcosa che prima non aveva mai visto: impegno.

Si stava seriamente impegnando nei suoi confronti, a conoscerla, a comprenderla. Quella consapevolezza la fece rabbrividire: sprofondò nel suo amplesso, assaporando la sensazione delle forti braccia che le circondavano la schiena.

Gray girò la testa, sottraendosi alla sua bocca che lo cercava. Ansimando, le disse: «Non farlo».

«Fare cosa?» Gli accarezzò tutto il busto, spostandosi in modo da potergli spingere la mano tra le gambe.

«Non dirmi che non sono tuo marito per poi zittirmi con il sesso. Dobbiamo parlarne, Pel. Niente più sciocchezze come farmi da amante e cose simili.»

Isabel gli massaggiò il pene con tocco sicuro. Se qualcosa dimostrava che Gray era cambiato era proprio quella recalcitranza a fare l'amore nel tentativo di stabilire una connessione più profonda. Nonostante il cervello le ricordasse che le sue esperienze di vita le avevano insegnato a rinunciare a ogni illusione di duraturo affetto coniugale, una vocina dentro di lei la spingeva a credere il contrario.

Lui le prese il polso e la allontanò con un'imprecazione, prendendo il suo posto. Incombendo su di lei, le bloccò le braccia contro il letto. La sua faccia era dura come la pietra, gli occhi scintillanti di determinazione, la mascella tesa.

«Non vuoi scoparmi?» gli chiese innocentemente lei.

Ringhiando, le rispose: «Ci sono un cuore e una mente attaccati a questo cazzo che ti piace così tanto. Tutti insieme formano un uomo: tuo marito. Non puoi smembrarlo e prendere solo i pezzi che vuoi tu».

La sua dichiarazione la scosse, e la fece riflettere. Pelham... il Grayson di un tempo... Nessuno dei due avrebbe mai affermato una cosa del genere. Chiunque fosse quell'uomo sopra di lei, desiderava conoscerlo. Per scoprire chi era, e conoscere anche la donna che sentiva di essere quando stava con lui.

«Tu non sei il marito a cui ho pronunciato i miei voti.» Vide che lui stava per protestare, e si affrettò a proseguire: «Quello non lo desideravo, Gerard. Lo sai».

Il suono del suo nome gli provocò un evidente tremito in tutto il corpo. Socchiuse gli occhi. «Che stai dicendo?»

Lei si inarcò sotto di lui, protendendosi, tentandolo. Allargando le cosce, si aprì a lui. «Ti voglio.»

«Isabel...?» Gray premette la fronte umida sulla sua, spingendole contro i fianchi, e trovandola bagnata senza che lui l'avesse nemmeno toccata. «Cristo, mi farai morire.»

Lei piegò la testa di lato mentre la penetrava lentamente. Così lentamente... Pelle nuda contro pelle nuda. Le era mancata la sensazione di accoglierlo in questo modo, senza una barriera che li dividesse.

La differenza rispetto ai loro soliti accoppiamenti era evidente. Gray era sempre stato gentile, ma lo sforzo per controllarsi era palese. Ora, mentre si spingeva sempre più profondamente nel suo corpo impaziente, si muoveva senza fretta, perché voleva prolungare al massimo quel momento.

Con la bocca contro l'orecchio di Isabel, sussurrò: «Chi vuoi?».

La sua voce era impastata dal piacere. «Te...»

14

Rhys aveva mille scuse per trovarsi nel giardino degli Hammond a tarda sera, ma una sola vera ragione. E in quell'istante stava venendo verso di lui con un timido sorriso.

«Speravo di trovarvi qui» disse Abby, tendendo le mani nude.

Lui si morse la punta del guanto per sfilarselo, in modo da sentire le sue mani quando gliele avesse prese.

Quel semplice e casto contatto gli incendiò la pelle e fece l'ultima cosa che avrebbe fatto un gentiluomo: la tirò più vicina.

«Oh, mio Dio!» mormorò lei, sgranando gli occhi. «Mi piace quando vi comportate da mascalzone.»

«Farò di peggio» la ammonì «se continuerete a cercarmi.»

«Pensavo foste voi a cercare me.»

«Dovreste starmi lontano, Abby. Sembra che io perda la testa quando si tratta di voi.»

«E io sono una donna a cui piace disperatamente, o forse ha bisogno, che un bell'uomo perda la testa per lei. Sapete, a me non capita mai.»

La coscienza di Rhys ebbe la peggio, e lui le mise una mano dietro la nuca e poggiò la bocca sulla sua. Lei era così leggera, così snella, ma si sollevò in punta di piedi e ricambiò il bacio con un tale ardore che quasi lo fece inciampare.

Il suo dolce aroma si mescolava ai profumi dei fiori della sera, e lui desiderò immergersi, sentirselo addosso.

Si era vestita in modo diverso quella notte, con uno splendido abito di seta dorata che le fasciava perfettamente il corpo. Sapendo quanto fosse braccata dai cacciatori di dote, lui comprendeva il suo bisogno di mimetizzarsi indossando abiti poco attraenti e di nascondersi in giardini bui.

Alzando la testa, Rhys sussurrò: «Sapete a cosa conducono questi incontri?».

Lei annuì, il petto che si alzava e si abbassava seguendo il suo respiro ansimante.

«Siete anche consapevole di cosa *non possono* portare? La mia condizione sociale mi impone dei limiti. Dovrei accettarli di buon grado e andarmene, ma sono debole...»

Abby lo zittì mettendogli le dita sulle labbra, il bel viso illuminato da un sorriso abbagliante. «Sono felice che non desideriate sposarmi. Per me, questa non è una debolezza, ma una forza.»

Rhys sbatté le palpebre. «Come, prego?»

«Non ho il minimo dubbio che vogliate me, e non i miei soldi. Una cosa davvero notevole.»

«Sul serio?» chiese lui con voce soffocata e il cazzo duro come un attizzatoio. Perché diavolo questa donna avesse un simile effetto su di lui non riusciva a comprenderlo.

«Sì. Gli uomini col vostro aspetto non trovano mai nulla di attraente nelle donne come me.»

«Pazzi, tutti quanti.» La convinzione nella sua voce era autentica.

Abby appoggiò la guancia contro il suo petto con un sospiro sommesso. «Certo. Perché uomini come lord Grayson siano così presi da donne come lady Grayson, quando ci sono io in circolazione, è un vero mistero.»

Rhys si irrigidì, scioccato dall'innegabile fitta di gelosia che aveva provato. «Siete attratta da Grayson?»

«Cosa?» Lei si allontanò. «Lo trovo attraente, certo. Dubito che ci sia una sola donna che non lo giudicherebbe tale. Ma non sono attratta da lui fisicamente, no.»

«Oh...» Rhys si schiarì la gola.

«Come farete a sedurmi?»

«Piccola.» Lui scosse la testa, ma non poté frenare un sorriso indulgente. Sfiorandole la curva dello zigomo col dorso della mano, ammirò il modo in cui la luna si rifletteva nei suoi occhi. «Capirete bene che voglio più di qualche bacio e qualche carezza sconveniente. Vi spoglierò completamente, poi vi allargherò le cosce e mi prenderò quello che dovrebbe essere un regalo per vostro marito.»

«Sembra immorale» mormorò lei, fissandolo rapita.

«Lo sarà. Ma vi assicuro che ne godrete ogni momento.»

Lui, invece, probabilmente sarebbe stato tormentato dal senso di colpa per il resto della vita, ma la voleva così disperatamente da essere convinto che valesse la pena di sottoporsi a quel futuro affanno.

Premette delicatamente le labbra sulle sue, la mano che dalla vita scivolava su quello che già gli sembrava un bel sedere. «Siete certa che questo sia ciò che volete?»

«Sì. Non ho dubbi. Ho ventisette anni. Ho conosciuto centinaia di uomini nel corso della mia vita e nessuno di loro mi ha colpito quanto voi. Cosa succederà se non conoscerò più un uomo che mi piaccia come voi? Rimpiangerò per sempre di non essermi goduta le vostre attenzioni.»

A Rhys si strinse il cuore. «Il fatto di aver perso la verginità con un mascalzone come me vi creerà un certo imbarazzo, la prima notte di nozze.»

«No, non credo» lo rassicurò baldanzosamente. «Se mi sposerò, sarà con un uomo abbastanza innamorato di me da saltare la cena come ha fatto lord Grayson per la moglie.»

«Quello che prova Grayson non è "amore", tesoro» le disse seccamente.

Abby agitò una mano in un gesto di noncuranza. «Comunque lo vogliate definire, lui non attribuisce alcuna importanza a quello che è accaduto nel passato della moglie. Il mio futuro sposo farà lo stesso con me.»

«Sembrate così sicura.»

«Lo sono. Vedete, dovrà amarmi disperatamente per avere la mia mano, e quindi non gli importerà di una faccenda così insignificante come la mancanza di un piccolo lembo di carne. In effetti, ho intenzione di raccontare tutto di voi al mio futuro marito, e...»

«Buon Dio!»

«Be', non proprio tutto» si affrettò ad aggiungere Abby. Lo sguardo le si fece sognante, il sorriso caldo. «Semplicemente, gli racconterò dell'uomo che mi ha fatto sentire le farfalle nello stomaco e battere forte il cuore con il suo sorriso. Di quanto quell'uomo sia stato meraviglioso per me, di come mi abbia ridato la gioia, dopo che la morte dei miei genitori aveva reso la mia vita un tormento. E lui capirà, lord Trenton, perché è ciò che si fa quando si ama qualcuno. Si capisce.»

«Che sognatrice siete» la schernì lui, nel tentativo di nascondere quanto le sue parole lo toccassero.

«Dite?» Accigliandosi, Abby si allontanò. «Immagino che abbiate ragione. Mia madre una volta mi ha avvertito che le avventure sono questioni pratiche, e nulla di romantico.»

Rhys inarcò un sopracciglio, poi intrecciando le dita alle sue la guidò verso una panchina. «Vostra madre ha detto questo?»

«Ha detto che è sciocco da parte delle donne pensare che le avventure debbano essere vissute come grandi passioni e il matrimonio come un dovere. Ha detto che dovrebbe essere il contrario. Le avventure non dovrebbero essere altro che un modo per appagare dei bisogni. Il matrimonio, invece, dovrebbe essere fondato su un desiderio profondo che duri tutta la vita. Mia madre era una donna pratica. Dopotutto, aveva sposato un americano.»

«Ah, sì, è vero.» Sedendosi, Rhys si mise Abby in grembo. Non pesava quasi nulla, e se la sistemò più vicino, appoggiandole il mento sulla testa. «Quindi è lei che vi ha riempito la testa con tutte queste sciocchezze sull'amore.»

«Non sono sciocchezze» lo rimproverò. «I miei genitori erano pazzi l'uno dell'altra e molto, molto felici. Il sorriso che si dipingeva sul loro volto quando si rivedevano dopo un periodo di lontananza... Le occhiate che si scambiavano al tavolo da pranzo... meravigliosi.»

Leccandole la gola, Rhys le accostò la bocca all'orecchio

e le sussurrò: «Posso mostrarvi anch'io qualcosa di meraviglioso, Abby».

«Oh, cielo.» Lei rabbrividì. «Giuro che il mio stomaco ha fatto una capriola.»

Rhys adorava l'effetto che aveva su di lei: era così aperta e innocente nelle sue reazioni. Era una persona pura. Non perché fosse ingenua... vedeva chiaramente come andavano le cose nel mondo... ma perché non si lasciava disilludere dai lati meno ammirevoli del carattere degli uomini. Sì, era stata braccata da gentiluomini interessati, ma lei aveva riconosciuto la cosa per quello che era: la stupidità e l'avidità di pochi. Al resto del mondo concedeva il beneficio del dubbio.

Era quell'atteggiamento fiducioso che lui trovava così irresistibile. Probabilmente sarebbe stato condannato alla perdizione per averla presa, ma non poteva fare altrimenti. Il pensiero di non averla, di non vederla mai gioire nella passione, gli risultava insopportabile.

«In che ala della casa siete?» mormorò, desiderando giacere subito con lei.

«Fatemi venire da voi.»

«Perché?»

«Perché voi siete il più esperto e il più smaliziato dei due.»

«Cosa c'entra questo?» Quella donna avrebbe mai cessato di sorprenderlo?

«Voi avete un odore particolare, milord. Di acqua di colonia, sapone e amido. È davvero delizioso, e quando siete accaldato, il vostro odore mi manda in visibilio. Posso solo immaginare come sarà dopo aver fatto l'amore. Dubito che riuscirei a chiudere occhio con il vostro profumo sulle lenzuola. Per voi, al contrario, l'odore del sesso non sarà così sconvolgente. Pertanto, sarò io a impregnare del mio profumo le vostre lenzuola, anziché voi le mie.»

«Capisco.» Senza rendersi conto di quello che faceva, la distese sulla panchina di pietra fredda e si piegò sopra di lei, prendendole la bocca con un bisogno che non provava da... da... al diavolo, non importava da quando. Gli andava maledettamente bene provarlo adesso.

Le sue mani le circondarono le esili curve dei seni e glieli strinsero, suscitando un gemito che si propagò nell'aria fresca della sera. Correvano davvero il rischio di essere scoperti e tuttavia Rhys non riusciva a smettere. Era ubriaco del suo profumo, della sua risposta, della maniera in cui lei si inarcava verso l'alto nel suo abbraccio e poi si ritraeva, spaventata.

«Mi formicola la pelle» sussurrò lei contorcendosi.

«Zitta, amore» la placò lui con le labbra che divoravano le sue.

«Io... io mi sento così calda.»

«Ssh, vi darò sollievo io.» La accarezzò lungo il fianco, cercando di mitigare il desiderio che stava rapidamente per esplodere in una passione selvaggia.

Le mani di Abby gli si insinuarono tra la giacca e il panciotto, graffiandogli la schiena e facendogli pulsare il sesso. La ripagò con la stessa moneta passandole le punte delle unghie sui capezzoli induriti. Con una mano inguantata e l'altra no, sapeva che le due diverse sensazioni l'avrebbero fatta impazzire.

«Dio onnipotente» ansimò lei. Poi gli afferrò il sedere spingendo i fianchi contro i suoi.

Rhys sibilò. Lei gridò.

«Abby. Dobbiamo trovare una stanza.»

Lei gli premette il viso sulla gola, le labbra che si muovevano febbrilmente sulla sua pelle inumidita dal sudore. «Prendetemi... prendetemi qui» gli chiese piena di desiderio.

«Non tentatemi» borbottò lui, sicuro di essere vicinissimo ad accontentarla.

Se qualcuno li avesse sorpresi così, non ci sarebbe stato modo di spiegare. Era chino su di lei come un satiro. Lei era un'innocente, incapace di respingere le avance di un esperto libertino.

Com'erano arrivati a quel punto? Pochi momenti in compagnia di quella ragazza, e lui stava per infrangere la sua unica regola: non deflorare le vergini. Che divertimento c'era? Non poteva trattarsi di una sveltina. Ci sarebbero state lacrime e sangue. Avrebbe dovuto sedurla piano piano, rispettare i suoi tempi, ritardare la propria gratificazione...

«Milord, per favore!»

All'inferno! La sua voce era il paradiso.

«Abigail...» Avrebbe voluto portarla via di lì in fretta, in modo che potessero... ehm, incontrarsi nella maniera giusta. Ma aveva enormi difficoltà a staccarle le dita dai capezzoli. Sì, i suoi seni erano piccoli, ma i capezzoli no. E lui non vedeva l'ora di...

Il delizioso abito della ragazza si strappò quando glielo tirò giù dalla spalla scoprendole il seno. Abby urlò di nuovo mentre lui abbassava la bocca per succhiarlo. Aveva dei capezzoli così lunghi e squisiti! Sembravano frutti di bosco, ed erano altrettanto dolci.

«Vi prego, oh, vi prego, milord.» Lei si inarcò verso l'alto contro la sua bocca e lui per poco non venne: quella carezza setosa era una provocazione insopportabile per il suo cazzo sul punto di esplodere.

Fu solo un suono di risate che si avvicinava a salvarlo dalla rovina. «Maledizione!» Si mosse rapidamente, tirandola su e sistemandole il corpetto. Il capezzolo che le aveva succhiato sporgeva lascivo dalla seta e lui vi strofinò il pollice, incapace di resistervi.

«Non fermarti!» protestò Abby ad alta voce, costringendolo a coprirle la bocca con la mano.

«Sta arrivando qualcuno, amore.» Aspettò che lei annuisse per vedere se aveva capito. «Sai dov'è la mia stanza?» Lei annuì di nuovo. «Sarò lì tra poco. Non perdere tempo o ti verrò a cercare.»

Abigail sgranò gli occhi. Poi annuì con enfasi.

«Vai.»

Rhys la vide prendere un sentiero laterale che portava verso la residenza e scomparire. Poi si accovacciò dietro un pergolato ricoperto da un rampicante e attese. Non sarebbe stato opportuno che rientrassero in casa a pochi minuti l'uno dall'altra. Anche se nessuno dei due fosse stato visto, era meglio essere prudenti.

«Ma presentare una richiesta al parlamento, Celeste?» Gli giunse la voce di lady Hammond da un sentiero che intersecava quello dove si trovava lui. «Pensate allo scandalo!»

«Non ho pensato ad altro per quasi cinque anni» ribatté la vedova Grayson. «Non sono mai stata così mortificata come questa sera, quando non si sono presentati alla cena. Che era eccellente, devo dire.»

«Grazie.» Ci fu una lunga pausa, poi: «Grayson sembra molto preso dalla moglie».

«Solo nel senso più superficiale, Ifigenia. Inoltre, a lei non interessa il matrimonio. L'ha ampiamente dimostrato negli ultimi quattro anni, e me l'ha anche detto.»

«Non ci credo!»

Ammiccando, Rhys pensò esattamente la stessa cosa. Isabel non avrebbe mai confessato una cosa del genere alla madre di Grayson.

«Sì, invece» rispose la vedova. «Lei e io abbiamo deciso di aiutarci a vicenda.»

«State scherzando!»

Buon Dio! Rhys emise un basso ringhio. Bella gli doveva una spiegazione. Che fosse dannato se non l'avrebbe tirata fuori da quel guaio.

Aspettò che le donne si spostassero più avanti, quindi uscì dal suo nascondiglio e si avviò di soppiatto verso la casa dove lo attendevano piaceri peccaminosi.

Abby si fermò un attimo di fronte alla porta di Trenton, domandandosi se doveva bussare recandosi a un convegno amoroso, o se ora aveva il diritto di entrare tranquillamente senza preavviso. Stava ancora pensandoci, quando la porta si aprì e venne trascinata dentro.

«Perché diavolo ci hai messo tanto?» si lamentò Trenton, chiudendo a chiave la porta con aria adorabilmente accigliata.

Lo stomaco di Abby fece nuovamente un salto mortale.

Rhys indossava una vestaglia di seta bordeaux che rivelava gli scuri peli ricciuti sul petto e le caviglie, a indicare che sotto era nudo. Con le mani sui fianchi, mancava solo che picchiettasse il piede sul pavimento per essere il ritratto perfetto dell'impazienza.

Era impaziente di avere lei!

Lo stomaco le fece un'altra capriola.

Com'era bello. Che perfezione! Sospirò forte. Naturalmente, aveva problemi di vista per non avere notato la sua mancanza di attrattive fisiche, ma lei non se ne sarebbe lamentata.

Rhys allungò un braccio e lei fu lesta a sfuggirgli. «Aspetta!»

«Cosa?» Il suo cipiglio si indurì.

«Io... ho una cosa da mostrarti.»

«Se non si tratta di te nuda che ti dimeni» borbottò lui «non mi interessa.»

Lei rise.

Lo aveva osservato durante la cena, notando quant'era affascinante e capace di accattivarsi le simpatie con discorsi divertenti. Le donne sedute ai suoi lati erano rimaste incantate, ma Abby aveva sentito il suo sguardo fissarsi spesso su di lei.

«Dammi solo un momento.» Inarcò un sopracciglio quando lui aprì la bocca per protestare. «Questa è la mia prima volta. Quando saremo a letto, lascerò fare a te. Fino ad allora, però, vorrei che i preliminari si svolgessero sotto il mio controllo.»

Le labbra di Trenton si contrassero e negli occhi gli si accese un calore che la fece rabbrividire. Se il suo comportamento in giardino costituiva un'indicazione di ciò che l'aspettava, l'avrebbe divorata. «Come vuoi, amore.»

Spostandosi dietro il paravento, Abby iniziò a spogliarsi. Non era affatto così che aveva immaginato di perdere la verginità. Non c'era un marito tenero e paziente che l'avrebbe trattata come porcellana fine. Lei non portava nessun anello al dito e non c'era nulla che la legasse a lui.

«Che diavolo stai facendo?» mormorò Rhys, come se lei fosse la donna più bella del mondo e pertanto degna di un tale avido interesse.

Aveva un modo di guardarla che in effetti la faceva sentire bella.

«Ho quasi finito.» Aveva indossato un abito semplice, sapendo di doverlo togliere senza l'aiuto di nessuno, ma era comunque abbastanza elaborato da maneggiare. Quando fu pronta, uscì da dietro il paravento facendo un respiro profondo.

«Era dannatamente or...» Le parole le si spensero sulle labbra mentre Rhys smetteva di andare su e giù e si voltava verso di lei.

Lei si spostò nervosamente, sotto il travolgente calore del suo sguardo. «Salve.»

«Abby.» Solo una parola, ma piena di stupore e di piacere. «Mio Dio...»

Lei agitò nervosamente la mano destra lungo l'ampia scollatura della camicia da notte rossa. «Mia madre aveva il seno più grande, quindi temo di non rendere giustizia alla sua camicia.»

Trenton le si avvicinò con la sua innata grazia, gli zigomi arrossati, le labbra socchiuse. Aveva il respiro affannato.

«Se avessi reso più giustizia a quest'indumento, sarei spacciato.»

Arrossendo, Abby distolse lo sguardo, assaporando il frullio che sentiva dentro mentre lui la toccava dolcemente. «Grazie.»

«No, amore» mormorò Rhys, la voce roca e profonda che le accarezzava la schiena. «Sono io che ti ringrazio. Apprezzo molto il dono che mi stai facendo.»

Sollevandole il mento con un dito, premette le labbra sulle sue. Il bacio iniziò delicato, ma in breve divenne febbrile fino a toglierle il respiro e a provocarle le vertigini. Abby tremava contro il corpo rigido di lui. Alla fine la sollevò e la distese sul letto.

Poi lui fu dovunque. Accarezzandola, stuzzicandola. Sussurrandole parole d'incoraggiamento e di lode con voce roca.

«Trenton» lo pregò lei rabbrividendo, sicura che sarebbe morta per quel bisogno che lui sembrava determinato ad alimentare, ma non a placare. Tanto era stato impaziente prima, tanto adesso procedeva con calma.

«Rhys» la corresse.

«Rhys...»

Incerta su cosa fare o cosa dire, Abby poteva solo accarezzargli le spalle, i bei capelli, la schiena muscolosa, tesa e umida di sudore. Che opera d'arte era: il suo corpo era in grado di eccitarla anche solo guardandolo. Non tutti gli uomini erano così dotati e lei sapeva di essere molto fortunata a condividere il letto con una creatura di tale incomparabile mascolinità.

«Dimmi come darti piacere.»

«Se mi dessi più piacere, amore, ce ne pentiremmo entrambi.»

«Com'è possibile?»

«Fidati di me» le sussurrò, poi s'impossessò della sua bocca e le fece scivolare la mano sino al fianco. Prima che lei potesse protestare, le dita di Rhys le aprirono le labbra del sesso.

Gemette mentre lui si faceva strada tra le sue cosce. «Stai grondando.»

«Mi... mi dispiace.» Abby si sentì arrossire fino alla radice dei capelli.

«Buon Dio, non essere dispiaciuta.» Rhys si posizionò sopra di lei, allargandole le gambe. «È perfetto. Tu sei perfetta.»

Non era vero. Nemmeno lontanamente. Ma l'atteggiamento riverente con cui la toccava le diceva che almeno per il momento, lui lo pensava davvero.

Per questo si morse il labbro e trattenne i singhiozzi, quando l'ampia punta del suo pene la violò, dilatandola senza pietà. Nonostante fosse determinata a offrirsi a lui e a soddisfarlo come più gli piaceva, le venne spontaneo tentare di sottrarsi.

Rhys le immobilizzò i fianchi e la tenne in posizione, scivolando inesorabilmente dentro di lei. «... Calma... un po' di più... lo so che fa male...»

E poi qualcosa in Abby cedette, e lui le fu completamente dentro, una grossa presenza palpitante.

Le posò le mani sulle guance, i pollici che le asciugavano le lacrime, la bocca che copriva la sua con piccoli baci adoranti. «Piccolina, perdonami per il dolore.»

«Rhys.» Gli si aggrappò, grata, sapendo che la fiducia che aveva in lui era un dono raro e prezioso. Perché quell'uomo, quello sconosciuto, la colpisse tanto, Abby non riusciva a capirlo. Era semplicemente felice di averlo per il poco tempo che sarebbe stato suo.

Lui l'abbracciava, la tranquillizzava con parole dolci, facendola sentire preziosa, perfetta per lui. E Rhys sembrava così commosso da quel momento. Dubitava che un marito l'avrebbe potuta apprezzare di più.

Quando lei si calmò, Rhys cominciò a muoversi: un lento, elegante scivolare avanti e indietro della sua carne dura come pietra dentro il sesso gonfio di lei, che era una dolce tortura. Il dolore sbiadì e sbocciò il piacere, schiudendosi come un fiore. Abby non si rese conto di inarcarsi per assecondare le sue spinte finché lui non parlò.

«Così!» esclamò, la pelle grondante di sudore. «Muoviti con me.»

Seguendo i suoi pressanti ordini, gli avvolse le gambe intorno ai fianchi e lo sentì scivolare ancora più a fondo. Ora ogni sua spinta raggiungeva un punto sensibile dentro di lei, inducendola a contorcersi e ad artigliargli le spalle.

«Grazie a Dio» grugnì Rhys quando lei si abbandonò all'estasi con un rantolo sorpreso.

Poi lui rabbrividì all'improvviso e la inondò di un liquido caldo. Stringendola così forte da impedirle di respirare, boccheggiò: «Abby!».

Lei se lo strinse al cuore e sorrise col sorriso di una donna.

No, non era stato affatto come aveva sempre sognato di perdere la verginità.

Era stato molto meglio.

Rhys si svegliò al suono di un'imprecazione sommessa e aprì gli occhi. Girando la testa, riuscì a malapena a distinguere Abby che saltellava su un piede tenendosi l'altro in mano.

«Che diavolo stai combinando al buio?» sussurrò. «Torna a letto.»

«Devo andare.»

Alla luce fioca del fuoco morente, Rhys notò che era vestita come quando le aveva aperto la porta. «No, che non devi. Vieni qui.» Tirò indietro il copriletto e le lenzuola con fare invitante.

«Se mi riaddormento, non riuscirò più a rientrare nella mia stanza.»

«Ti sveglierò io» le promise lui, sentendo già la mancanza del suo corpo delicato contro il proprio.

«Semplicemente, è poco pratico che mi riaddormenti, solo per svegliarmi tra poche ore e trasferirmi nella mia stanza, riaddormentarmi un'altra volta e farmi svegliare dalla cameriera.»

«Amore» sospirò Rhys. «Perché essere pratica da sola quando possiamo essere poco pratici insieme?»

La intravide scuotere la testa. «Milord...»

«Rhys.»

«Rhys.»

Ah, così era meglio. Quel tono dolcemente sognante che le modulava la voce quando pronunciava il suo nome!

«Voglio abbracciarti ancora un po', Abby» la blandì, picchiettando leggermente sul letto accanto a sé.

«Devo andare.»

Si avviò alla porta e Rhys rimase di stucco, sentendosi abbandonato e contrariato per la facilità con la quale lo stava lasciando quando lui desiderava così disperatamente che rimanesse.

«Abby.»

Lei si fermò. «Sì?»

«Ti voglio.» La sua voce era roca per il sonno, e sperava nascondesse l'ansia che gli serrava la gola. «Posso averti ancora?»

Seguì una lunga pausa che gli fece digrignare i denti. Finalmente lei rispose, col tono che avrebbe usato per accettare un invito per il tè. «Volentieri.»

Poi se ne andò, come avrebbe fatto ogni ragazza assennata. Senza un lungo bacio o un tocco bramoso.

E Rhys, che era sempre stato assennato nelle sue avventure, si sentì stranamente contrariato.

«Questo non è affatto ciò che avevo immaginato quando mi hai chiesto di accompagnarti» grugnì Spencer, sollevando un masso e mettendolo in posizione sul muretto di pietra.

Gerard sorrise e fece un passo indietro per controllare i progressi che stavano facendo. Non era stata sua intenzione lavorare, ma trovando parecchi dei suoi affittuari impegnati in tale compito, aveva colto l'occasione di aiutarli. La fatica fisica e i muscoli doloranti gli avevano insegnato a trarre soddisfazione da quello che faceva e ad assaporare le cose semplici, come un lavoro ben fatto. Era una lezione che era determinato a passare al fratello.

«Molto tempo dopo che io e te saremo morti, Spencer, questo muro sarà ancora in piedi. Tu sei parte di un disegno destinato a durare nel tempo. Se pensi al tuo passato, riesci a ricordare qualcosa che hai fatto e che abbia lasciato un segno in questo mondo?»

Raddrizzandosi, il fratello si accigliò. Con le maniche della camicia arrotolate e gli stivali polverosi, non assomigliavano molto ai giovani nobiluomini che erano. «Per favore, non dirmi che sei pure diventato filosofo. È già abbastanza grave che tu straveda per tua moglie.»

«Devo supporre che stravedere per la moglie di qualcun altro sarebbe meglio?» chiese Gerard.

«Certo che sì, dannazione. In questo modo, nel caso decidessi di troncare, sfinirebbe un altro uomo a forza di lacrime e non te.»

«Quanta fiducia hai in me, fratellino, considerando la capacità di mia moglie di far piangere gli uomini.»

«Ah, sì. Non ti invidio.» Si asciugò il sudore dalla fronte con il dorso della mano e poi fece un sorriso. «Tuttavia, quando Pel ti avrà schiacciato sotto i piedi come un insetto fastidioso, io sarò lì ad aiutarti a riprenderti. Un po' di vino, qualche donna, e tornerai come nuovo.»

Scuotendo la testa mentre rideva, Gerard distolse lo sguardo e la sua attenzione venne catturata da due giovani che litigavano, giù per la collina erbosa. Preoccupato, fece per avviarsi in quella direzione.

«Non c'è bisogno di angustiarsi, milord» disse una voce burbera accanto a lui. Voltandosi, Gerard notò che a parlare era stato il più grosso degli uomini al lavoro di fianco a loro. «Sono solo il mio ragazzo, Billy, e il suo amico.»

Gerard riportò l'attenzione sulla scena e vide i due giovani rincorrersi giù per la collina fino alla pianura sottostante. «Ah, mi riportano ai giorni della mia giovinezza.»

«Penso che sia successo a tutti noi, milord. Vedete la ragazza seduta sulla staccionata?»

Seguendo il suo dito puntato, Gerard s'immobilizzò alla vista della bella bionda che rideva dei due ragazzi che correvano verso di lei. I suoi capelli chiari catturavano la luce del sole e gareggiavano in splendore col suo sorriso.

Era bella.

E molto somigliante a Emily.

«Quei due si litigano il suo affetto da anni. Lei ha un debole per il mio ragazzo, ma in verità spero che sia abbastanza saggia da scegliere l'altro.»

Gerard distolse lo sguardo affascinato dalla giovane bellezza e inarcò le sopracciglia. «Perché?»

«Perché Billy si è soltanto convinto che lei gli piaccia. Deve sempre mettersi in competizione con tutti, essere migliore degli altri, e anche se sa che lei non è la donna giusta per lui non riesce a sopportare di perdere la sua adorazione. Il suo è puro egoismo. L'altro ragazzo, invece, la ama veramente. L'aiuta sempre con le faccende, l'accompagna in paese. Si prende cura di lei.»

«Capisco.» E Gerard lo capiva davvero, come mai in passato.

Emily.

Non aveva affatto pensato a lei durante il suo grand tour. Nemmeno una volta. Era troppo occupato ad andare a puttane per pensare alla ragazza adorante che lo aspettava a casa. Solo al suo ritorno, dopo aver scoperto che lei si era sposata, aveva fatto qualche sforzo per riprendersela. Era stato anche lui come Billy? Semplicemente geloso di attenzioni che non aveva apprezzato fino a quando non erano state rivolte a qualcun altro?

"Voi avete sempre desiderato donne che appartenevano a qualcun altro." Santo Dio!

Gerard si girò e si sedette sulla parte già finita del basso muro, lo sguardo vuoto mentre scrutava in se stesso anziché il panorama intorno.

Donne. A un tratto ripensò a tutte quelle che aveva incontrato sulla sua strada.

Era solo la competizione con Hargreaves che l'aveva spinto a volere Pel così disperatamente?

Una sensazione di calore gli crebbe nel petto mentre pensava a sua moglie. "Ti voglio." Il modo in cui quelle parole l'avevano fatto sentire non aveva niente a che fare con Hargreaves. Non aveva niente a che fare con nessuno, se non con Isabel. E come se qualcuno gli avesse aperto gli occhi all'improvviso, si rese conto che lei era l'unica donna che l'avesse mai fatto sentire così.

«Abbiamo finito?»

Alzando lo sguardo, si trovò davanti Spencer.

«Neanche per sogno.»

Invaso dal senso di colpa per quello che aveva fatto a Emily, Gerard si mise al lavoro, facendo quello che aveva fatto per quattro lunghi anni: esorcizzare i propri demoni estenuandoli.

«Lady Grayson.»

Sollevando gli occhi, Isabel vide John che si avvicinava e lo accolse con un dolce sorriso. Si trovava sulla terrazza posteriore. Alla sua destra Rhys sedeva con la signorina Abigail e gli Hammond; a sinistra, il conte e la contessa di Ansell stavano gustando il tè pomeridiano con lady Stanhope.

«Buon pomeriggio, milord» lo salutò di rimando, ammirando la sua figura snella vestita di grigio scuro e gli occhi scintillanti.

«Posso unirmi a te?»

«Prego.» Nonostante le cose rimaste in sospeso tra loro, Isabel gli era grata per la compagnia. Soprattutto dopo aver preso il tè con la suocera, che fortunatamente se n'era appena andata. Chiudendo il romanzo, lo mise da parte e fece cenno a un servitore di portare altre vivande.

«Come stai, Isabel?» le domandò lui con uno sguardo indagatore, dopo essersi sistemato sul sedile di fronte a lei.

«Sto bene, John» lo rassicurò. «Molto bene. Tu come stai?»

«Sto bene anch'io.»

Isabel si guardò intorno, poi abbassò la voce. «Ti prego rispondimi sinceramente. Ti ho ferito?»

Il suo sorriso genuino la tranquillizzò. «Il mio orgoglio soffre, sì. Ma sii sincera, la nostra relazione si stava lentamente avviando alla fine, vero? Non me n'ero reso conto, come non mi sono reso conto di molte cose dopo che lady Hargreaves è mancata.»

Il cuore di Isabel fu invaso dalla tenerezza. Avendo anche lei perso l'amore, in parte sapeva come ci si sentiva. Doveva essere stato molto peggio per John, dal momento che lui era riamato dalla moglie.

«Il tempo che abbiamo trascorso insieme ha significato moltissimo per me, John. Questo lo sai, vero? Nonostante il modo brusco in cui è finita la nostra storia.»

Appoggiandosi allo schienale, lui sostenne il suo sguardo serio e rispose: «Lo so, Isabel, e grazie ai tuoi sentimenti per me mi è stato più facile capire la natura del nostro rapporto e accettarne la conclusione. Entrambi eravamo in cerca di conforto, io dalla morte della mia adorata moglie, e tu dalla morte di tuo marito, comunque sia stato il vostro matrimonio. Nessun legame, nessuna richiesta, nessun obiettivo... solo compagnia. Come potrei nutrire del risentimento nei tuoi confronti per essere andata oltre quando nella tua vita è entrato qualcosa di più profondo?».

«Grazie» disse lei con rinnovato affetto, ammirando ogni dettaglio dei suoi bei lineamenti. «Per tutto.»

«Per la verità, ti invidio. Quando Grayson è venuto da me...»

«Come?» Lei sbatté le palpebre per la sorpresa. «Cosa intendi con "è venuto da me"?»

John rise. «Quindi, non te l'ha raccontato. Il mio rispetto per lui è raddoppiato.»

«Che cos'ha detto?» gli chiese lei, sopraffatta dalla curiosità.

«Ciò che ha detto non è importante. È la passione con cui l'ha fatto che gli ho invidiato. Anch'io voglio ritrovarla, e penso di essere finalmente pronto, grazie a te.»

Isabel avrebbe voluto allungare un braccio e stringergli la

mano, appoggiata distrattamente sul tavolo, ma non poteva. Invece, lo pregò: «Promettimi che saremo sempre amici».

«Isabel.» Nella sua voce c'era un sorriso... e anche un filo d'acciaio. «Niente su questa terra potrà mai impedirmi di essere tuo amico.»

«Veramente?» Lei inarcò un sopracciglio. «E se mi mettessi a fare la mezzana? Ho un'amica...»

John finse di rabbrividire. «Be', forse questo potrebbe riuscirci.»

Non appena tornarono dagli Hammond, Gerard e Spencer si ritirarono nelle rispettive stanze per fare un bagno e togliersi di dosso gli odori, il sudore e la sporcizia della giornata.

Gerard sarebbe voluto andare subito da Isabel, ma si trattenne. Aveva bisogno di parlare con lei, e raccontarle della propria scoperta. Voleva fugare i suoi timori facendole capire che lei veniva prima di qualsiasi altra donna per lui. E soprattutto, sospettava che sarebbe stato così per sempre, e voleva che lo sapesse.

Ma desiderava anche stringerla, e quindi aveva bisogno di essere presentabile.

Così s'immerse in un bagno caldo, appoggiò la testa sul bordo della vasca e congedò Edward.

Quando la porta si aprì, molto più tardi, sorrise ma tenne gli occhi chiusi. «Buonasera, volpacchiotta. Ti sono mancato?»

Un gutturale mormorio di assenso lo fece sorridere di più.

Sentì Isabel avvicinarsi e il sangue cominciare a scorrergli più in fretta. Illanguidito dalla stanchezza e dal calore dell'acqua, gli ci volle qualche momento per registrare un profumo estraneo mentre la donna si chinava su di lui e nel frattempo la porta si riapriva...

"Ma che..."

... appena prima che una mano ugualmente estranea si infilasse nell'acqua e gli afferrasse il pene.

Gerard sobbalzò e aprì gli occhi, incontrando lo sguardo sorpreso di Barbara.

Aveva notato le occhiate invitanti che lei gli aveva lanciato, ma l'aveva giudicata abbastanza accorta da rendersi conto del cipiglio col quale le aveva risposto, soprattutto dopo quanto era successo al ballo in città degli Hammond. Evidentemente non era così.

Le afferrò il polso e proprio in quel momento lo sguardo di Barbara si sollevò e si riempì di orrore.

«Se desiderate conservare quella mano» disse la voce di Pel dalla porta adiacente «vi consiglio caldamente di toglierla dalla vasca di mio marito.»

Il tono glaciale di quelle parole lo raggelò, nonostante il calore dell'acqua in cui era immerso.

"Dannazione!"

15

"Perché mia moglie ha la disgraziata abitudine di sorprendermi nelle situazioni più compromettenti?"

Scoprendo i denti, Gerard ringhiò all'intrusa, che inciampò per lo spavento. Uscendo dall'acqua, afferrò l'asciugamano steso su una sedia dal suo cameriere e guardò Pel seguire Barbara fuori dalla stanza.

«Non ho finito con voi, signora!» gridò alla figura in fuga nel corridoio.

Raddrizzando le spalle, Gerard attese che la sua leonessa si girasse per affrontarlo. Quando scorse l'espressione tempestosa sul suo viso, si ritrasse. Lei lo fissò per un momento con uno sguardo imperscrutabile negli occhi color ambra, i capelli sciolti e fluenti, il corpo voluttuoso coperto da una vestaglia. Poi si voltò, dirigendosi rapidamente in camera sua.

«Isabel!» Gerard armeggiò con la vestaglia e la seguì, tendendo una mano per impedire che la porta, che si stava chiudendo, gli sbattesse sulla faccia. Una volta in camera, la studiò cautamente mentre si vestiva, osservandola camminare avanti e indietro e domandandosi come iniziare la conversazione. Infine sbottò: «Non ho provocato, né partecipato a quell'avance».

Lei gli gettò uno sguardo di traverso, ma continuò a vestirsi.

«Spero che vorrai credermi» mormorò lui. Almeno non lo stava insultando, e nemmeno gli stava scagliando addosso oggetti, per fortuna.

«Non è così semplice.»

Avvicinandosi a lei, Gerard la prese per le spalle, costringendola a fermarsi. Fu allora che sentì il suo respiro affannoso, che gli fece battere forte il cuore. «Sì che è così semplice.» La scosse leggermente. «Guardami!»

Isabel sollevò gli occhi velati dal dolore e dallo stordimento, come al ballo degli Hammond.

Prendendole le guance tra le mani, le inclinò il viso verso l'alto. «Isabel, amore mio.» Premette la guancia contro la sua e respirò profondamente, inalando il suo profumo. «Io non sono Pelham. Forse, prima... quando ero più giovane...»

Lei gli afferrò la vestaglia, con le mani strette a pugno.

Gerard sospirò. «Non sono più quell'uomo, e non sono mai stato come Pelham. Non ti ho mai mentito, non ti ho nascosto nulla. Dal momento in cui ci siamo incontrati, mi sono aperto a te come non avevo mai fatto con nessun altro. Hai visto il peggio di me.» Girando la testa, le baciò le labbra fredde, premendovi dolcemente la lingua per convincerle ad aprirsi. «Non desideri conoscere la parte migliore di me?»

«Gerard...» mormorò lei, la lingua che sfiorava esitante la sua, facendolo gemere.

«Sì.» Lui l'attirò più vicino, approfittando spudoratamente di quella piccola dimostrazione di debolezza. «Fidati di me, Pel. Ho così tanto da offrirti. Così tanto da condividere con te. Per favore dammi... dacci una possibilità.»

«Ho paura» confessò Isabel, mettendo a nudo ciò che lui già sapeva, ma che aspettava di sentir dire da lei.

«Sei davvero coraggiosa a confessarlo» la lodò «e io sono davvero fortunato di essere l'uomo con cui condividi le tue paure.»

Gerard le allentò la cintura della vestaglia e sciolse la propria, stringendola a sé, pelle contro pelle, senza nessuna barriera a dividerli.

Con la guancia sul petto di lui, Isabel ascoltava il battito regolare del suo cuore. Sentì una mano scivolarle sotto la vestaglia e accarezzarle la schiena. «Non so se ne sono capace, Gray.»

«Nemmeno io. Ma sicuramente, facendo tesoro delle nostre esperienze con il sesso opposto, ci riusciremo. Ho sempre capito quando un'amante si stava stancando di me. Certamente...»

«Tu menti. Nessuna donna ha mai perso interesse per te.»

«Nessuna donna *sana di mente*» la corresse. «Non hai mai notato dei segnali in Pelham? O semplicemente una mattina si è svegliato senza più il cervello?»

Isabel gli strofinò il viso sul petto e rise. Un riso timido ma sincero. «Sì, ci sono stati dei segnali.»

«Allora faremo un altro patto, tu e io. Tu avvertimi quando ti sembrerà di cogliere qualcosa del genere, e io ti prometto che farò in modo di rassicurarti togliendoti ogni dubbio.»

Lei si ritrasse e lo guardò, con la bocca voluttuosa e gli occhi ombreggiati dalle lunghe ciglia. Gerard la fissò rapito: nei suoi lineamenti non c'era nulla di indistinto o delicato. Isabel era di una bellezza straordinaria e sfacciata.

«Dio, sei così bella» mormorò. «A volte mi fa male guardarti.»

La pelle lattea di Isabel si tinse di una tonalità più scura. Pel era una donna di mondo, ma lui riusciva a farla arrossire come una scolaretta.

«Pensi che il tuo metodo funzionerà?» gli chiese.

«Cosa? Parlarci? Non lasciare che i dubbi ci allontanino?» sospirò platealmente. «Troppa fatica, dici? Forse dovremmo limitarci a restare a letto e scopare come conigli.»

«Gerard!»

«Oh, Pel.» Sollevandola, lui la fece girare in circolo. «Io sono pazzo di te. Non lo vedi? Tu ti preoccupi di tenere vivo il mio interesse, mentre io mi preoccupo di tenere vivo il tuo.»

Isabel gli avvolse le braccia esili intorno al collo e gli diede un bacio sulla guancia. «Anch'io sono pazza di te.»

«Sì» le disse ridendo. «Lo so.»

«Libertino presuntuoso.»

«Ah, ma io sono il *tuo* libertino presuntuoso, ed è così che mi vuoi. No, resta qui. Facciamo l'amore, e poi parleremo.»

Lei scosse la testa. «Non possiamo saltare di nuovo la cena.»

«Ti sei svestita per sedurmi, e ora ti tiri indietro? Che tortura è mai questa?»

«Non era quello il mio intento, soprattutto considerato che non c'è bisogno di alcuna provocazione per indurti a fare sesso. Sono svestita perché ho fatto un riposino.» La sua bocca s'incurvò in quel sorriso malizioso che lui adorava. «E ti ho sognato.»

«Be', adesso sono qui. Usami a tuo piacimento. Te ne prego.»

«Come se fossi un povero bisognoso.» Fece un passo indietro, e lui finse di volerla trattenere.

Borbottando, Gerard mormorò: «Vorrei poter dire che venire qui è stata una cattiva idea, ma non è quello che penso».

«Nemmeno io lo penso.» Gli lanciò uno sguardo seducente. «E... le cose migliori succedono a coloro che sanno aspettare.»

«Dimmi di più» fece lui seguendola.

«Te lo dirò mentre mi aiuti a vestirmi. Ma per prima cosa, tieni quella donna lontano da te, Grayson. Se ti troverò ancora con lei, lo prenderò come un segno.»

«Niente paura, volpacchiotta» mormorò Gerard avvolgendole le braccia intorno alla vita mentre lei si fermava davanti all'armadio. «Credo che tu ti sia spiegata molto bene.»

«Mmh... lo vedremo.»

«Pensavo che volesse cavarmi gli occhi, ve lo giuro!»

Spencer scosse la testa e guardò dall'altra parte del salone degli Hammond, verso il punto in cui Isabel stava parlando con lady Ansell. «Che diavolo vi è saltato in mente?»

Barbara arricciò il naso. «Quando sono uscita dalla mia camera e ho visto Grayson entrare nella sua, ho dedotto che Pel fosse ancora di sotto con gli altri ospiti.»

«Comunque, è stato stupido da parte vostra.» Incrociò lo sguardo del fratello, la cui espressione torva era eloquente. "Tienila a freno" gli diceva.

«Lo so» replicò lei imbronciata.

«E io ho già cercato di farvi capire che un Faulkner vale l'altro.»

«Sì, credo che sia vero.»

«Avete imparato la lezione? State lontano da Grayson.»

«Sì. Sì. Promettete di salvarmi dall'ira di Isabel?»

«Forse...»

Barbara comprese. «Tra un attimo porgerò le mie scuse.»

Pregustando una notte di piaceri carnali, Spencer sorrise e la osservò allontanarsi ancheggiando.

«Ho udito bene ciò che ha detto lady Stanhope?» fece una voce dietro di lui.

«Madre.» Spencer alzò gli occhi al cielo. «Dovreste davvero smettere di origliare.»

«Perché le hai consigliato di stare lontana da Grayson? Lascia che se lo prenda.»

«A quanto pare, lady Grayson ha avuto qualcosa da eccepire a quest'idea, al punto che lady Stanhope teme per la propria vita.»

«*Cosa?*»

«E lord Hargreaves si è ritirato in buon ordine. Non c'è più alcun ostacolo che oscuri la felicità coniugale della felice coppia appena riunita.»

Lanciando uno sguardo truce dall'altro lato della stanza, la marchesa mormorò: «Quella donna aveva accettato di farsi da parte. Avrei dovuto sapere che stava mentendo».

«Anche se fosse stata sincera, Gray è talmente preso da lei che dubito che qualcosa avrebbe potuto tenerlo lontano. Guardate come la divora con gli occhi. E a dire la verità, oggi ho parlato a lungo con lui e ho capito che lei lo rende felice. Forse dovreste arrendervi in questa battaglia.»

«Mai!» replicò lei seccamente, afferrandosi le gonne grigio scuro con le mani inguantate. «Non vivrò per sempre, e prima di esalare il mio ultimo respiro voglio vedere Grayson con un erede adatto.»

«Ah...» Spencer si strinse nelle spalle. «Be', forse sarà questo a far volgere gli eventi a vostro favore. Pel non mi è mai sembrata un tipo materno. Se avesse desiderato dei figli li avrebbe avuti molto tempo fa. Ora è abbastanza avanti con l'età, e probabilmente non sarà più in grado di concepire.»

«Spencer!» Sua madre gli afferrò il braccio volgendo su di lui due occhi luminosi. «Sei un genio! È esattamente così.»

«Cosa?»

Ma sua madre si era già allontanata, le spalle esili irrigidite da una determinazione che gli faceva desiderare di non mettersi sulla sua strada. Tuttavia era in ansia per il fratello e così appena vide che lord Ansell se ne andava, si portò al fianco di Gray.

«Mi dispiace» mormorò Spencer.

«Perché hai invitato lady Stanhope a venire qui?» domandò Gray, fraintendendo le scuse.

«Ero certo che questo viaggio sarebbe stato di una noia mortale. Potrei offrirmi di spossarla per evitare che tenti altre sortite, ma ho dolori dappertutto, accidenti. Al sedere, alle gambe, alle braccia. In ogni caso, sono deciso a fare del mio meglio.»

Ridendo, il fratello gli diede una pacca sulla schiena e disse: «Be', le sue "sortite" potrebbero anche essere state fortuite».

«Adesso sono certo che hai bisogno di un soggiorno a Bedlam. Nessun uomo in possesso delle proprie facoltà mentali affermerebbe che sia fortuito essere beccato dalla moglie con l'uccello nelle mani di un'altra donna.» Grayson sorrise, e Spencer brontolò: «Allora, confessa, fratello. Questa devi proprio spiegarmela, in modo che impari anch'io a utilizzare una simile circostanza a mio vantaggio».

«Non augurerei una circostanza simile a nessuno. Tuttavia, in questo caso particolare, mi ha dato l'opportunità di alleviare la più grande paura di mia moglie.»

«E sarebbe?»

«Lo so io, fratello» rispose Gray con aria criptica.

«Miei cari ospiti, vorrei la vostra attenzione, per favore!» chiamò Lady Hammond pigiando qualche tasto sul pianoforte per ottenere un maggiore effetto.

Gerard spostò gli occhi dalla padrona di casa a Pel, e proprio in quell'attimo lei gli restituì lo sguardo. Il suo ampio sorriso lo riempì di soddisfazione. Ancora un paio d'ore, e sarebbero stati soli.

«Come allenamento per la caccia al tesoro di domani, Hammond e io abbiamo nascosto due oggetti in casa: un orologio da taschino d'oro e un pettine d'avorio. Qualsiasi camera è da considerare un possibile nascondiglio, a meno che non troviate la porta chiusa, o si tratti della vostra stanza. Per favore, se trovate qualcosa, fatecelo sapere. Ho in serbo un premio per chi vincerà la caccia.»

Avvicinandosi alla moglie, Gerard stava per prenderle il braccio quando lei inarcò maliziosamente un sopracciglio e fece un passo indietro. «Se darete la caccia a me, milord, ci divertiremo di più che a cercare un orologio o un pettine.»

Immediatamente, Gray sentì il sangue scorrergli più rapido nelle vene. «Civetta» sussurrò. «Mi hai respinto prima di cena e adesso vuoi che ti corra dietro.»

Il sorriso che incurvava la bocca voluttuosa di Isabel si accentuò. «Ah, ma io sono la *tua* civetta, ed è così che mi vuoi.»

Gerard si lasciò sfuggire un basso ringhio, che non sarebbe riuscito a contenere nemmeno se ci avesse provato. Sentire Isabel dichiarare che si considerava una sua proprietà risvegliò qualcosa di primitivo in lui: un desiderio di gettarsela in spalla e stenderla sul letto più vicino, che era tanto imbarazzante quanto eccitante. L'improvviso scurirsi degli occhi di Pel gli fece capire quanto fosse consapevole della passione animalesca che aveva risvegliato, e quanto la cosa la deliziasse. Come aveva fatto a trovarsi una moglie così, educata come una gentildonna, eppure una tigre a letto?

Le rivolse un sorriso cupo.

Lei gli fece l'occhiolino e girò sui tacchi, uscendo dalla stanza insieme agli altri ospiti e ancheggiando in modo esagerato.

Le diede un paio di minuti di vantaggio e poi si lanciò alla caccia.

Isabel seguì Gray di nascosto, tenendosi lontana sia dal suo sguardo che dagli altri ospiti. Avrebbe dovuto permettergli di acchiapparla mezz'ora prima, ma si divertiva così tanto a osservare la sua falcata sensuale... Cielo, suo marito aveva un sedere da urlo! E la camminata... era quella di un uomo assolutamente certo che di lì a poco avrebbe scopato: languida e sciolta. Irresistibile.

Gray stava nuovamente tornando indietro e questa volta si sarebbe lasciata prendere: si sentiva il sangue bollente, come di certo doveva essere anche quello del marito. Concentrata com'era su Grayson, non si accorse della figura alle sue spalle finché una mano non le coprì la bocca e la trascinò al riparo, nel suo stesso nascondiglio.

Solo quando Rhys parlò, lei riconobbe il suo rapitore e cessò di lottare. Il cuore le batteva ancora all'impazzata. Lui la lasciò andare e Isabel si girò.

«Che diavolo stai facendo?» sussurrò stizzita.

«Stavo per chiederti la stessa cosa» replicò Rhys. «Ho sentito tua suocera raccontare a lady Hammond del vostro accordo.»

Isabel trasalì. Come poteva essersene dimenticata? «Santo cielo!»

«Proprio così.» La guardò torvo, con l'aria del fratello maggiore che rimprovera la sorellina. «È già brutto che tu ti sia lasciata sfuggire di volerti separare da Grayson, ma andare a dirlo addirittura a sua madre! E lei ora lo sta raccontando in giro. Che cosa pensavi di fare?»

«Non pensavo proprio» ammise. «Ero angosciata e ho parlato avventatamente.»

«Hai scelto tu di sposarlo. E ora devi convivere con quella scelta, come fanno tutte le donne della tua condizione. Non potete almeno provarci?»

Isabel si affrettò ad annuire. «Sì, penso che ci riusciremo. Abbiamo deciso di fare un tentativo.»

«Oh, Bella.» Rhys sospirò e scosse la testa. La sua evidente delusione la fece sentire in colpa. «Non hai imparato nulla da Pelham? Il desiderio carnale non è amore, e non ne è nemmeno il preludio. Perché hai questa fissa dell'amore romantico?»

«Non è così» sostenne lei, guardando lontano.

«Mmh...» Rhys le sollevò il mento, costringendola a guardarlo di nuovo. «Stai mentendo, ma sei una donna adulta e io non posso decidere al tuo posto. Lascerò le cose come stanno. Ma sono preoccupato per te. Sei troppo sensibile.»

«Non possiamo avere tutti un cuore d'acciaio» borbottò lei.

Il sorriso del fratello svanì, sostituito da un'espressione ansiosa. «La vedova non è una donna da prendere alla leggera. È determinata a ostacolarvi, anche se non so il perché. D'altronde, tu sei la figlia di un duca e saresti un ottimo partito per chiunque. Se tu e Grayson avete intenzione di comportarvi come una vera coppia, non riesco a capire che cosa potrebbe obiettare.»

«Per lei non andrà mai bene nessuno, Rhys.»

«Be', troverà pane per i suoi denti se esagererà al punto da provocare l'intervento di nostro padre. E lui non esiterà a farlo, Bella.»

Isabel sospirò. Come se il loro passato e le questioni personali non fossero sufficienti, ora lei e Grayson avrebbero dovuto tenere conto anche di eventuali interventi esterni. «Le parlerò. Per quel che servirà.»

«Bene.»

«Eccoti» esultò Gray circondandole la vita con le mani. «Trenton. Non avete un orologio a cui dare la caccia?»

Rhys abbozzò un leggero inchino. «Credo di sì.» Lo sguardo di commiato che rivolse a Isabel fu eloquente, e lei gli fece un lieve cenno d'assenso.

«Perché ho come l'impressione che tu abbia perso la voglia di giocare?» domandò Gray quando furono soli.

«Non è vero.»

«Allora perché sei così tesa, Pel?»

«A questo potresti ovviare.» Isabel si girò tra le sue braccia.

«Se ne conoscessi il motivo» mormorò lui «sono certo che potrei.»

«Voglio stare sola con te.»

Annuendo, Gray la condusse verso l'ala dove si trovava la loro camera, ma udendo delle voci che si avvicinavano, Isabel lo spinse nella stanza più vicina. «Chiudi la porta a chiave.»

Con le tende tirate, c'era talmente buio che non ci si vedeva, il che era proprio quello che lei desiderava al momento. Sentì lo scatto della serratura.

«Gerard.» Girandosi, gli fece scivolare le mani sotto il panciotto per cingergli la vita snella.

Preso alla sprovvista, Gray inciampò all'indietro e finì contro la porta. «Dannazione, Isabel!»

Lei si sollevò in punta di piedi e gli affondò il viso nel collo. Quanto amava la sensazione della sua pelle!

«Che c'è?» chiese burbero Gerard, abbracciandola.

«È questo tutto ciò che abbiamo? Questa brama?»

«Di cosa diavolo stai parlando?»

Isabel gli leccò la gola, consumata dalla febbre per lui. Non gli si era mai arresa. Non completamente. Forse era quell'ultimo scampolo di resistenza che stimolava l'interesse di Gray. Se era così, aveva bisogno di saperlo subito. Prima che fosse troppo tardi.

Afferrandogli le natiche, si strofinò contro di lui.

Gerard rabbrividì. «Pel, aspetta, non provocarmi in questa maniera. Andiamo nella nostra stanza.»

«Sembrava che ti piacesse la caccia, prima.» Lo massaggiò sulla schiena attraverso il raso sottile del panciotto, e intanto gli si strusciava contro con i seni e il ventre, avvertendo la rigida lunghezza del suo cazzo.

L'oscurità le dava un senso di libertà. Tutto ciò che c'era nel suo mondo al momento era un grande corpo che tanto desiderava, l'odore di Gray, la sua voce deliziosamente roca. Calore. Bisogno.

«Prima eri scherzosa. Mi ero aspettato po' di carezze, qualche bacio rubato.» Gerard ansimò mentre lei lo accarezzava attraverso i pantaloni, ma si guardò bene dal fermarla. «Adesso sei... sei... diavolo, non ho idea di come sei, ma direi che per questa cosa c'è bisogno del nostro letto, del mio uccello e di qualche ora senza interruzioni.»

«E se non potessi aspettare?» mormorò Isabel, stringendogli la punta spessa del pene.

«Vorresti che ti prendessi qui?» La sua voce era arrochita dalla lussuria. «E se entrasse qualcuno? Non sappiamo in che stanza ci troviamo.»

Lei cominciò ad aprirgli l'allacciatura dei pantaloni. «Una

stanza inutilizzata, dato che non c'è il fuoco nel camino.» Sospirò di piacere mentre il suo sesso si liberava, duro e teso. «Ti sto dando la possibilità di prendermi in pubblico, come mi hai detto di essere perfettamente in grado di fare.»

Gray le afferrò il polso, ma Isabel, imperterrita, allungò l'altra mano e gli strizzò il culo. Infiammato da quel gesto, lui grugnì e la fece ruotare rapidamente contro la porta. «Come vuoi.»

Infilandole le mani sotto le gonne, le diede un forte morso sulla spalla.

Isabel reclinò la testa di lato mentre le separava le labbra e le accarezzava la clitoride. Allargò spudoratamente le gambe e si beò della perizia del marito. Una volta lui aveva trascorso ore a farla godere con le dita e la lingua, deciso a scandagliare ogni sfumatura dell'orgasmo della moglie.

«Cosa ti ha preso? Che ti ha detto Trenton?» Le sue lunghe dita scivolarono dentro di lei, accarezzandola abilmente. Gli umori di lei scesero ad accogliere il suo cazzo nudo che le spingeva impaziente contro la carne. «Gesù, Pel. Sei fradicia.»

«E tu stai colando sulla mia gamba.» Rabbrividì alle prime avvisaglie dell'orgasmo imminente, ogni parte di lei che desiderava ardentemente di più. «Prendimi adesso. Ti voglio.»

Come aveva sperato, furono le ultime parole a convincerlo.

L'afferrò per le natiche e la sollevò senza sforzo. Gemendo, Isabel lo strinse a sé, mentre l'abbassava sul proprio sesso eretto.

Gray si spinse in avanti, il petto che si muoveva contro il suo con respiri pesanti e irregolari. Lei lo abbracciò, lo respirò, godendo della sensazione del suo corpo contro di lei e del suo pene che la violava.

"Non hai imparato nulla da Pelham?"

«È questo tutto quello che abbiamo?»

«Isabel.» Gray le strofinò la bocca aperta, calda e umida, sulla gola. Un forte brivido lo percorse quando lei gli si strinse contro. «Io prego che sia tutto ciò che abbiamo, perché non potrei sopportare più di questo.»

Premendo la guancia sulla sua, Isabel gemette sommessamente mentre lui si muoveva. Ritirandosi. Rientrando. Lentamente. Assaporandola.

«Di più.» Non era una richiesta.

Lui si irrigidì e si fermò per un attimo.

«Accidenti a te» mormorò infine, affondandole dolorosamente le dita nella carne. «Potrò mai pompare abbastanza a fondo? Potrò mai fotterti abbastanza? Soddisfarti abbastanza? Sarò mai abbastanza per te?»

Piegando un ginocchio, aumentò il ritmo, spingendo forte e in profondità, finché lei non se lo sentì quasi in gola. Spaventata dalla sua improvvisa veemenza, non riuscì a rispondere nulla.

«È questo tutto ciò che abbiamo, mi domandi? Sì!» La inchiodò contro la porta, graffiandole la schiena, facendola gridare piano di piacere e di dolore: non poteva sottrarsi alla lunghezza bollente che pulsava dentro di lei. Isabel, al limite, si contorse e lo ferì con le unghie. Gli si aggrappò alle spalle, ai fianchi, cercando di muoversi, ma non c'era modo. «Tu, io e nessun altro, Isabel. Anche se mi porterà alla tomba, voglio essere ciò di cui hai bisogno.»

Un calore inaspettato si diffuse nel cuore di Isabel. Gray non era come Pelham. Era sincero e onesto. La sua passione era reale.

Forse non era oculata in fatto di matrimoni, ma con un marito del genere, non ne aveva bisogno. «Anch'io voglio essere ciò di cui hai bisogno. Lo desidero disperatamente» ammise senza paura.

«Lo sei.» Gray premette il viso umido di sudore contro il suo. «Per l'amor di Dio, tu sei tutto.»

«Gerard.» Gli affondò le dita tra i capelli di seta. «Ti prego.»

Lui si mosse, stabilendo un ritmo costante e mantenendolo. Isabel gli lasciò condurre il gioco, abbandonandosi completamente, ma serrando i muscoli interni intorno al suo cazzo che pompava. Gerard grugniva a ogni stretta e lei gemeva a ogni affondo. Non era una corsa per guadagnare il traguardo, ma piuttosto un continuo dare per garantire all'altro il piacere maggiore.

Gray le avvicinò la bocca all'orecchio e ansimò: «Dannazione! Non ce la faccio... Pel! Non riesco a smettere! Sto per venire...». E lei ansimò: «Sì! Sì...».

Le divaricò ulteriormente le cosce con le mani, si spinse completamente dentro ed emise un gemito tormentato, un suono così forte che coprì il ruggito del sangue che assordava le orecchie di Isabel. Un orgasmo violento gli scosse il corpo possente, facendogli sobbalzare il pene e ansare il petto, mentre le dava ciò che un tempo aveva respinto. Completamente riempita da lui, traboccante della sua essenza, Isabel lo tenne stretto e venne con un piacere bruciante che la lasciò senza fiato.

«Isabel. Mio Dio, Isabel.» La strinse a sé. «Mi dispiace. Lascia che ti renda felice. Fammi provare.»

«Gerard...» Gli coprì il viso di baci. «Questo è già abbastanza.»

16

Lasciata Bella, Rhys era così immerso nei propri pensieri che procedeva senza guardare davanti a sé. Girando l'angolo si scontrò con una donna che camminava in fretta e dovette sostenerla per evitare che cadesse.

«Lady Hammond! Vi chiedo scusa.»

«Lord Trenton» rispose lei, aggiustandosi le gonne e toccandosi con una mano i riccioli d'oro screziati di grigio. Lo guardò con un sorriso luminoso che lo sorprese, considerando che le era quasi finito addosso. «Anch'io mi scuso. Nella fretta di assicurare il divertimento dei miei ospiti non ho prestato attenzione a dove stavo andando.»

«Il soggiorno presso di voi è molto piacevole per tutti.»

«Sono così sollevata! Devo ringraziarvi per l'attenzione che avete riservato alla nipote di mio marito, questa sera. La poveretta è assediata dai cacciatori di dote. Sono certa che parlare con un uomo che non nutre propositi matrimoniali sia stato un conforto per lei. Non l'ho mai vista così di buon umore, il che mi rende felice. L'avete intrattenuta a lungo, e ve ne sono davvero grata.»

Rhys represse un grugnito. Sentirsi dipingere come una persona gentile, che tuttavia non nutriva alcun interesse sincero per Abby, stranamente lo irritava. Avrebbe voluto ribattere e confutare quell'affermazione, dicendo che Abby era una ragazza unica e desiderabile per ben più che le sue ricchezze. Ma perché provasse quell'impulso feroce di difenderla gli sfuggiva. Forse per il senso di colpa.

«I ringraziamenti non sono necessari» le assicurò con studiata amabilità.

«Vi piace la caccia al tesoro?»

«Sì. Ora, però, intendo ritirarmi e lasciare la gloria al resto degli ospiti.»

«C'è qualcosa che non va?» domandò la padrona di casa, preoccupata.

«Niente affatto. Semplicemente, sono molto bravo in queste cose e non sarebbe sportivo se vincessi stasera, quando ho tutte le intenzioni di trionfare domani.» Le fece l'occhiolino.

Lei rise. «Molto bene. Buona serata, milord. Ci vediamo a colazione.»

Si separarono e Rhys prese la via più breve per le proprie stanze. Una volta spogliato, congedò il suo valletto e si sistemò di fronte al fuoco con un decanter e un bicchiere.

In breve si ritrovò ubriaco, e in qualche modo questo attenuò il suo rammarico per Abby, almeno finché non udì la porta aprirsi.

«Andate via» mormorò, senza fare alcuno sforzo per coprirsi le gambe che facevano capolino dalla vestaglia.

«Rhys?»

Ah, il suo angelo.

«Vattene, Abby. Non sono in condizione di riceverti.»

«Mi sembri in perfette condizioni, invece» osservò lei a bassa voce, avvicinandosi e girando intorno alla sedia per mettersi davanti al fuoco.

Dal momento che si era tolta le sottogonne per svestirsi con più facilità, l'agile contorno delle sue gambe era ben visibile sotto la stoffa leggera dell'abito. A Rhys venne subito duro e non poté fare nulla per nasconderlo, svestito com'era.

Abby si schiarì la gola, lo sguardo rapito.

Sentendo l'impulso di sciocclarla, lui scostò un lembo della vestaglia e mise a nudo l'uccello eretto. «Ora che hai visto quello che ti interessava vedere, puoi anche andartene.»

Abby si sedette su una sedia davanti a lui, la schiena rigida, lo sguardo curioso sotto il falso cipiglio.

Era così adorabile che Rhys dovette distogliere gli occhi.

«Non sono venuta qui semplicemente per contemplare quello che voglio senza averlo» gli rispose con sussiego. «Non ho mai sentito un'osservazione più stupida.»

«Te ne potrei riferire un'altra ancora più stupida» ribatté lui burbero, spostando il bicchiere in modo che riflettesse i bagliori del fuoco. «Stai facendo di tutto per procurarti una gravidanza indesiderata.»

«È a questo che si deve il tuo malumore?»

«Il mio "malumore" si chiama "senso di colpa" Abigail, e poiché non avevo mai provato questa particolare emozione mi sento a disagio.»

Abby rimase in silenzio a lungo. Abbastanza perché lui svuotasse il bicchiere e lo riempisse di nuovo. «Ti sei pentito di quello che è successo tra noi?»

Rhys non la guardò. «Sì.»

Una bugia, perché non avrebbe mai potuto pentirsi del tempo trascorso con Abby, ma era meglio che lei non lo sapesse.

«Capisco» ribatté la giovane piano. Quindi si alzò e gli si mise accanto. «Mi spiace che ve ne siate pentito, lord Trenton. Sappiate che io non lo farò mai.»

Fu l'esitazione nella sua voce che lo scosse. Veloce come un lampo, le afferrò il polso e si costrinse a guardarla. Le sue lacrime lo ferirono così profondamente che lasciò cadere il bicchiere. Il tonfo dell'impatto fu coperto dal rombo del sangue che sentiva nelle orecchie. Mentre le stringeva il fragile polso, fu sopraffatto dal ricordo di quando aveva toccato altre parti di lei. Incredibilmente, cominciò a sudare.

Abby tentò di liberarsi, ma lui la trattenne, mettendosi in piedi, cingendole il collo con l'altra mano. «Vedi che ti faccio del male? Che non posso fare altro che farti del male?»

«È stato il paradiso» gridò lei, asciugandosi furiosamente le lacrime. «Le cose che abbiamo condiviso... capire come ti sentivi... come mi sentivo io!» Cercò di divincolarsi, ma lui mantenne la presa. Lo fissò attraverso le lacrime, le guance arrossate, le labbra scarlatte aperte. «Aveva ragione mia madre. Le avventure sono solo uno sfogo fisico, niente di più. Immagino che il sesso sia così per tutti. *Con* tutti! Perché altrimenti tanta gente vi si dedicherebbe?»

«Smettila!» urlò Rhys, sempre più furioso man mano che intuiva dove sarebbe andata a parare la logica di lei.

Abby alzò al voce. «Perché altrimenti quell'esperienza significherebbe così poco per te? Quanto sono stata stupida a pensare che io e te fossimo unici. Sono facilmente sostituibile per simili intimità. Ne deduco che qualsiasi altro uomo sarebbe in grado di procurarmi un orgasmo altrettanto soddisfacente!»

«Accidenti a te! Nessun altro...»

«Va' all'inferno, milord!» urlò lei, splendida nella sua indignazione. «Non sono un gran bellezza, ma sono certa che riuscirei a trovare degli uomini che farebbero l'amore con me senza poi pentirsene.»

«Stai pure certa che qualsiasi altro uomo che ti toccherà se ne pentirà amaramente» sibilò lui.

«Oh.» Abby sbatté le palpebre, portandosi alla gola la mano libera. «Oh, cielo! Sei geloso?»

«Io non sono mai geloso.»

«Hai minacciato qualsiasi uomo che dovesse toccarmi. Come lo chiami questo?» Rabbrividì. «Non importa. Mi piace, a prescindere da come lo chiami.»

«Abby» ringhiò lui, furioso per il nodo che sentiva nello stomaco. L'avrebbe sempre fatto impazzire così?

Lei sgranò gli occhi e lo sguardo le si addolcì. «Le tue manifestazioni di desiderio mi trasformano le viscere in gelatina, lo sapevi?»

Contro la sua volontà, un braccio si alzò a cingerle il corpo.

«Che stai facendo?» ansimò Abby quando lui le leccò le labbra. «Hai intenzione di rapirmi, vero?»

La mente ottenebrata di Rhys venne inondata dal calore del suo corpo esile, dal suo profumo dolce, dalla voce che amava. Le grida di Abby durante l'orgasmo erano bastate a stillare lacrime di gioia dal suo cazzo. Stava accadendo anche ora, tanto era eccitato, eppure lei non aveva fatto nulla per provocarlo.

Era la sua presenza a farlo sentire così. Qualcosa di indefinibile che c'era in lei.

«No» le sussurrò all'orecchio. «Ho intenzione di scoparti.»

«Rhys!»

Quando le lasciò il polso e le spostò la mano sul seno, non fu sorpreso di trovare il capezzolo duro. Quei capezzoli lunghi, deliziosi. La sdraiò a terra.

«Cosa? Qui?» Il suo stupore l'avrebbe fatto ridere, se non fosse stato così terribilmente concentrato a toglierle le gonne. «Sul tappeto? E il letto?»

«La prossima volta.»

Trovandola bagnata e bollente, Rhys le infilò dentro il cazzo con un gemito. Abby miagolò dolcemente.

«Ti pentirai anche di questo?» gli chiese, dimenandosi sotto di lui.

Lui sapeva che era indolenzita, sentiva quanto fosse gonfia, ma non riusciva a fermarsi. Guardandola mentre gli si offriva, quasi annegò in quegli occhi azzurri dai riflessi dorati. «Mai» le giurò.

«Hai mentito prima.» Il sorriso di Abby era radioso come i suoi occhi colmi di lacrime. «Non sono mai stata così felice che mi abbiano mentito.»

Neanche lui era mai stato così felice.

Il che era un tormento peggiore dell'inferno stesso.

Non volendo lasciare sola Isabel dopo averla vista così turbata la notte precedente, Gerard si scoprì a seguirla mentre gli altri ospiti degli Hammond lasciavano i cavalli agli stallieri e raggiungevano il posto dov'era stato allestito un picnic. Con l'abito di mussola a fiori con un grosso fiocco di raso sulla schiena e il cappello di paglia a tesa larga sulle chiome sciolte, sua moglie appariva elegante e particolarmente giovane. Ad accentuare quest'ultimo tratto contribuivano gli occhi scintillanti e l'ampio sorriso.

Il pensiero di essere lui il responsabile del suo aspetto radioso lo sbalordiva. Fino a quattro anni prima non aveva mai cercato di compiacere nessuno a parte se stesso, e mai nella sua vita aveva reso felice una donna al di fuori del letto. Non aveva idea di come ci fosse riuscito. Sapeva solo che avrebbe continuato a renderla così felice, anche a costo di farsi uccidere da lei.

Svegliarsi con Isabel che gli baciava il petto con una risata negli occhi era un'esperienza celestiale. Sentirla girarsi nel letto, stringersi a lui quando aveva freddo... Era un tipo d'intimità che non aveva mai conosciuto, e l'aveva trovata con la moglie, la donna più bella e meravigliosa del mondo. Non la meritava, ma era sua. E ne avrebbe avuto cura. Riversare il suo seme dentro di lei era stato un atto sconsiderato, che non avrebbe ripetuto. Non poteva rischiare di metterla incinta.

Gettando un'occhiata di lato, studiò Trenton e disse: «Sembrate cupo. L'aria di campagna non vi fa bene?».

«No» borbottò l'altro, accigliandosi. «L'indisposizione di cui soffro non può essere curata dall'aria fresca, né da nessun'altra cosa.»

«Che tipo di malattia è mai questa?»

«Del tipo femminile.»

Ridendo, Gerard dichiarò: «Anch'io mi auguro di trovare una cura a questa malattia. Purtroppo, dubito che vi sarebbe d'aiuto se ci riuscissi».

«Se Isabel dovesse scoprire che l'avete tradita» lo avvertì Trenton minaccioso «non basteranno tutti i santi del paradiso a farvi guarire.»

Gerard si fermò bruscamente e attese che Trenton si voltasse verso di lui. Il resto del gruppo proseguì e si ritrovarono praticamente soli. «È questo che avete detto ieri sera a mia moglie? Che le sarò infedele?»

«No.» L'altro si avvicinò. «Le ho soltanto consigliato di essere più pratica.»

«Isabel è una delle donne più pragmatiche che io conosca.»

«Allora non la conoscete bene.»

«Come, prego?»

Trenton sorrise e scosse la testa. «Isabel è una gran romantica, Grayson. Lo è sempre stata.»

«Stiamo parlando di mia moglie? La donna che si sbarazza degli uomini che le si affezionano troppo?»

«Gli amanti e i mariti sono due generi completamente diversi, non credete? Se continuerete in questa maniera, lei si innamorerà di voi. E le donne sanno essere davvero diaboliche quando il loro affetto viene rifiutato.»

«Si innamorerà di me?» chiese piano Gerard, pieno di meraviglia. Se l'affetto giocoso di quella mattina era un assaggio del modo in cui Pel sarebbe stata se si fosse innamorata di lui, allora voleva di più. Voleva tutto. Quello era il più bel giorno della sua vita. E se tutti i giorni fossero stati così? «Non ho alcuna intenzione di rifiutarla. Io la voglio Trenton. Farò di tutto per renderla felice.»

«Abbandonando tutte le altre? Isabel non si accontenterà di niente di meno. Per qualche ragione sconosciuta, è convinta che il matrimonio debba basarsi sull'amore e la fedeltà. Certamente non l'ha imparato dalla nostra famiglia. Forse dalle favole, ma non dalla dura realtà.»

«Tutte» asserì Gerard distratto. Guardava avanti, sperando di vedere la moglie.

Come se avesse avvertito il suo richiamo silenzioso, Isabel apparve e lo salutò con la mano. Involontariamente Gerard si mosse verso di lei.

«State mordendo il freno» osservò Trenton.

«Come posso conquistare il suo cuore?» domandò lui. «Con vino e rose? Cosa considerano romantico le donne?»

Aveva conquistato Em con fiori di campo e poesie improvvisate, ma ora i suoi obiettivi erano differenti, più importanti. Non poteva lasciare le cose al caso. Con Isabel tutto doveva essere perfetto.

«Lo state chiedendo a me?» Trenton sgranò gli occhi. «Come diavolo faccio a saperlo? Mai nella vita ho desiderato che una donna si innamorasse di me. È dannatamente fastidioso quando succede.»

Gerard si accigliò. Pel avrebbe saputo cosa suggerirgli e lui moriva dalla voglia di chiederglielo, dato che le aveva sempre domandato consigli e pareri. Ma in questo caso, era decisamente solo. «Ne verrò a capo.»

«Sono contento che la apprezziate, Grayson. Mi sono spesso domandato che cosa cercasse Pelham al di fuori del matrimonio, quando aveva Isabel così innamorata. All'inizio per lei era un dio.»

«Era un vero idiota. Comunque, io non sono un dio per Pel. Lei è ben consapevole di tutti i miei difetti. Sarà un miracolo se riuscirà a vedere al di là di essi.» Iniziò a camminare e Trenton gli si mise accanto.

«Credo che amare una persona nonostante le sue mancanze e non perché non le si veda, sia la forma più profonda di affetto.»

Riflettendo un attimo su quel concetto, Gerard fece un sorriso, che morì all'istante quando, svoltando intorno a un grande albero, vide Hargreaves parlare con Isabel. Lei stava ridendo per qualcosa che lui le aveva detto e lo sguardo del conte era aperto e affettuoso. Tra loro c'era un'evidente intimità.

Gerard avvertì qualcosa agitarglisi dentro e chiuse le mani a pugno. Poi Isabel lo vide e si scusò, andandogli rapidamente incontro.

«Cosa ti ha trattenuto?» chiese, prendendogli il braccio con palese senso di possesso.

Quella cosa che gli si contorceva dentro si quietò e lui espirò rumorosamente. Avrebbe voluto essere solo con Isabel, poterle parlare come avevano fatto la notte precedente quando erano tornati nelle loro stanze. Sdraiato sul letto con Pel rannicchiata al fianco e le dita intrecciate alle sue, le aveva raccontato di Emily. Le aveva spiegato quello che aveva scoperto riguardo a se stesso, e ascoltato le sue rassicurazioni.

"Tu non sei cattivo" aveva affermato lei. "Eri solo giovane e bisognoso di approvazione, dopo aver vissuto con una madre che non faceva altro che rimproverarti."

"Lo fai sembrare così semplice."

"Tu sei complicato, Gerard, ma questo non vuol dire che lo siano anche le cose che ti tormentano."

"Per esempio?"
"Dire addio a Emily."
Perplesso, le domandò: "Come posso farlo?".
Isabel si sollevò, indugiando sopra di lui, gli occhi ardenti per il riflesso della luce del fuoco. "Nel tuo cuore. O di persona. Qualsiasi modo va bene."
Lui scosse la testa.
"Dovresti. Magari nel corso di una lunga passeggiata. Oppure potresti scriverle una lettera."
"Visitare la sua tomba?"
"Sì." Il suo sorriso lo lasciò senza fiato. "Qualunque cosa tu abbia bisogno di fare per dirle addio e far tacere il senso di colpa."
"Vuoi venire con me?"
"Se mi vuoi, ovviamente verrò."
Nello spazio di un'ora era riuscita a fargli superare il disgusto che provava per il modo in cui si era comportato. Lei faceva sembrare tutto giusto, ogni sfida sopportabile, gli restituiva la fiducia in se stesso. Gerard avrebbe voluto poter fare altrettanto per Isabel, essere un compagno prezioso come lei lo era per lui.
"E tu?" le aveva chiesto. "Mi permetterai di aiutarti a rappacificarti con Pelham?"
Isabel aveva appoggiato la guancia sul suo petto, spargendogli i capelli sulle spalle. "La rabbia che provavo nei suoi confronti mi ha sostenuta per tanto tempo" aveva risposto sommessamente.
"Ti ha sostenuto, Pel? O ha rafforzato le tue barriere?"
Il sospiro caldo di lei gli aveva sfiorato la pelle. "Perché sei così insistente?"
"Hai detto che quello che abbiamo è sufficiente, ma a me non basta. Io voglio tutto di te. Non sono disposto a condividerti con altri uomini... vivi o morti che siano."
Il respiro di Isabel si era fermato, tanto che Gerard era stato sul punto di scuoterla, allarmato.
Poi gli si era aggrappata, avvolgendolo con le gambe e con le braccia. Lui l'aveva tenuta stretta. "Tu potresti ferirmi" gli aveva sussurrato. "Lo capisci?"

"Ma non lo farò" le aveva promesso, con le labbra tra i capelli di lei. "Alla fine dovrai credermi."

Dopo un po' erano scivolati nel sonno, il sonno più ristoratore che Gerard avesse sperimentato da diversi anni, perché le sue giornate finalmente avevano uno scopo. Aveva qualcosa per cui non vedeva l'ora di svegliarsi.

«Isabel» disse adesso, conducendola lontano dagli ospiti. «Mi piacerebbe portarti alla mia tenuta domani.»

Lei gli rivolse un'occhiata di sbieco da sotto l'ampio cappello, che lasciava intravedere la curva delle labbra e poco altro. «Gerard, tu puoi portarmi ovunque.»

Era una bella giornata, il suo matrimonio si stava rimettendo in carreggiata e sentiva la mente e il cuore gonfi di romanticismo. Niente poteva guastargli l'umore. Stava per risponderle...

«Grayson.»

Quell'intrusione, espressa con voce seccata, non poteva arrivare in un momento peggiore.

Sospirando deluso, Gerard si girò con riluttanza per fronteggiare la madre. «Sì?»

«Non puoi continuare a evitare gli altri ospiti. Devi partecipare alla caccia al tesoro di questo pomeriggio.»

«Certo.»

«E alla cena di questa sera.»

«Naturalmente.»

«E alla cavalcata prevista per domani.»

«Vi chiedo scusa, signora, ma non potrò esserci» rispose con tranquillità, rendendosi conto che i modi prepotenti della madre non sortivano il solito effetto irritante. Neppure lei poteva rovinargli la giornata. «Ho un impegno con lady Grayson.»

«Non hai vergogna?» scattò la vedova.

«In effetti, no. Pensavo lo sapeste.»

Isabel trattenne una risata e distolse in fretta lo sguardo. Lui in qualche modo riuscì a restare impassibile.

«Cosa c'è di così importante da indurti ad abbandonare nuovamente i tuoi amici?»

«Andremo a Waverly Park domani.»

«Oh.» Sua madre si accigliò, un'espressione così abituale

per lei che le aveva segnato il viso con rughe profonde. «Mi piacerebbe andarci. Non ci sono più stata da molti anni.»

Gerard rimase un momento in silenzio, ricordandosi all'improvviso che i suoi genitori vi avevano vissuto per qualche tempo. «Siete la benvenuta se volete unirvi a noi.»

Il sorriso che lei gli rivolse lo spaventò, tanto era impressionante la trasformazione che produsse sui suoi lineamenti. Ma scomparve così rapidamente com'era venuto. «Ora unisciti al resto del gruppo, Grayson, e comportati come richiede la tua posizione.»

Guardandola allontanarsi, Gerard scosse la testa. «Spero che l'infelicità di mia madre non ti abbia rattristato.»

«Impossibile, con te al mio fianco» rispose Isabel semplicemente, senza rendersi conto di quanto le sue parole lo avessero scosso nel profondo.

Lui impiegò un attimo per riprendersi e poi si lasciò sfuggire un sorriso.

Non c'erano dubbi: nulla poteva rovinargli la giornata.

«Lady Hammond non avrebbe dovuto metterci in coppia» mormorò Rhys, muovendosi velocemente lungo il sentiero boscoso.

«Il pensiero di fare la caccia al tesoro con te mi ha dato le vertigini» lo canzonò Abby. «Sono terribilmente dispiaciuta che tu non provi la stessa cosa.» L'occhiata di sbieco che lui le lanciò era così bollente, che si sentì bruciare la pelle.

«Non definirei "vertigini" la sensazione che provo.»

Le foglie secche scricchiolavano sotto i suoi stivali. Vestito in verde scuro, era straordinariamente bello. Ancora una volta, Abby si meravigliò che una creatura così spavaldamente mascolina potesse trovare qualcosa di eccitante in lei, ma era chiaro che per il marchese fosse così. Ed era molto turbata da questo fatto.

«Se fosse per me» borbottò ancora lui «ti trascinerei in quella radura e ti leccherei dalla testa ai piedi.»

Abby lo fissò, non avendo idea di ciò che una donna avrebbe dovuto rispondere a una dichiarazione del genere. Così guardò il foglio di carta che teneva con mano malferma e disse: «Dobbiamo trovare una pietra liscia. C'è un fiume là, dietro la curva».

«Il vestito che indossi mi disturba.»

«Ti disturba?» Era uno di quelli che le stavano meglio, di soffice mussola rosa con un nastro di raso bordeaux lungo il corpetto. L'aveva scelto apposta per lui, anche se non aveva abbastanza seno per riempirlo come si doveva.

«Perché so che basterebbe poco per liberarti i capezzoli, così potrei succhiarteli.»

Abby si mise una mano sul cuore, che batteva all'impazzata. «Oh, cielo! Sei proprio un impudente.»

Lui sbuffò. «Non quanto vorrei. Per esempio, mi piacerebbe bloccarti contro un albero e sollevarti le sottane.»

«Sollevarmi le...» Abby inciampò, mentre ogni fibra del suo corpo rispondeva alle immagini evocate da quelle parole. «Siamo in pieno giorno.»

Rhys, perso nei propri pensieri, avanzò di diversi passi prima di rendersi conto che lei era rimasta indietro. Si voltò nella sua direzione, i folti capelli che brillavano alla luce che filtrava fra gli alberi. «I tuoi capezzoli sono differenti alla luce del sole? Il tuo odore è diverso? La tua pelle meno morbida? La tua fica meno stretta e bagnata?»

Lei scosse la testa, incapace di parlare.

Rhys le indirizzò uno sguardo penetrante. «Domani mattina partirò Abby. Non posso rimanere qui e comprometterti ulteriormente. Si fidano a lasciarti da sola con me, ma è come fidarsi di un lupo messo a guardia di un agnello. È una perversione.»

Per quanto cercasse di tenere a mente il monito della madre Abby non ci riusciva. Il suo cuore soffriva. Sperava solo che non fosse evidente dall'esterno.

«Capisco» disse con voce atona, tutta la sua gioia precedente già svanita.

Perché quest'uomo l'attraeva così tanto?

Dopo averlo lasciato era rimasta nel proprio letto a ponderare la questione per ore. Alla fine aveva deciso che era una combinazione di molti fattori, alcuni esteriori, come il suo bell'aspetto e il suo indubbio fascino. E altri più profondi, come il fatto che lui apprezzasse le sue osservazioni su come gli uomini e le donne si relazionavano gli uni alle altre. Con lui non si sentiva maldestra. Si sentiva desiderabile, spiritosa e saggia. A Rhys sembrava meraviglioso che a lei piacesse risolvere equazioni scientifiche. Le aveva anche baciato le macchie d'inchiostro sulle dita, come se fossero un marchio di bellezza.

Rhys era famoso per il suo atteggiamento cinico e annoiato, ma i suoi sensi erano solo addormentati, non morti. Lei sapeva di poter essere l'elemento catalizzatore che l'avrebbe risvegliato, ma gli obblighi di Rhys verso il proprio titolo non gli avrebbero mai permesso di prenderla in considerazione.

Sarebbe stato meglio se fosse partito.

«Sarebbe meglio se te andassi.»

Lui la fissò per un lungo momento, immobile, così quando le balzò addosso e l'afferrò brutalmente, Abby fu colta del tutto alla sprovvista. Infilandole le mani nei capelli, la baciò con passione sfrenata, togliendole il fiato e la facoltà di pensare.

«Tu mi fai dimenticare chi sono» le disse con durezza contro le labbra. «Divento pazzo a vedere che mi respingi in questo modo.»

«Evidentemente, qualcosa ti ha fatto davvero diventare pazzo» sbottò una familiare voce femminile.

Rhys gemette. «Maledizione!»

«Solo voi, Trenton» asserì con voce strascicata lord Grayson «potevate rovinarmi la giornata.»

17

«Non so proprio cosa dirti Rhys» lo rimproverò Isabel, osservandolo dallo stretto sentiero.

Gray si chinò su di lei e mormorò: «Accompagnerò la nipote di Hammond a casa, così che tu possa discutere con Trenton in privato».

«Grazie.» I loro occhi s'incontrarono per un attimo e lei gli strinse la mano in segno di gratitudine. Lo osservò mentre prendeva sottobraccio la ragazza, ovviamente agitata, e la portava via. Quindi si girò verso Rhys. «Sei ammattito?»

«Sì. Dio, sì.» Diede un calcio alla radice di un albero che sporgeva leggermente dal terreno. Aveva l'espressione cupa.

«So che eri fuori di te quando abbiamo lasciato Londra, ma approfittare di quella bambina per il tuo...»

«Quella "bambina" ha la stessa età di tuo marito» sottolineò lui seccamente, facendola boccheggiare per l'orrore.

«Ooohhh...» Isabel si morse il labbro inferiore e cominciò a camminare avanti e indietro.

Di recente tendeva a dimenticare la differenza di età che c'era tra lei e Grayson. Quando si erano sposati, il fatto che lei fosse più vecchia aveva scatenato i pettegolezzi, ma era riuscita a ignorarli. Ora però si stava decisamente trastullando con un uomo più giovane, ma non poteva pensarci in quel preciso momento.

«Non ti azzardare a fare paragoni.» Isabel sollevò il mento. «Grayson è molto più esperto in materia, mentre è abbastanza ovvio che la signorina Abigail non lo sia.»

«Ero quasi riuscito a confonderti» brontolò Rhys.

«Ah!» Lei scosse la testa e poi aggiunse in tono più triste: «Ti prego, non dirmi che te la sei portata a letto».

Rhys curvò le spalle.

«Buon Dio!» Isabel smise di camminare e fissò il fratello come se fosse un estraneo. Il Rhys che lei conosceva non si sarebbe mai interessato a una giovane intellettuale. «Da quanto tempo va avanti?»

«L'ho incontrata a quella maledetta colazione a cui mi hai obbligato a partecipare» grugnì lui. «È tutta colpa tua.»

Isabel sbatté le palpebre. Andava avanti da tempo, non da un paio di giorni. «Sto tentando di capire, non di trovare un colpevole, chiaro?» aggiunse in fretta. «E non ci riesco.»

«Non chiedermi di spiegartelo. Quello che so è che se mi trovo a pochi metri di distanza da lei, il mio cervello smette immediatamente di funzionare. Sono diventato una lurida bestia in calore.»

«Per Abigail Stewart?»

L'occhiataccia che le lanciò la diceva lunga. «Sì, per Abigail. Dannazione, perché nessuno vede il suo valore? La sua bellezza?»

Con gli occhi spalancati Isabel lo studiò accuratamente, notando il rossore che gli colorava gli zigomi e la luminosità dei suoi occhi. «Sei innamorato di lei?»

Lo sguardo di stupore del fratello sarebbe stato comico se lei non fosse stata così turbata. «La desidero. L'ammiro. Mi piace parlare con lei. È amore questo?» Scosse la testa. «Un giorno sarò il duca di Sandforth e devo tenere conto di questo prima di considerare i miei desideri.»

«Allora che cosa ci facevi da solo con lei nel giardino? Questo sentiero è molto frequentato. Chiunque avrebbe potuto imbattersi in voi. E Hammond? Se fosse stato lui a scoprirvi abbracciati, cosa gli avresti detto per giustificarti di aver abusato in questa maniera della sua ospitalità e della sua fiducia?»

«Dannazione, Bella! Non lo so. Che altro posso aggiungere? Ho sbagliato.»

«Hai sbagliato?» ripeté Isabel rilasciando rumorosamente il fiato. «È per questo che sei venuto? Per stare con lei?»

«Non sapevo di trovarla qui, te lo giuro. Volevo distrarmi dal pensiero di lei. Ricordi che quando siamo arrivati ho dovuto chiederti chi fosse?»

«Ti aspetti che quella ragazza diventi la tua amante?»

«No! Mai» esclamò lui enfaticamente. «Abigail è molto simile a te... piena di sogni romantici. Non ho nessuna voglia di portarglieli via.»

«Eppure le hai preso la verginità che era destinata al suo grande amore.» Inarcò un sopracciglio. «O forse non era vergine?»

«Sì! Certo che lo era. Io sono stato il suo unico amante.»

Isabel non disse niente. La nota di orgoglio e di possessività nel tono del fratello erano evidenti a entrambi.

Rhys gemette e si strofinò il collo con la mano. «Parto domattina. La cosa migliore che possa fare, a questo punto, è starle lontano.»

«Non hai mai dato ascolto ai miei consigli, ma te li darò lo stesso. Considera con molta attenzione i tuoi sentimenti per la signorina Abigail. Avendo conosciuto sia la felicità che la disperazione nel corso dei miei due matrimoni, ti suggerisco vivamente di trovarti una moglie con cui ti piaccia trascorrere il tempo.»

«Vuoi dire che un'americana potrebbe diventare la duchessa di Sandforth?» domandò lui incredulo.

«Devi cambiare il tuo modo di pensare Rhys. Abigail è la nipote di un conte. E sono convinta che ci sia qualcosa di assolutamente straordinario in lei per averti fatto perdere la testa in questo modo. Se ti ci metti, sono sicura che riuscirai a mostrare questo suo lato a tutti quanti.»

Lui scosse la testa. «Sciocchezze romantiche, Bella.»

«È sicuramente saggio fare scelte oculate quando non c'è di mezzo il cuore, ma in un caso come questo penso che dovresti considerare con attenzione altri fattori.»

Accigliato, Rhys fissò il sentiero da cui se n'erano andati Gray e Abigail. «Nostro padre era davvero furioso quando scegliesti Pelham?»

«Mai come quando sposai Grayson, ma se n'è fatto una ragione.» Avvicinandosi, Isabel gli mise una mano sulla spalla. «Non so se la cosa ti sarà di conforto o no, ma per me è abbastanza evidente che lei ti adora.»

Rhys fece una smorfia e le porse il braccio. «Non so nemmeno io cosa provo al riguardo. Vieni, torniamo alla residenza. Devo avvertire il mio valletto di preparare le valigie.»

Quella sera nel salone degli Hammond l'atmosfera era deprimente. Rhys non era vivace come al solito. Abigail si mostrava coraggiosa, e a un occhio distratto non sarebbe sembrata diversa dal solito, ma Isabel poteva vedere la tensione che le faceva stringere le labbra. Accanto a lei sul divano, lady Ansell era ugualmente abbattuta, nonostante avesse vinto la caccia al tesoro.

«La vostra collana è davvero bella» mormorò Isabel, sperando di rallegrare la viscontessa.

«Grazie.»

Si conoscevano superficialmente da anni, benché dopo il suo recente matrimonio con il visconte, lady Ansell trascorresse la maggior parte del tempo viaggiando all'estero con il marito. Anche se non era una gran bellezza, la viscontessa era comunque una donna attraente, alta e dal portamento orgoglioso. Come risultava evidente a molti, il suo con Ansell era un matrimonio d'amore, che le illuminava gli occhi tanto da compensare il fatto che non possedesse una bellezza classica. Quella sera, tuttavia, quella luce non c'era.

Lady Ansell si voltò verso di lei, con il naso arrossato e le labbra tremanti. «Perdonate se sono inopportuna, ma verreste a fare una passeggiata con me in giardino? Se vado da sola, mio marito mi raggiungerà, e non posso sopportare di restare sola con lui in questo momento.»

Sorpresa e preoccupata dalla sua richiesta, Isabel annuì e si alzò in piedi. Indirizzò un sorriso a Gray per tranquillizzarlo, quindi uscì sulla terrazza. Mentre si avviava lungo i sentieri di ghiaia illuminati insieme alla statuaria bionda, Isabel rimase in silenzio, avendo imparato da tempo che talvolta bastava una presenza fisica a dare conforto, senza che ci fosse bisogno di parlare.

Alla fine la viscontessa esordì: «Mi dispiace moltissimo per la povera lady Hammond. È convinta che, nonostante la sua attenta pianificazione, questa festa sia di una noia mortale. Io ho fatto del mio meglio per divertirmi, davvero, ma temo che niente possa sollevarmi l'umore».

«La rassicurerò ancora una volta» mormorò Isabel.

«Sono certa che lo apprezzerà.» Sospirando, lady Ansell riprese: «Mi manca quella luce che ora vedo in voi. Mi chiedo se potrò mai riaverla».

«Ho scoperto che la felicità va e viene. Alla fine ci risolleviamo sempre dalle nostre pene. Succederà anche a voi. Ve lo garantisco.»

«Potete garantirmi che avrò un figlio?»

Sbattendo le palpebre, Isabel non seppe cosa rispondere.

«Mi dispiace, lady Grayson. Perdonate il mio tono brusco. Apprezzo sinceramente la vostra preoccupazione.»

«Forse parlare con qualcuno dei vostri affanni vi aiuterà a sopportarli» replicò lei. «Vi metto a disposizione il mio orecchio e la mia discrezione.»

«Ho parecchi rimpianti. Non penso che ci sia sollievo per questi.»

Per esperienza personale, Isabel sapeva che era vero.

«Quando ero più giovane» continuò la viscontessa «ero certa che non avrei mai trovato un marito adatto a me. Ero troppo eccentrica, e alla fine mi sono rassegnata a restare zitella. Poi ho conosciuto Ansell, che amava viaggiare tanto quanto piaceva ai miei genitori. Gli piaceva la mia originalità. Siamo piuttosto ben assortiti come coppia.»

«È vero» concordò Isabel.

Un debole sorriso addolcì la palpabile tristezza dell'altra donna. «Se solo ci fossimo incontrati prima, forse saremmo riusciti a concepire un figlio.»

Gelide dita ghermirono il cuore di Isabel. «Mi dispiace.» Era una frase inadeguata, ma fu tutto ciò che riuscì a dire.

«Il medico ha detto che forse ho aspettato troppo. Ho ventinove anni.»

«Ventinove...?» ripeté Isabel, deglutendo forte.

Un singhiozzo represso lacerò l'aria immobile della notte. «Voi avete circa la mia età; forse comprenderete.»

"Fin troppo bene."

«Ansell mi assicura che anche se avesse saputo che ero sterile, mi avrebbe comunque sposata. Ma io ho visto come guarda i bambini piccoli, il desiderio che gli brilla negli occhi. Arriva un momento in cui il bisogno di un uomo di avere dei discendenti è talmente forte da essere evidente anche agli altri. Il mio unico dovere come viscontessa era quello di dargli un erede e ho fallito.»

«No. Non dovete pensarlo.» Isabel si strinse le braccia intorno al corpo per reprimere un brivido improvviso. Tutta la gioia che aveva provato quel giorno l'abbandonò. Poteva davvero essere felice quando ormai aveva superato l'età per concepire una nuova vita?

«Questa mattina mi è arrivato il ciclo e Ansell è stato costretto a uscire dalla nostra stanza per nascondere lo sgomento. Ha detto che desiderava fare una cavalcata di primo mattino, ma in verità non sopportava di guardarmi. Lo so.»

«Lui vi adora.»

«Si può sempre rimanere delusi da coloro che adoriamo» sostenne lady Ansell.

Facendo un respiro profondo, Isabel pensò che anche per lei il tempo per rimanere incinta stava per scadere. Quando aveva bandito Pelham dal suo letto, aveva rinunciato al sogno di avere una famiglia tutta sua. Ne aveva pianto a lungo la perdita e poi aveva trovato la forza di andare avanti.

Adesso che il futuro le offriva nuove possibilità, il tempo le stava sfuggendo di mano e le circostanze la obbligavano ad aspettare ancora di più. La correttezza e il buon senso le imponevano di astenersi da una gravidanza finché non ci fosse più stato alcun dubbio che il padre del bambino era Grayson.

«Lady Grayson.»

La voce roca e profonda del marito alle sue spalle avrebbe dovuto spaventarla, ma non fu così. Fu assalita invece da un desiderio così intenso che quasi le fece piegare le ginocchia.

Girandosi, lei e lady Ansell trovarono i rispettivi mariti che sbucavano da un viottolo fiancheggiato da siepi di tasso in compagnia del loro ospite. Con le mani dietro la schiena, Gray era l'immagine del fascino predatorio. Aveva sempre fatto sfoggio del suo potere con invidiabile disinvoltura. Ora che sapeva di poter saziare i suoi desideri, per Isabel era anche più irresistibile. La sensualità della sua falcata e lo sguardo che le lanciò con gli occhi socchiusi le fecero venire l'acquolina in bocca, come alla maggior parte delle donne. La consapevolezza che lui fosse suo, che potesse averlo e avere i suoi figli le fece salire le lacrime agli occhi. Era semplicemente troppo.

«Miei signori» li salutò con voce roca, rimanendo incollata al lato di lady Ansell solo grazie alle buone maniere. Se avesse potuto, si sarebbe gettata immediatamente tra le braccia di Gray.

«Siamo stati inviati a cercarvi» spiegò lord Hammond con un sorriso incerto.

Dopo aver dato un rapido sguardo alla viscontessa per assicurarsi che avesse ritrovato la sua abituale compostezza, Isabel si unì agli uomini, grata di poter tornare in casa, dove le preoccupazioni riguardo ai bambini e i rimpianti sarebbero stati momentaneamente accantonati.

Il rumore della ghiaia che scricchiolava avvertì Rhys che qualcuno si stava avvicinando. Se avesse avuto qualche dubbio di aver fatto la scelta giusta, venne fugato quando vide Abby immersa nella luce della luna. Il battito accelerato del suo cuore e il desiderio quasi irrefrenabile di stringerla a sé gli confermarono che Bella aveva ragione: Abby era la persona con cui voleva trascorrere la vita.

«Sono andata nella tua stanza» esordì la ragazza a bassa voce, diretta come sempre.

Come adorava questo aspetto di lei! Dopo una vita trascorsa a dire ciò che ci si aspettava e ad ascoltare discorsi altrettanto inutili in risposta, era una gioia passare del tempo con una donna che non conosceva nessun artificio sociale.

«Sospettavo che l'avresti fatto» ribatté burbero, indietreggiando quando lei si fece avanti. Il colore dei suoi occhi non era visibile nella semioscurità, ma lui lo conosceva bene quanto il proprio. Sapeva come si scurivano quando gli si concedeva, e come brillavano quando rideva. Ricordava ogni macchia d'inchiostro sulle sue dita, e avrebbe potuto dire quali non c'erano l'ultima volta che l'aveva vista. «Ed ero sicuro che in quel caso ti avrei portata a letto.»

Lei annuì comprensiva. «Partirai domani.»

«Devo.»

La determinazione del suo tono ferì Abigail come un colpo di spada.

«Mi mancherai» gli disse.

Nonostante quelle parole fossero la verità, il tono casuale con cui le aveva pronunciate era falso. Il pensiero dei giorni interminabili che l'attendevano senza le carezze e la brama di Rhys era devastante. Anche se sapeva fin dall'inizio che sarebbe finita così, era del tutto impreparata al dolore della separazione.

«Tornerò da te appena possibile» rispose lui a bassa voce.

Il cuore di Abigail si fermò per un attimo. «Come, prego?»

«Vado a trovare mio padre domani. Gli spiegherò la situazione tra noi due, e poi rientrerò a Londra, dove ti corteggerò come avrei dovuto fare fin da principio.»

La "situazione".

«Oh, cielo!» Abby s'incamminò lentamente verso una panchina di marmo nelle vicinanze e si sedette, abbassando lo sguardo sulle dita che si stava tormentando. Dal momento in cui la voce di lady Grayson aveva interrotto il loro bacio, aveva temuto che sarebbe successo questo. Ciò che per lei non era stato altro che gioia e amore, ora sarebbe diventato un impegno a vita per Rhys. Non poteva permettergli di fare un sacrificio simile, soprattutto considerando che non sopportava di desiderarla tanto.

Lo guardò e riuscì a sorridergli dolcemente. «Pensavo fossimo d'accordo nel gestire la nostra storia in modo pragmatico.»

Lui si accigliò. «Se pensi che io abbia fatto qualcosa di pragmatico da quando ti ho incontrata, sei matta.»

«Sai cosa intendevo.»

«Le cose sono cambiate» ribatté Rhys burbero.

«Non per me.» Gli tese le mani, poi si bloccò e ricominciò a torcersele in grembo. Lui avrebbe notato ogni segno di debolezza. «Di certo, lord e lady Grayson ti assicureranno la loro discrezione, se glielo chiedi.»

«Ovvio.» Incrociò le braccia. «Che stai dicendo?»

«Non voglio essere corteggiata, Rhys.»

La guardò a bocca aperta. «E perché no?»

Abby scrollò ostentatamente le spalle. «Avevamo un accordo. Non sono disposta a cambiare le regole a questo punto.»

«Cambiare le regole...?»

«Ho apprezzato immensamente il tempo che abbiamo passato insieme e te ne sarò sempre grata.»

«Grata?» ripeté Rhys, fissando Abby confuso. Moriva dalla voglia di correre da lei, per stringerla e abbattere il muro che improvvisamente si ergeva tra loro, ma era troppo pericoloso.

«Sì, davvero.» Il suo sorriso era talmente bello che lo mandò in pezzi.

«Abby, io...»

«Per favore, non aggiungere altro.» Alzandosi in piedi, gli si avvicinò e gli posò le dita sul braccio teso. Il suo tocco lo bruciò attraverso il velluto della giacca. «Ti considererò per sempre un caro amico.»

«Un amico?» Rhys strizzò con furia gli occhi. Espirando l'aria, la fissò intensamente: le chiome scure strettamente raccolte, l'abito verde chiaro a vita alta, la dolce rotondità dei seni sopra la profonda scollatura. Tutto suo. Niente, nemmeno la maniera oltraggiosa in cui lo stava respingendo, l'avrebbe mai convinto del contrario.

«Per sempre. Mi concederai un ballo la prossima volta che c'incontriamo?»

Rhys deglutì forte. Erano un centinaio le cose che desiderava dirle... domande, rassicurazioni... ma il groppo che aveva in gola non le lasciava uscire. Dannazione! Mentre lui si era innamorato, Abby aveva voluto soltanto andare a letto con lui? Si rifiutava di crederlo. Nessuna donna poteva sciogliersi per un uomo come aveva fatto lei senza provare qualcosa di più profondo dell'amicizia.

Involontariamente scoppiò in un'aspra risata. Questa era proprio la punizione perfetta per un libertino impenitente, non c'era che dire.

«Allora, addio» dichiarò Abby, prima di voltarsi e andarsene con fretta eccessiva.

Affranto e confuso, Rhys si lasciò cadere sulla panchina, ancora calda del corpo di Abby, e abbandonò la testa fra le mani. Aveva bisogno di un piano. Non poteva essere la fine. Il suo respiro affannoso si ribellava a quella perdita. C'era qualcosa che non quadrava, e se fosse riuscito a pensare con sufficiente lucidità avrebbe scoperto cos'era. Era stato con abbastanza donne da sapere che Abby provava qualcosa per lui. Magari non era amore, ma sicuramente poteva diventarlo. Se era possibile conquistare Isabel, di certo anche Abigail poteva essere conquistata.

Assorto com'era nei propri pensieri, e nello stesso tempo impegnato a combattere una strisciante disperazione, non si rese conto di essere in piena vista finché Grayson non sbucò da dietro un albero. Arruffato e con i capelli pieni di foglie, il marchese di Grayson era uno strano spettacolo.

«Che state facendo?» mormorò Rhys.

«Sapete che in tutto questo giardino non sono riuscito a trovare una rosa rossa? Ci sono rose rosa e bianche, e anche di una tonalità rosso-arancione, ma non vero rosso.»

Facendo scorrere le dita tra i capelli, Rhys scosse la testa. «È per Isabel?»

«Per chi altri?» sospirò Grayson. «Perché vostra sorella non è il tipo pratico che io credevo?»

«Ho scoperto che la praticità delle donne è estremamente sopravvalutata.»

«Sì?» Grayson inarcò un sopracciglio, togliendosi la polvere di dosso mentre si avvicinava. «Devo dedurre che la situazione tra voi e la signorina Abigail non stia procedendo in modo soddisfacente?»

«A quanto pare non c'è nessuna "situazione"» ribatté secco il cognato. «Io per lei sono un "caro amico".»

Grayson trasalì. «Santo cielo!»

Rhys si alzò in piedi. «Considerando lo stato in cui versa la mia vita sentimentale, vi capirò se rifiuterete la mia offerta di aiutarvi con la vostra.»

«Accetterò tutto l'aiuto che potete darmi. Non ho nessuna intenzione di trascorrere la notte in giardino.»

«E io non ho nessuna intenzione di trascorrere la notte a struggermi, quindi ogni distrazione è la benvenuta.»

Insieme, si diressero verso la parte più fitta del giardino. Trenta minuti e molti graffi dopo, Rhys brontolò: «Questa faccenda dell'amore è insopportabile».

Aggrovigliato nei rami spinosi di una rosa rampicante, Grayson gridò: «Qui, qui».

18

In piedi sulla soglia che separava la sua camera dal salottino adiacente, Gerard osservava sua moglie che, con un occhio sul piccolo orologio di noce sulla mensola del camino, batteva il piede con impazienza borbottando un'imprecazione a mezza voce.

«Che linguaggio per una signora» disse strascicando le parole, tutto contento di esserle mancato. «Mi fa venire voglia di sesso.»

Isabel si girò verso di lui mettendo le mani sui fianchi. «Tutto ti fa venire voglia di sesso.»

«Non è esatto» sostenne lui, entrando nella stanza con un sorriso malizioso. «Tutto *di te* me ne fa venire voglia.»

Lei inarcò un sopracciglio. «Devo interpretare il tuo aspetto scarmigliato e la tua lunga assenza come una prova? Sembra che tu ti sia rotolato nei cespugli con una cameriera.»

Abbassando la mano a strofinarsi il pene eretto, lui rispose: «Potresti prendere questo come prova: dimostra che il mio interesse è riservato a te». Quindi allungò la mano che nascondeva dietro la schiena, rivelando un lungo stelo con un bocciolo di rosa rosso e perfetto. «Ma penso che troverai questo più romantico.»

Gerard vide gli occhi di Pel spalancarsi ed ebbe la certezza che, quanto a rose, quella che le porgeva era di una varietà di prim'ordine. Dopotutto, per sua moglie voleva solo il meglio.

Il sorriso di Isabel tremò leggermente e gli occhi color ambra luccicarono, facendogli scordare all'istante i graffi che gli facevano prudere il dorso delle mani.

Conosceva quello sguardo. Era lo sguardo infatuato che le giovani debuttanti gli avevano rivolto per anni. Vedendolo ora negli occhi di Isabel, la sua amica e la donna che tanto bramava, capì con chiarezza tutto quello che non aveva mai compreso a proposito del corteggiamento. Forse la maniera primitiva di rivendicare Pel come sua mancava di raffinatezza, ma almeno era sempre stato onesto con lei. «Voglio corteggiarti, conquistarti, sorprenderti.»

«Come puoi essere così rozzo un momento e così dolce quello dopo?» domandò lei scuotendo il capo.

«Ci sono dei momenti in cui sono sgradevole?» Si portò una mano al cuore. «Davvero sconsolante.»

«Sei delizioso coi rametti nei capelli» mormorò Isabel. «Hai fatto tutta questa fatica solo per me, e fuori dal letto, niente meno. Una ragazza potrebbe anche svenire.»

«Fai pure, ti prendo io.»

La sua risata rimise ogni cosa a posto, come sempre accadeva da quando l'aveva incontrata.

«Lo sai» sussurrò lui «che vedere te, vestita o svestita, addormentata o sveglia, mi ha sempre calmato?»

Isabel prese la rosa dalla sua mano e se la portò al naso. «"Calma" non è la parola che sceglierei per descriverti.»

«No? Quale sceglieresti allora?»

Mentre lei andava a mettere la rosa in un vaso, Gerard si tolse la giacca. Un colpo alla porta lo sorprese. Poi sentì Isabel dare istruzioni a una domestica affinché portasse dell'acqua calda per il bagno e annuì tra sé. Sua moglie era sempre stata in grado di anticipare le esigenze di un uomo.

«Stupefacente» asserì lei quando furono nuovamente soli. «Travolgente. Determinato. Implacabile. Questi aggettivi ti si adattano meglio.» Fermandosi di fronte a lui, gli aprì lentamente i bottoni intarsiati del panciotto. «Sfrontato.» Pel si leccò il labbro inferiore. «Seducente. Assolutamente seducente.»

«Sposato?» le suggerì.

Lei alzò lo sguardo per incontrare il suo. «Sì. Decisamente

sposato.» Facendogli scorrere le mani sul petto e sulle spalle, gli tolse l'indumento.

«Stregato» disse Gerard con voce roca per effetto del profumo e delle attenzioni della moglie.

«Cosa?»

«Stregato mi descrive alla perfezione.» Infilandole le mani nei capelli color rame, la tirò forte a sé. «Incantato.»

«Non trovi nessuna stranezza nella nostra improvvisa attrazione?» chiese lei con un tono che implorava una rassicurazione.

«È così improvvisa? Non riesco a ricordare un periodo in cui non abbia pensato che tu fossi perfetta per me.»

«Io ho sempre pensato che tu fossi la perfezione, ma non ho mai pensato che fossi perfetto *per me*.»

«Sì che l'hai pensato, altrimenti non mi avresti sposato.» Strofinò la bocca contro la sua. «Ma non credevi che fossi l'uomo perfetto da amare, e invece lo sono.»

«Dobbiamo proprio lavorare un po' sulla tua autostima» sussurrò Isabel.

Gerard le inclinò leggermente la testa per baciarla e le leccò le labbra. Quando la lingua della moglie guizzò per incontrare la sua, la rimproverò. «Lascia che ti baci. Tu limitati a prendere.»

«Allora dammi di più.»

Le labbra di Gerard s'incurvarono contro quelle di lei. Una donna che assecondava il proprio desiderio.

«Voglio spazzare via ogni traccia di qualsiasi altro bacio tu abbia mai ricevuto.» Circondandole la nuca con mani possessive, le seguì la curva vellutata del labbro superiore con la punta della lingua. «Voglio darti il tuo primo bacio.»

«Gerard» gemette lei tremando.

«Non avere paura.»

«Come posso evitarlo? Mi stai distruggendo.»

Le mordicchiò il tumido labbro inferiore e poi lo succhiò, chiudendo gli occhi mentre il suo sapore lascivo gli inondava i sensi. «Io ti sto ricostruendo, sto costruendo noi due. Voglio essere l'unico uomo di cui ricordi i baci.»

Facendole scivolare una mano fino al sedere, la spinse contro di sé. Con le braccia colme di seducente morbidezza, nelle narici un odore di fiori esotici e di eccitazione, in bocca il sapore intenso di lei, Gerard ebbe l'assoluta certezza che amava Isabel più di ogni altra cosa. Non aveva mai provato nulla di simile per nessuno e lei lo rendeva felice come non gli era mai successo nella vita. Assaporò le sue lacrime e seppe quello che lei ancora non riusciva a dire.

Stava per dirlo lui al posto suo quando udirono bussare alla porta e si separarono. Passò un'eternità di tempo prima che il bagno fosse pronto e i servitori potessero essere congedati, ma la sensazione delle dita di Pel che gli insaponavano i capelli e le spalle era valsa l'attesa. Gerard tuttavia notò il tremore delle sue mani e capì che doveva distoglierla dalle paure che la tormentavano fino al momento in cui avesse potuto portarla a letto. Là non avrebbero avuto difficoltà a ritrovare l'intesa. Con questo in mente, cercò di affrettare il processo.

«Ti andrebbe di spiegarmi che cosa ci facevate prima tu e lady Ansell in giardino?» le domandò allacciandosi la cintura della vestaglia e accettando il brandy caldo che gli offriva.

«Prendevamo un po' d'aria fresca?» Isabel si sedette su una sedia lì accanto.

Gerard andò alla finestra. «Puoi anche dirmi di farmi gli affari miei.»

«Fatti gli affari tuoi» ribatté lei con l'allegria nella voce.

«Ora sono curioso.»

«Lo sapevo.» Gerard la udì sospirare. «A quanto pare non riescono a concepire, e questo sta creando tensione tra loro.»

«Lady Ansell è sterile?»

«Sì, e il suo medico asserisce che è colpa dell'età avanzata.»

Gerard scosse la testa in segno di solidarietà. «Purtroppo Ansell è figlio unico, quindi l'onere della discendenza ricade interamente sulle loro spalle.» Prendendo un grosso sorso di brandy considerò quant'era fortunato ad avere dei fratelli. «Io e te non dovremo mai affrontare questo problema.»

«Immagino di no.»

Qualcosa nel tono della moglie gli fece torcere lo stomaco per l'apprensione, ma nascose il proprio disagio dandole la schiena e le chiese in tono indifferente: «Stai pensando a una gravidanza?».

«Non hai detto che speravi di costruire qualcosa di duraturo? Che cosa c'è di più duraturo che trasmettere il proprio lignaggio?»

«Il fatto di avere due fratelli in qualche modo mi solleva da quest'obbligo» rispose con prudenza Gerard, combattendo il tremore improvviso che lo scuoteva. Il pensiero di Isabel incinta lo terrorizzava come non mai. La sua mano sussultò violentemente, facendo ondeggiare il liquore nel bicchiere. Era solo grato che Pel, alle sue spalle, non potesse vedere quanto fosse sconvolto.

Emily.

La sua morte e quella del loro bambino lo avevano quasi distrutto, e non aveva mai amato Em come ora amava Isabel. Se fosse accaduto qualcosa a sua moglie, se l'avesse persa...

Chiuse gli occhi e si costrinse ad allentare la presa sul calice, prima di frantumarlo.

«Neghi che desideri avere un erede?» domandò Isabel alle sue spalle.

Gerard sospirò. Come diavolo doveva rispondere? Avrebbe rinunciato a tutto pur di avere un figlio da lei. Ma non avrebbe rinunciato a *lei*. Anche se una famiglia gli avrebbe dato la felicità più completa, gli risultava intollerabile anche solo contemplare il rischio che quella possibilità comportava.

«C'è qualche urgenza?» domandò alla fine, voltandosi a incontrare lo sguardo di Isabel per cercare forza nella sua determinazione. Lei gli si sedette vicino, la schiena dritta, le gambe pudicamente accavallate, la vestaglia drappeggiata sulle spalle che si apriva leggermente tra i seni. Un perfetto connubio di educazione impeccabile e carnalità. Perfetta per lui. Insostituibile.

Lei si strinse nelle spalle, il che gli diede un enorme sollievo: evidentemente aveva sollevato l'argomento solo per fare conversazione. «Non c'è nessuna fretta.»

Agitando la mano con un gesto incurante per liquidare la

questione, Gerard passò ad altro. «Spero che ti piacerà Waverly Park. Tra le residenze di famiglia è la più vicina a Londra, e una delle mie preferite. Se sei d'accordo, potremmo organizzarci per trascorrervi un po' di tempo.»

«Sarebbe meraviglioso» concordò lei.

Tra loro si era creata una distanza piena di tensione, sembravano due schermidori che si studiavano prima di affrontarsi. Gerard non lo sopportava.

«Mi piacerebbe ritirarmi adesso» mormorò osservandola da sopra il bordo del calice. Non c'era mai stata alcuna distanza tra loro a letto.

Un lieve sorriso le incurvò la bocca. «Non sei stanco dopo aver girovagato tra le siepi?»

«No.» Le si avvicinò con intenzioni evidenti.

Isabel sgranò gli occhi e la lieve curva delle sue labbra si trasformò nel sorriso invitante di una sirena. «Davvero delizioso.»

«Ti andrebbe di mordicchiarmi?» Gerard posò il bicchiere su un tavolo.

Isabel rise mentre l'afferrava alla vita. «Lo sai che capisco sempre quando hai un secondo fine?» Con la punta delle dita gli tracciò il contorno delle sopracciglia. «Hai il diavolo negli occhi.»

Lui le baciò la punta del naso. «Ti dispiace, volpacchiotta?»

«No. Mi piacerebbe davvero mordicchiarti.» Le sue dita esperte gli aprirono abilmente la vestaglia. «Ma ci sono così tante cose che mi tentano. Non so da dove cominciare.»

«Vuoi qualche suggerimento?»

Sfiorandogli il petto con le dita, Isabel inclinò la testa di lato come se stesse meditando e infine rispose: «Non è necessario». Guardò il suo uccello eretto. «Credo che sia evidente quale parte di te è più avida del mio tocco.»

Ogni fibra del corpo di Gerard, benché tesa nell'aspettativa, vibrò di piacere per la vicinanza di Isabel. La presenza di lei rendeva il mondo un posto migliore, anche se qualcuno avrebbe trovato sdolcinato quel sentimento.

Le sue labbra, così turgide e calde, gli premevano contro il collo, la lingua gli guizzava sulla pelle. «Mmh» mormorò

Isabel facendogli scivolare le mani sotto la vestaglia per accarezzargli la schiena. «Grazie per la rosa. Nessuno ha mai raccolto una rosa apposta per me.»

«Ne raccoglierei cento per te» replicò burbero. «Mille.»

«Tesoro mio. Una è più che sufficiente. È perfetta.»

Ovunque lei lo toccasse, Gerard si sentiva bruciare. Nessun'altra donna nella sua vita lo aveva amato così. Lo avvertiva da come lo sfiorava, dalla carezza del suo respiro sulla carne, dal modo in cui lei tremava e si eccitava solo guardandolo.

Le sue piccole mani erano dappertutto, accarezzandolo, stuzzicandolo. Isabel amava soprattutto i rilievi duri dei suoi muscoli.

Lo leccò su tutto il petto, mordicchiandolo coi denti, eccitandolo talmente che dalla punta del cazzo gli colò qualche goccia di seme. Inginocchiandosi, Pel ne seguì la scia luccicante con la lingua, facendolo fremere.

«La tua bocca farebbe resuscitare un morto» grugnì, affondando le dita nella sua chioma di fuoco. La guardò mentre gli stringeva la base del pene e lo indirizzava verso la bocca in attesa.

«E a un uomo che è più che vivo cosa fa?»

Prima che Gerard potesse riprendere fiato per rispondere, gli aveva inghiottito la punta protesa, avvolgendola in un calore liquido e bruciante. Lui chiuse gli occhi e il respiro gli si fece affannoso quando lei prese a succhiarlo con le labbra piene e voluttuose. Il sesso gli si gonfiò ancora di più e il sudore iniziò a imperlargli la pelle, mentre un fiotto di pura lussuria gli si diffondeva nella carne.

Nessuna delle donne che in passato l'avevano soddisfatto in quella maniera poteva competere con sua moglie. Per Isabel non era un dovere o un preludio al sesso. Per lei era una gioia in sé e per sé, qualcosa di cui godeva tanto quanto lui. Qualcosa che le riscaldava la pelle, le bagnava il sesso, le inturgidiva i capezzoli. Gemette insieme a lui, lo vezzeggiò con la lingua, palpeggiandogli il culo marmoreo.

Lei lo amava!

La pelle del suo cazzo era tesa, i testicoli gonfi, pronti a schizzare il dono della vita che non le avrebbe mai dato.

Fu quest'ultimo pensiero che quasi lo fece venire nella sua bocca impaziente. Isabel amava quando lui godeva in quella maniera, amava sentirlo fremere sulle gambe e gridare il suo nome. Ma amava anche quando lui la penetrava in profondità, grosso e duro com'era adesso, e in quel momento era ciò di cui Gerard aveva bisogno: essere dentro di lei. Finché morte non li avesse separati sarebbero stati insieme, solo loro due. Isabel era tutto ciò di cui lui aveva bisogno. Si augurava che lei provasse lo stesso per lui.

«Basta.» Spingendole via la testa, si sottrasse alla tentazione, il pene rosso e frustrato.

Isabel mise il broncio per protesta.

Gerard indietreggiò, sprofondò nel divano dal quale lei si era alzata, e con impazienza le fece segno di unirsi a lui. Sfilandosi la vestaglia, Pel si avvicinò in una nuvola di chiome fiammeggianti e i fianchi che ondeggiavano in modo seducente. Quindi salì sopra di lui, mettendoglisi a cavalcioni, le mani sulle spalle, i seni pieni che gli oscillavano davanti agli occhi.

Consumato dalla brama di lei, Gerard nascose il volto in quell'odorosa valle, inalando il suo profumo con ansiti profondi e disperati.

«Gerard» cantilenò lei, infilandogli le dita nei capelli umidi e massaggiandogli la cute. «Ti adoro.»

Incapace di parlare, Gerard voltò la testa e le passò la lingua sul capezzolo, poi lo prese tra le labbra e lo succhiò, come se potesse trarne tutto il sostentamento di cui la sua anima aveva bisogno. Lei gemette, un suono venato di dolore, e lui le sollevò il seno con la mano, per evitare di farle male. In quel momento notò quanto fosse pesante, e dolente, a giudicare dal gemito acuto di lei. E lui l'altra volta le era venuto dentro!

L'improvvisa fitta di panico che sentì gli tolse ogni vigore. Se Pel non avesse scelto quel momento per affondare su di lui con la sua fica bagnata, gli si sarebbe ammosciato, cosa che non gli era mai accaduta in ventisei anni.

«Ti ho fatto male?» riuscì a dire, tenendo la testa bassa per nascondere l'orrore. Sicuramente era troppo presto... Non poteva essere...

Isabel lo abbracciò più strettamente e iniziò a muoversi, miagolando mentre lo spingeva in profondità dentro di sé. «Sta per arrivarmi il ciclo» ansimò. «Non è niente.»

Il sollievo che lo invase fu così potente che dovette ricordarsi di respirare: sentiva ogni muscolo indolenzito, come prosciugato dalla marea del terrore che si ritirava. Strinse il corpo della moglie proteso verso il suo, mordendosi il labbro per mantenere una parvenza di controllo mentre lei si muoveva su di lui con un ritmo perfetto. I loro corpi si adattavano assolutamente l'uno all'altro, così come le loro personalità, i gusti, le simpatie e antipatie.

E lei lo amava. Gerard lo sentiva con una chiarezza e una sicurezza assolute. Nonostante tutti i suoi difetti e le sue mancanze, lei lo amava. Isabel gli aveva dato la gioia quando era certo che per lui non ce ne fosse più. Se l'avesse persa...

Sarebbe morto.

«Isabel...» Le poggiò le mani sulla schiena, godendo della sensazione dei suoi muscoli che si flettevano per lo sforzo. Su e giù, sua moglie si muoveva sul suo corpo con una consapevolezza di ciò che gli dava piacere che solo una donna innamorata poteva avere. Faceva sì che la loro unione fosse ben più che semplice sesso, più che una mera gratificazione carnale.

«Spostati un po' più in basso» gli ordinò. «Così.» Le labbra bagnate della sua fica gli scivolarono lungo il cazzo fino alla radice. «Ohhhh...»

La sentì stringersi deliziosamente, e un brivido di lussuria gli percorse la schiena, facendolo inarcare sul divano di damasco ricamato. «Oddio!»

«Bravo» lo lodò, conficcandogli le unghie nelle spalle. «Goditi la cavalcata.»

«Pel» ansimò Gerard, di nuovo preda della paura. «Non riesco a resistere.»

Non poteva venire nuovamente dentro di lei...

Lei si alzò e si abbassò con estrema grazia, il corpo flessuoso pieno di una quieta forza femminile. Era così stretta, così bollente e bagnata, Gerard sapeva che stava per perdere la testa, così come aveva perso il cuore.

«Vieni» la esortò, afferrandole i fianchi e spingendosi follemente dentro di lei. Un pugno di seta. Un guanto bruciante. «Vieni, dannazione!»

Impennandosi verso l'alto, Gerard l'abbassò contro di sé. Isabel emise un flebile grido e lasciò ricadere la testa all'indietro, contraendosi intorno al suo pene con la stessa suzione ritmica che poco prima aveva esercitato con la bocca.

Quando la sentì abbandonarsi, Gerard si ritrasse, prendendosi l'uccello in mano e pompando per far sgorgare il seme.

In preda a un piacere agonizzante, premette la guancia contro il cuore di Isabel, ascoltando il suo battito rapido e appassionato e nascondendo le lacrime nel sudore fragrante che le colava tra i seni.

19

Isabel apprezzò il tragitto fino a Waverly, nonostante la presenza della suocera. L'orgoglio con cui Gray le indicava i vari luoghi era evidente. Condividere quella gita e quel giorno con lui, creare nuovi ricordi, rinsaldava il loro legame. Lo ascoltò con vivida attenzione mentre parlava con la sua voce ruvida, osservando la luce nei suoi occhi e i suoi tratti animati.

Che differenza dal giovane apatico che l'aveva abbandonata tanto tempo prima! Quell'uomo era morto con Emily. Il marito che aveva ora al fianco era interamente suo e non aveva mai dato il suo cuore a nessun'altra. E anche se non gliel'aveva mai detto apertamente, sospettava che l'amasse.

Quella consapevolezza le illuminò la giornata, facendola sentire più leggera e rendendo il suo passo più sicuro. Se tra loro c'era amore avrebbero potuto superare qualsiasi difficoltà. Amare davvero significava accettare una persona con tutti i suoi difetti. Isabel sperava che fosse così anche per Grayson.

Quando la carrozza si fermò davanti alla residenza di Waverly Park, Isabel era pronta a incontrare la servitù. Quella formalità oggi avrebbe assunto un nuovo significato per lei. In passato non si era mai veramente sentita la marchesa di Grayson, e anche se non aveva alcun problema a esercitare l'autorità legata alla sua posizione sociale, non ne aveva mai tratto la soddisfazione che sentiva ora.

Nelle ore seguenti visitò la casa in compagnia dell'efficiente governante e notò la deferenza riservata alla madre di Gray, la quale non aveva difficoltà a lodare un domestico per un lavoro ben svolto, a differenza di quanto faceva con i propri figli. Nonostante ciò, i dignitosi complimenti che la vedova dispensava alla servitù lasciavano intendere che non era disposta a passare le redini a Isabel.

Terminato il giro, lei e la suocera andarono a sedersi nel salotto al piano superiore per un tè. La stanza, anche se un po' datata nelle decorazioni, era gradevole e riposante, nelle tonalità dell'oro e del giallo pallido. Per un po' riuscirono a conversare civilmente sulla gestione della casa, ma la tregua non durò a lungo.

«Isabel» esordì la vedova, in un tono che mise subito in allarme la nuora. «Grayson sembra determinato a considerarvi la sua marchesa.»

Sollevando il mento, lei rispose: «E io sono ugualmente determinata a sostenere quel ruolo al meglio delle mie possibilità».

«E ciò include abbandonare i vostri amanti?»

«Le mie relazioni non vi riguardano. In ogni modo, posso dirvi che il nostro matrimonio si fonda su solide basi.»

«Capisco.» La vedova le indirizzò un sorriso freddo. «E a Grayson non dispiace la prospettiva di avere un erede che non sia frutto dei suoi lombi?»

Isabel si bloccò con un biscotto a mezz'aria. «Come, prego?»

La madre di Gray strizzò gli occhi azzurri e la studiò da sopra il bordo della tazza a disegni floreali. «Grayson non ha obiezioni al vostro rifiuto di dargli dei figli?»

«Vorrei sapere perché credete che non voglia figli.»

«Siete piuttosto avanti con gli anni...»

«Non tocca a voi ricordarmi quanti anni ho» ribatté Isabel seccamente.

«Non avete mai mostrato il desiderio di diventare madre.»

«E voi che ne sapete? Non avete mai fatto lo sforzo di chiedermelo.»

La suocera appoggiò di nuovo tazza e piattino sul tavolo, prendendo tempo, prima di domandare: «Quindi volete dei figli?».

«Credo che la maggior parte delle donne abbia questo desiderio. Io non faccio eccezione.»

«Bene, mi fa piacere saperlo» commentò distrattamente l'altra.

Isabel osservò la donna di fronte a lei, cercando di capire quale fosse il suo vero scopo. Aveva di certo in mente qualcosa, anche se lei non riusciva a comprendere cosa.

«Isabel.» Il suono roco di quella voce che tanto amava la rassicurò immensamente.

Con un gran sorriso si voltò verso Gray, che stava entrando. I capelli scompigliati dal vento e le guance arrossate, era l'uomo più bello che avesse mai visto. L'aveva sempre pensato, ma ora che lo vedeva con gli occhi dell'amore le toglieva il fiato. «Sì, milord?»

«La moglie del vicario ha dato alla luce il sesto figlio oggi.» Le tese le mani e la fece alzare. «Una piccola folla si è riunita per congratularsi con i genitori. Qualcuno ha portato degli strumenti musicali, altri del cibo. In paese stanno facendo una piccola festa e mi piacerebbe molto prendervi parte con te.»

«Sì, sì!» L'eccitazione di Isabel era acuita dall'entusiasmo che vedeva in lui e le sue dita risposero con calore alla stretta del marito.

«Posso venire anch'io?» chiese sua madre, alzandosi.

«Dubito che vi possa piacere» rispose Gerard, distogliendo a fatica gli occhi dal volto raggiante di Pel. Poi fece spallucce. «Ma non ho obiezioni.»

«Dammi un momento per rinfrescarmi, per favore» disse Isabel dolcemente.

«Tutto il tempo che vuoi» la rassicurò. «Farò preparare il landò davanti all'entrata. Non è una gran distanza, ma non hai gli abiti adatti per una camminata.»

Isabel uscì dalla stanza con la consueta grazia. Gerard fece per seguirla, ma sua madre lo bloccò.

«Come saprai che i figli che ti darà saranno veramente tuoi?»

Gerard si girò lentamente. «Di che diavolo state parlando?»

«Non crederai davvero che ti sarà fedele, no? Quando rimarrà incinta, tutto il bel mondo si chiederà chi sia il padre.»

Gerard sospirò. Quando l'avrebbe lasciato in pace?

«Visto che Isabel non rimarrà mai incinta, la vostra disgustosa ipotesi non si avvererà mai.»

«Prego?»

«Mi avete udito bene. Dopo ciò che è capitato a Emily, come potete pensare che voglia rivivere la stessa esperienza? Michael o il figlio maggiore di Spencer erediteranno il titolo. Non metterò a rischio la vita di Isabel, visto che non è strettamente necessario.»

La madre sbatté le palpebre e poi scoppiò in un riso maligno. «Capisco.»

«Lo spero davvero.» Agitandole un dito davanti, Gerard aggiunse: «E non provate a incolpare mia moglie per una simile mancanza. È una *mia* decisione».

Lei annuì con insolita docilità. «Capisco perfettamente.»

«Bene» Gerard si girò e si avviò alla porta. «Partiremo tra poco. Se volete venire, fatevi trovare pronta.»

«Non temere, Grayson» disse la madre alle sue spalle. «Non me lo perderei per nulla al mondo.»

Il termine "festa" descriveva alla perfezione l'allegra riunione che si teneva nel prato di fronte alla piccola casa del vicario e alla chiesa adiacente. Sotto due immensi alberi si trovavano una ventina di persone che conversavano a voce alta e ballavano, e un vicario radioso.

Isabel regalò un gran sorriso a chiunque si avvicinasse alla carrozza per dare loro il benvenuto. Grayson la presentò con tutte le cerimonie del caso all'animato gruppo e fu salutata con grande entusiasmo.

Poi restò a guardare Gray mescolarsi alla gente. Parlò a lungo con gli uomini che avevano lavorato al suo fianco alla costruzione del muro di pietra, ricordandosi i nomi dei loro familiari e vicini, cosa che accrebbe la considerazione nei suoi riguardi. Prese in braccio i bambini e li fece volare in aria e si complimentò con alcune ragazze per i graziosi nastri che avevano nei capelli, trasformandole all'istante in ochette con la ridarella.

Per tutto il tempo Isabel ammirò il suo fascino da lontano, così profondamente innamorata da provare quasi un dolore fisico: sentiva un peso sul petto e una stretta al cuore. L'innocente infatuazione che aveva nutrito per Pelham non era nulla al confronto della felicità completa che aveva trovato accanto a Grayson.

«Suo padre aveva lo stesso carisma» commentò la vedova di fianco a lei. «Gli altri miei figli non ne sono altrettanto dotati e temo che le loro mogli contribuiranno a diluire ulteriormente questo tratto. È un peccato che Grayson non lo trasmetterà, visto che ne possiede così in abbondanza.»

Isabel era così di buon umore che non dovette nemmeno sforzarsi di soffocare l'abituale irritazione che la suocera le suscitava. «Chi può immaginare le caratteristiche di un bambino quando non è stato neppure ancora concepito?»

«Visto che Grayson mi ha appena assicurato che non ha intenzione di mettere al mondo dei figli con voi, posso affermare con certezza che non trasmetterà le proprie caratteristiche.»

Isabel diede un'occhiata di traverso alla suocera. Il viso ancora gradevole protetto dalla tesa del cappellino non mostrava segni dell'animo velenoso che si nascondeva dietro quella facciata. Però Isabel lo vedeva bene.

«Di cosa state parlando?» domandò in tono aggressivo, girandosi per affrontare la sua antagonista. Già sopportava a fatica le sue critiche velate, ma un attacco così scoperto era davvero troppo.

«Mi sono congratulata con Grayson perché ha deciso di perpetuare il titolo, com'è suo dovere.» La vedova abbassò il mento, nascondendo gli occhi e lasciando tuttavia intravedere il ghigno compiaciuto delle labbra sottili. «Ma lui mi ha subito assicurato che Emily è stata l'unica donna che avrebbe mai portato in grembo un figlio suo. L'amava ed è insostituibile.»

Lo stomaco di Isabel si contrasse all'improvviso, al ricordo di quanto Gray fosse felice per la gravidanza di Em. Ripensando ai giorni passati insieme, non riusciva a rammentare una sola volta in cui Grayson avesse accennato di volere figli da lei. Anche la notte prima aveva evitato di affrontare l'argomento, limitandosi a dire che il compito di generare un erede sarebbe toccato ai suoi fratelli. «State mentendo.»

«Perché dovrei mentire su una cosa che può essere confutata così facilmente?» disse la suocera con falsa innocenza. «Onestamente, Isabel, siete una coppia piuttosto mal assortita. Comunque, se sarete in grado di mettere da parte il desiderio di avere figli vostri e di accettare il fatto che l'erede dei Grayson sarà messo al mondo da un'altra donna, potreste anche riuscire a trovare un po' di felicità.»

Isabel strinse i pugni e combatté l'impulso di graffiarla come una gatta furiosa. O di scoppiare a piangere. Non riusciva a decidersi. Ma sapeva che entrambe le reazioni avrebbero solo dato un vantaggio alla vedova. Quindi si sforzò di sorridere e scrollò le spalle. «Sarò felice di dimostrarvi che avete torto.»

Allontanandosi, si rifugiò dietro un tronco d'albero. Lì, lontana da occhi curiosi, si accasciò contro la dura corteccia, senza curarsi di sporcarsi o di strappare l'abito. Tremava. Ma poi strinse i pugni e prese qualche respiro profondo. Non poteva assolutamente farsi vedere in quello stato.

Nonostante il suo cuore le dicesse di fidarsi di Grayson, di convincersi che a lui importasse di lei e della sua felicità, una vocina dentro di lei continuava a ricordarle quello che era successo con Pelham.

«Isabel?» Grayson la raggiunse sotto l'ombra dell'albero. Sembrava preoccupato.

«Sì, mio signore?»

«Stai bene?» le chiese, avvicinandosi. «Sei pallida.»

Isabel fece un gesto con la mano per indicare che era una cosa di scarsa importanza. «Tua madre sta di nuovo seminando zizzania. Non è niente. Dammi un momento per riprendermi.»

Il ringhio di Gerard la confortò, era quello di un uomo pronto a difendere la sua compagna. «Che ti ha detto?»

«Bugie, bugie e ancora bugie. Che altro le rimane? Tu e io siamo uniti e dividiamo lo stesso letto, quindi la sola cosa con cui poteva ferirmi era il tema dei figli.»

Grayson s'irrigidì visibilmente, cosa che lei notò con apprensione. «I figli?» domandò lui brusco.

«Sostiene che non ne vuoi da me.»

Grayson rimase a lungo immobile, quindi fece una smorfia. Il cuore di lei smise di battere e le salì in gola.

«È vero?» Si portò una mano al seno. «Gerard?» insistette non ricevendo risposta.

Lui distolse lo sguardo. «Voglio darti tutto ciò che desideri. Voglio farti felice.»

«Ma niente figli?»

Grayson serrò la mascella.

«Perché?» gridò lei, col cuore spezzato.

Sollevando lo sguardo verso la moglie, lui mormorò: «Non voglio perderti. Non posso perderti. Rischiare che tu muoia di parto non è...».

Barcollando, Isabel si coprì la bocca.

«Santo Iddio, non mi guardare così, Pel! Possiamo essere felici anche da soli.»

«Lo pensi davvero? Mi ricordo la gioia che provasti quando Emily rimase incinta. Mi ricordo il tuo entusiasmo.» Isabel scosse la testa, premendosi le dita contro il labbro inferiore per fermarne il tremore. «Io volevo darti tutto questo.»

«Ti ricordi anche del mio dolore?» la interrogò, sulla difensiva. «Il sentimento che provo per te è più forte di quello che ho mai provato per chiunque. Perderti mi ucciderebbe.»

«Pensi che io sia troppo vecchia per te.» Incapace di sopportare la vista del suo tormento, che rifletteva il proprio, si allontanò da lui.

«Non ha nulla a che fare con l'età.»

«Invece sì.»

Gray le afferrò un braccio. «Ti ho promesso che sarei stato tutto per te e lo sarò. Posso renderti felice.»

«Lasciami» ordinò lei a bassa voce, incontrando il suo sguardo. «Ho bisogno di stare da sola.»

Gli occhi azzurri di Gerard si riempirono di frustrazione e di paura, e anche di rabbia. Nessuno di questi sentimenti le fece effetto. Era insensibile: era così che aveva imparato a difendersi quando qualcuno la feriva a morte.

Niente figli.

Premendosi una mano sul petto dolorante, cercò di liberare il braccio ancora stretto nella presa di Gerard.
«Non posso lasciarti andare così, Pel.»
«Non hai altra scelta» rispose lei semplicemente. «Non puoi trattenermi con la forza davanti a tutta questa gente.»
«Allora verrò con te.»
«Voglio stare da sola» ripeté lei.
Gerard fissò sua moglie, all'improvviso così fredda, e avvertì una distanza tanto profonda tra loro da sembrare insormontabile. Fu preso dal panico e il respiro gli si fece affannoso. «Per l'amor di Dio, non hai mai detto di volere dei figli. Mi hai fatto promettere di non venirti mai dentro!»
«Questo era prima che tu trasformassi il nostro accordo temporaneo in un matrimonio permanente!»
«Come diavolo facevo a sapere che i tuoi sentimenti al riguardo erano cambiati?»
«Che stupida sono stata!» I suoi occhi sembravano fuoco ambrato. «Avrei dovuto dirti: "Senti un po', prima che m'innamori di te e voglia dei figli, hai per caso qualche obiezione in proposito?".»
"Prima che m'innamori di te..."
In qualsiasi altro momento quelle parole l'avrebbero fatto sentire in paradiso. Ora invece lo ferirono profondamente. «Isabel» sospirò lui, attirandola a sé. «Anch'io ti amo.» Lei scosse la testa. «No!» E lo respinse con una mano. «Questa è l'ultima cosa che voglio sentire da te. Volevo essere tua moglie in tutti i sensi, volevo provarci, ma tu me lo neghi. Non ci rimane nulla ora. Nulla!»
«Di che diavolo stai parlando? Io ho te e tu hai me.»
«No, non è così» asserì lei, con una decisione tale che a Gerard si strinse la gola, togliendogli l'ossigeno. «Hai fatto in modo che ci spingessimo oltre l'amicizia, e non possiamo più tornare indietro. E ora...» Isabel represse un singhiozzo. «Ora non posso fare l'amore con te, quindi non abbiamo più neppure un matrimonio.»
A Grayson si gelò il sangue e sentì il cuore che rallentava. «Cosa?»

«Non sopporterei di vederti infilare un preservativo o uscire da me prima di eiaculare. Ti odierei ogni volta. Sapere che non vuoi un figlio da me...»

Prendendola per le spalle, Gerard provò a scuoterla per vedere se serviva a farle riacquistare il buon senso. Isabel rispose dandogli un calcio negli stinchi e costringendolo a lasciare la presa, allibito. A quel punto lei si mise a correre verso il landò e lui cercò di seguirla quanto più velocemente possibile, senza dare nell'occhio. Proprio mentre Isabel balzava sul veicolo, sua madre incrociò il suo cammino.

«Strega!» ringhiò lui, afferrandola per un gomito e strattonandola da un lato. «Quando oggi ripartirò vi lascerò qui.»

«Grayson!»

«Questa proprietà vi piace, quindi non fate quella faccia orripilata.» La sua aria minacciosa costrinse la donna a fare un passo indietro. «Serbate il terrore per il giorno in cui mi vedrete di nuovo. E pregate perché quel giorno non arrivi mai, perché vorrà dire che Isabel non mi avrà ripreso con sé. Se questo dovesse accadere, nemmeno Dio in persona potrà salvarvi dalla mia vendetta.»

La spinse via e seguì il landò a piedi, ma il suo cammino venne ripetutamente rallentato dalle persone che incontrava. Quando finalmente arrivò a casa, Pel aveva già preso la carrozza da viaggio e se n'era andata.

Sforzandosi di dominare la paura quasi paralizzante di aver perso per sempre l'amore di Isabel, Gerard sellò un cavallo e partì all'inseguimento.

20

Rhys attendeva nel corridoio dell'ala che ospitava le stanze di Abby. Camminava nervosamente su e giù tirandosi la cravatta, ma il suo sguardo non lasciava mai la porta della camera di Abby. La carrozza lo stava aspettando di fronte alla casa, i servitori stavano caricando il suo bagaglio. Di lì a poco sarebbe dovuto partire, ma si rifiutava di andarsene senza aver prima parlato con lei.

Ci aveva provato per tutta la mattina senza risultato. Aveva tentato di sedersi vicino a lei a colazione, ma la ragazza era stata svelta a scegliere un posto con ospiti da entrambi i lati. Evitandolo volutamente.

Sospirando con impazienza, sentì la serratura della porta aprirsi e poco dopo Abigail uscì. Rhys si affrettò a raggiungerla.

«Abby!» Mentre si avvicinava a grandi passi, notò il piacere illuminarle gli occhi, ma subito dopo lei abbassò le palpebre per nascondere le proprie emozioni.

Quella dannata ragazzina stava macchinando qualcosa, e lui sarebbe andato a fondo della faccenda, perdio! Farlo innamorare di lei solo per poi mollarlo: era sempre stata questa la sua intenzione? Adesso ci avrebbe pensato lui a farle cambiare idea.

«Lord Trenton. Come state questa... oh!»

Rhys l'afferrò per un gomito, trascinandola lungo il corridoio fino alle scale per la servitù. Si fermò sul piccolo pianerottolo e la guardò, notando che aveva le labbra aperte. Prima che potesse protestare, l'attirò a sé e la baciò, avventandosi sulla sua bocca quasi con disperazione. Aveva bisogno di vederla rispondere, contraccambiare il bacio, tanto quanto aveva bisogno di respirare.

Quando la sentì gemere e abbandonarsi contro di lui, dovette reprimere un grido di trionfo. Sapeva di panna calda e miele, un gusto semplice che gli accendeva i sensi e faceva del mondo un posto nuovo e migliore. Dovette farsi forza per staccarsi dalle sue labbra, dopo aver passato una notte tormentata e insonne senza di lei.

«Ci sposeremo» le disse bruscamente.

Abby sospirò, tenendo gli occhi chiusi. «Perché hai voluto rovinare un addio perfetto con queste sciocchezze?»

«Non sono sciocchezze!»

«Sì, che lo sono» insistette lei, scuotendo la testa mentre lo guardava. «Non ho intenzione di accettare, quindi ti prego di smetterla.»

«Tu mi desideri» si ostinò lui, mentre con il pollice le accarezzava le labbra gonfie.

«Per il sesso.»

«È abbastanza.» Non era vero, ma se avesse potuto averla ogni volta che voleva, forse sarebbe riuscito a recuperare la capacità di pensare razionalmente. E allora avrebbe potuto escogitare un piano per conquistarla. Grayson si era avviato lungo lo stesso percorso. Non avrebbe dovuto fare altro che seguire la scia di rami spezzati.

«No, non è vero» si oppose lei gentilmente.

«Hai un'idea di quante unioni siano completamente prive di passione?»

«Sì» rispose Abby, posandosi una mano sul cuore. «Ma non credo che la passione sarà sufficiente a sopportare tutte le malignità che ti scaglieranno contro per aver preso in moglie un'americana.»

«Al diavolo tutti» brontolò lui. «Noi non abbiamo solo la passione, Abby. Tu e io andiamo d'accordo. Godiamo della reciproca compagnia anche fuori dal letto. Ed entrambi amiamo i giardini.»

Abby sorrise e il cuore di Rhys sobbalzò. Ma subito dopo lei lo ruppe in mille pezzi. «Voglio l'amore, e non mi accontenterò di nulla di meno.»

Rhys deglutì a fatica. Era ovvio che lei non lo amava, ma sentirglielo ammettere ad alta voce era straziante.

«L'amore può sempre arrivare.»

Il labbro di Abby tremò sotto il suo pollice. «Non voglio correre il rischio che non arrivi. Devo sentirlo, Rhys, per essere felice.»

«Abigail» sospirò lui, premendo la guancia contro la sua. Avrebbe potuto farla innamorare, se solo lei gliene avesse dato l'opportunità. Sfortunatamente, prima che potesse insistere di nuovo, una porta si aprì al piano inferiore e le voci di due domestiche che conversavano salirono fino a loro.

«Addio, milord» sussurrò Abby. Si sollevò in punta di piedi e gli diede un bacio dolceamaro. «Riservami quel ballo.»

Poi se ne andò, e all'improvviso Rhys avvertì un vuoto, tra le braccia e nel cuore.

Arrivando nel vialetto d'entrata della tenuta degli Hammond, Isabel fu subito sollevata nel vedere la carrozza nera di Rhys in procinto di partire. Dopo aver trascorso l'ultima ora a inzuppare di lacrime il fazzoletto per la fine del proprio matrimonio e per i propri sogni infranti, aveva bisogno di piangere sulla spalla del fratello e di chiedergli consiglio su come comportarsi.

«Rhys!» urlò scendendo i gradini con l'aiuto di un lacchè e correndo verso di lui.

Lui si girò, una mano sul fianco, l'altra sollevata a massaggiarsi il collo. Aveva un'aria orgogliosa e accigliata, con la capigliatura color mogano nascosta dal cappello e le lunghe gambe inguainate dai pantaloni. Per il cuore amareggiato di Isabel, la sola vista del fratello fu un conforto.

«Bella? Credevo te ne fossi andata. Cos'è successo? Hai pianto!»

«Vengo a Londra con te» rispose lei con voce rauca. «Sarò pronta in pochi minuti.»

Guardando alle sue spalle, Rhys le chiese: «Dov'è Grayson?».

Lei scosse furiosamente la testa.

«Bella?»

«Non cominciare» mormorò lei, abbassando lo sguardo perché la compassione e la preoccupazione che avvertiva nel fratello minacciavano di provocare un altro fiume di lacrime. «Non voglio mettermi a piangere di fronte alla servitù. Ti racconterò tutto dopo che mi sarò rinfrescata e avrò trovato la mia cameriera.»

Rhys imprecò tra sé e sé e si aggiustò il cache-col. «Fa' in fretta» borbottò, dando un'occhiata ansiosa alla porta principale. «Senti, non vorrei mostrarmi insensibile, ma non ti posso dare più di dieci minuti.»

Isabel annuì e corse in casa. Dieci minuti non sarebbero bastati per raccogliere tutto quello che aveva portato con sé, quindi si rinfrescò il viso con l'acqua, prese lo stretto necessario per affrontare un lungo viaggio e lasciò un messaggio a Grayson, affinché si occupasse del resto delle sue cose.

Suo marito poteva comparire da un momento all'altro e a quella prospettiva si sentì torcere lo stomaco. Era ansiosa, stranita, senza fiato. Il suo mondo stava girando a vuoto, senza il perno stabile che pensava di aver trovato in Gray. Avrebbe dovuto capire che le mancava qualcosa. Era solo lei la responsabile di quell'oppressione al petto che le dava il capogiro. La verità era sempre stata lì davanti ai suoi occhi: era troppo vecchia per Gray e lui era convinto che il suo corpo non avrebbe saputo dargli i figli che desiderava. Se fosse stata più giovane, di certo non si sarebbe preoccupato in quel modo per i rischi che una gravidanza comportava.

«Andiamo» ordinò a Mary, e insieme seguirono il lacchè che le portava la borsa da viaggio giù per le scale.

Rhys aspettava all'ingresso, camminando su e giù senza requie. «Ci hai messo un'eternità, perdiana» borbottò facendo un gesto alla domestica affinché salisse sulla carrozza dei servitori lì di fianco. Poi prese Isabel per un braccio e la condusse verso il veicolo in attesa. Aprì lo sportello e quasi la spinse dentro.

Lei dovette aggrapparsi alle pareti per rimanere in piedi e quando sollevò la testa, capì la ragione della fretta di suo fratello. Due occhi azzurri con pagliuzze dorate la fissavano da sopra un bavaglio.

«Santo cielo!» esclamò Isabel, ritraendosi velocemente. Si guardò in giro per individuare possibili testimoni, quindi chiese in tono esasperato: «Cosa ci fa la signorina Abigail legata e imbavagliata come una faraona nella tua carrozza?».

Rhys sospirò e si mise le mani sui fianchi. «Questa disgraziata ragazza non vuole sentire ragioni.»

«Cosa?» fece lei, assumendo la stessa posizione. «E il tuo comportamento ti sembra ragionevole? Il futuro duca di Sandforth che rapisce una giovane nubile!»

«Che altro avrei dovuto fare?» le rispose. Poi, tendendo una mano verso di lei, domandò: «Avrei dovuto semplicemente andarmene quando mi ha rifiutato?».

«Quindi la obbligherai a sposarti compromettendola? E ti sembra un buon fondamento per un'unione duratura?»

Rhys fece una smorfia di dolore. «La amo, Bella. Non posso immaginare di vivere senza di lei. Dimmi cosa devo fare.»

«Oh, Rhys!» Isabel ricominciò a piangere. «Non credi che se fossi capace di far nascere l'amore dove non c'è, l'avrei fatto con Pelham?»

Forse si trattava di una terribile maledizione di famiglia.

Isabel aveva tanto sperato che suo fratello trovasse la felicità. Il suo povero cuore si spezzò di nuovo nello scoprire che Rhys si era innamorato di una donna che non lo ricambiava.

Un calciare furioso all'interno della carrozza richiamò la loro attenzione. Quando Rhys fece per salire, Isabel gli sbarrò la strada. «Lasciala a me. Mi sembra che tu abbia già fatto abbastanza per oggi.»

Sollevò le gonne e si arrampicò sulla scaletta. Si sedette sul sedile di fronte a Abby, si sfilò i guanti e cominciò ad allentare il bavaglio da cui provenivano le proteste attutite della ragazza, inframmezzate ai continui brontolii di Rhys sulle "donne impossibili".

«Per favore, non gridate quando ve lo toglierò» la pregò

cortesemente mentre cercava di sciogliere il nodo. «So che lord Trenton vi ha trattato in modo abominevole, ma ci tiene veramente a voi. È solo confuso. Non...»

Abigail si contorse freneticamente appena il bavaglio venne via. «Le mani, milady! Liberatemi le mani!»

«Sì, subito.» Isabel si asciugò le lacrime che le bagnavano le guance e svolse la stoffa morbida che tratteneva i polsi di Abigail.

Appena ebbe le braccia libere, la ragazza, si catapultò fuori dalla carrozza finendo addosso a Rhys. Il suo fisico possente assorbì facilmente il colpo, anche se gli volò via il cappello.

«Abby, ti prego!» la implorò mentre lei lo colpiva inutilmente sulle spalle. «Devo averti. Arrenditi. Ti farò innamorare di me, te lo prometto.»

«Sono già innamorata di te, idiota!» singhiozzò lei.

Rhys si scostò, sorpreso. «Cosa? Ma hai detto che volevi solo... Maledizione, allora mi hai mentito!»

«Mi dispiace.» Rimase con i piedi penzoloni quando lui la sollevò tra le braccia.

«Perché diavolo non vuoi sposarmi allora?»

«Non hai mai detto di provare lo stesso per me.»

Rhys la mise giù e si passò una mano sul viso. «Ma perché un uomo dovrebbe voler sposare una donna che lo fa impazzire se non l'amasse?»

«Credevo che volessi sposarmi solo perché ci avevano visti mentre ci baciavamo.»

«Santo cielo!» Rhys socchiuse gli occhi. «Mi farai morire.»

«Dillo ancora» lo implorò lei, le labbra premute contro la sua guancia.

«Ti amo da impazzire.»

Isabel guardò altrove, portandosi un fazzoletto nuovo al viso. «Scaricate le sue valigie» ordinò al lacchè più vicino, che si affrettò a eseguire. Si accomodò sul sedile, reclinò la testa all'indietro e chiuse gli occhi, anche se ciò non impedì alle lacrime di sgorgare.

Forse la maledizione di famiglia si era accanita solo su di lei.

«Bella.»

Lei aprì gli occhi e guardò Rhys, che si sporgeva dentro la carrozza.

«Rimani» la pregò a bassa voce. «Raccontami tutto.»

«Ma è così fastidioso quando le donne cominciano a parlare dei loro sentimenti» rispose lei con un sorriso sbiadito.

«Non cercare di fare dello spirito. Non dovresti restare da sola in questo momento.»

«Voglio restare da sola, Rhys. Rimanere qui e fingere che vada tutto bene per me sarebbe una tortura.»

«Che diavolo è successo tra te e Grayson? Il suo desiderio di conquistare il tuo amore era sincero, ne sono certo.»

«Infatti c'è riuscito.» Piegandosi in avanti, aggiunse in fretta: «Tu hai corso un rischio per amore e sei stato meravigliosamente ricompensato. Promettimi che metterai sempre l'amore al primo posto, come hai fatto oggi. E non sottovalutare mai la signorina Abigail».

«Ti prego di non parlare per enigmi, Bella» la rimproverò lui. «Sono un uomo. Non capisco il linguaggio femminile.»

Isabel mise una mano sulla sua, appoggiata alla maniglia. «Devo andarmene prima che arrivi Grayson. Ne riparleremo quando tornerai a Londra con la tua fidanzata.»

Fu quella parola a convincerlo. Doveva rimanere e parlare con gli Hammond. Lei sarebbe sopravvissuta, come sempre.

«Lo prendo come un impegno, Bella» la avvertì.

«Certamente» rispose lei rivolgendogli un sorriso incerto. «Sono così contenta per te. Non approvo i tuoi metodi» lo ammonì «ma sono contenta che tu abbia trovato la donna giusta. Ti prego di scusarmi con lei. Non ne ho avuto il tempo.»

Rhys annuì. «Ti voglio bene.»

«Oddio, stai diventando bravo a dirlo, eh?» Isabel tirò su col naso e si asciugò gli occhi. «Ti voglio bene anch'io. Ora lasciami andare.»

Rhys si ritrasse e chiuse lo sportello. La carrozza partì, lasciandosi alle spalle quella casa dove era stata così felice, anche se per poco tempo, e di cui avrebbe sempre serbato il ricordo.

Isabel si rannicchiò in un angolo e pianse.

Gerard galoppò all'impazzata fino al cancello della tenuta degli Hammond. Fermatosi davanti ai gradini dell'entrata, smontò da cavallo e porse le redini a un sorpreso aiutante stalliere. Infischiandosene del decoro, corse su per le scale fino alle proprie stanze... solo per scoprire che sua moglie se n'era andata lasciandogli uno scarno biglietto in cui gli chiedeva di inviarle le sue cose. Fu come ricevere un colpo.

Realizzando finalmente quanto fosse ferita, si lasciò cadere sulla sedia più vicina, la missiva di Pel stretta in pugno. Era stupefatto, incapace di comprendere cosa fosse successo alla felicità che avevano condiviso solo qualche ora prima.

«Cos'è accaduto?» domandò una voce dalla porta che dava sul corridoio.

Sollevando lo sguardo, Gerard vide Trenton appoggiato allo stipite. «Non ne ho idea» sospirò. «Sapevate che Isabel vuole avere dei figli?»

Trenton arricciò le labbra. «Non ricordo di averne mai discusso con lei, ma la cosa non mi sorprende. È un'inguaribile romantica. E dubito che per una donna ci sia qualcosa di più romantico che creare una famiglia.»

«Come ho fatto a non capirlo?»

«Non lo so. Perché avere figli dovrebbe essere un problema? Sicuramente lo desiderate anche voi.» Trenton entrò nella stanza, sistemandosi sulla sedia di fronte a Gerard.

«La donna di cui un tempo ero innamorato è morta di parto» mormorò Gerard, fissando la propria fede nuziale.

«Ah, sì. Lady Sinclair.»

Gerard alzò gli occhi, risentito. «Come diavolo può chiedermi di affrontare nuovamente un'esperienza simile? La sola idea di vederla incinta mi riempie di terrore. La realtà mi ucciderebbe.»

«Capisco.» Appoggiandosi allo schienale della sedia, Trenton accavallò le gambe ed emise un mormorio pensoso. «Perdonatemi se affronto un tema così delicato, ma non sono cieco. Nelle settimane seguite al vostro ritorno ho notato dei lividi sul corpo di Isabel. E occasionalmente dei segni di denti e dei graffi. Il che mi induce a pensare che non siete particolarmente moderato nel soddisfare i vostri appetiti. E a un certo punto dovete aver concluso che lei fosse in grado di sopportare un ardore simile...»

«Diamine, è davvero imbarazzante parlare di queste cose...»

«Ma ho ragione o no?» insistette Trenton. Quando Gerard rispose con un cenno affermativo del capo, aggiunse: «Se la memoria mi assiste, lady Sinclair era di corporatura minuta e delicata. In effetti, la differenza tra lei e Bella è talmente estrema che ci si potrebbe chiedere come abbiate potuto sentirvi attratto da entrambe».

«Mi hanno attratto per motivi differenti.» Gerard si alzò e cominciò a camminare per la stanza, alla ricerca di tracce di profumo floreale nell'aria. Em aveva sedotto il suo orgoglio. Pel la sua anima. «Molto differenti.»

«Esattamente ciò che intendevo.»

Facendo un profondo respiro, Gerard si appoggiò contro il camino e chiuse gli occhi. Isabel era una tigre. Em era stata un gattino. Una l'alba, l'altra il tramonto. Opposte in tutto.

«Le donne sopravvivono al parto ogni giorno, Grayson. Donne con molto meno spirito di Isabel.»

Era vero, non c'era modo di negarlo. Ma mentre la sua mente riusciva a seguire la logica di quel ragionamento, il suo cuore obbediva alle motivazioni irragionevoli dell'amore.

«Se dovessi perderla» disse Gerard in tono angosciato «non so cosa ne sarebbe di me.»

«Mi sembra che siate già sulla buona strada per perderla. Non sarebbe meglio correre il rischio e cercare di tenervela piuttosto che sforzarvi in tutti i modi di essere cauto e così perderla di sicuro?»

La logica di quella riflessione era inoppugnabile. Gerard sapeva che avrebbe perso Pel se non si fosse arreso su questo punto. Dopo la sua reazione disperata di quel giorno era più che chiaro.

Sentendo Trenton alzarsi, si girò verso di lui. «Prima che ve ne andiate, Trenton, posso pregarvi di prestarmi la carrozza?»

«Mi dispiace, ma l'ha già presa Isabel...»

«Perché?» Un'angoscia pesante come un macigno gli serrò lo stomaco. Possibile che Isabel rifiutasse tutto ciò che gli apparteneva?»

«Era già pronta per partire. Non chiedetemene il motivo, è una lunga storia ed è meglio che partiate subito se volete raggiungere Londra prima dell'alba.»

«E lord e lady Hammond?»

«Beatamente ignari di qualsiasi spiacevolezza.»

Annuendo, Gerard cominciò a pensare a una scusa per giustificare la partenza sua e della moglie senza destare sospetti indesiderati. «Grazie, Trenton» disse bruscamente.

«Pensate a riparare al danno. Voglio che Bella sia felice. È l'unico ringraziamento che desidero.»

21

Gerard calcolò la distanza dalla finestra al secondo piano della sua residenza londinese, si piegò all'indietro e mirò con un sassolino. Aspettò di sentire il lieve *tic* contro il vetro prima di tirarne un altro.

Il grigio scuro del cielo stava sfumando nel pallido rosa dell'alba. Si ricordò di un altro mattino e di un'altra finestra. Ma lo scopo che voleva ottenere era lo stesso.

Dovette fare diversi lanci prima di raggiungere l'effetto desiderato: la finestra si aprì verso l'interno e Pel sporse fuori il viso insonnolito.

«Che stai facendo, Grayson?» chiese con quel tono basso e gutturale che tanto amava. «Ti avverto, non sono dell'umore adatto per recitare Shakespeare.»

«Grazie a Dio!» replicò lui con una risata esitante.

A quanto pareva, anche Isabel conservava un ricordo vivido di quella mattina. Allora aveva qualche speranza.

Con un sospiro, lei si sistemò sul davanzale della finestra, un sopracciglio inarcato in una domanda silenziosa. Evidentemente non la sorprendeva che un uomo si mettesse a lanciarle sassi contro la finestra per attirare la sua attenzione. Per tutta la sua vita gli uomini non avevano fatto altro che cercare di portarsela a letto. Ora però il corpo di Pel era destinato solo al *suo* letto, e per la vita. Il piacere suscitato da quel pensiero scaldò il sangue a Gerard, ma poi si raffreddò altrettanto rapidamente.

Quando il sole le illuminò il bel volto, Gerard vide che aveva un'espressione triste negli occhi ambrati e la punta del naso rossa. Doveva essersi addormentata piangendo, ed era tutta colpa sua.

«Isabel» la chiamò con voce implorante. «Fammi entrare. Fa freddo qui fuori.»

L'espressione sul volto di lei passò dalla diffidenza alla circospezione. Sporgendosi ancora di più dalla finestra, le chiome sciolte le ricaddero su una spalla lasciata scoperta dalla vestaglia male annodata. Dalla morbida curva dei suoi seni pieni Grayson capì che era completamente nuda sotto l'indumento. L'effetto di quella constatazione era prevedibile come il sorgere del sole.

«C'è una ragione per cui non potresti entrare?» chiese lei. «L'ultima volta che ho controllato questa era casa tua.»

«Non in casa, Pel» chiarì lui «nel tuo cuore.»

Isabel si immobilizzò.

«Ti prego, fammi spiegare. Voglio sistemare le cose tra noi. Ho *bisogno* che tutto torni com'era.»

«Gerard...» sospirò lei, così piano che quasi non la sentì nella fredda brezza mattutina.

«Ti amo disperatamente, Isabel. Non posso vivere senza di te.»

La mano di lei si posò sulle labbra tremanti. Lui si protese verso l'alto, ogni fibra del suo corpo tesa nel tentativo di raggiungerla.

«Voglio legarmi a te con un impegno solenne, moglie mia. Non per i miei bisogni, come nel passato, ma per i tuoi. Mi hai dato così tanto... amicizia, risate, comprensione, senza mai giudicarmi o rimproverarmi. Ti sei presa cura di me quando nemmeno io sapevo chi ero. Quando facciamo l'amore sono in paradiso e non desidero altro.»

«Gerard...»

Udirla pronunciare il suo nome con voce rotta lo colpì profondamente.

«Mi lascerai entrare?» la implorò.

«Perché dovrei?»

«Voglio darti tutto di me. Figli inclusi, se saremo fortunati.»

Isabel rimase in silenzio così a lungo che lui si sentì girare la testa a forza di trattenere il respiro.

«Accetto di parlare, nient'altro.»

A Gerard bruciavano i polmoni. «Se ancora mi ami, il resto possiamo sistemarlo.»

Lei gli fece cenno di entrare con un braccio. «Sali.»

Gerard corse alla porta posteriore e si precipitò su per le scale della servitù, in preda a un bisogno disperato di stare con la moglie. Ma quando entrò nelle loro stanze, gli si mozzò il respiro. Quella era casa sua, nonostante la tensione che crepitava tra lui e Pel.

Nel camino ardeva un bel fuoco, che illuminava il raso color avorio della tappezzeria. Isabel era in piedi davanti alla finestra, le curve voluttuose fasciate dalla seta bordeaux della vestaglia. Quel colore era perfetto per sua moglie, la cui spiccata sensualità veniva esaltata da una tonalità così audace. E quella stanza, in cui avevano trascorso tante ore parlando e ridendo, era una scenografia perfetta per un nuovo inizio. Lì dentro avrebbero sconfitto i demoni che cercavano di separarli.

«Mi sei mancata» dichiarò lui dolcemente. «Quando non sei al mio fianco, mi sento molto solo.»

«Mi sei mancato anche tu» ammise lei, deglutendo a fatica. «Ma mi domando anche se tu sia mai stato veramente mio. Forse Emily tiene ancora prigioniero un pezzo del tuo cuore.»

«Così come Pelham tiene prigioniera te?» Gerard si tolse il cappotto e la giacca con movimenti lenti, perché aveva notato la diffidenza con cui lei lo guardava. Voltandosi, lo sguardo gli cadde sul ritratto di Pelham. «Tu e io abbiamo fatto delle scelte sbagliate in passato, e ne portiamo le cicatrici.»

«Sì, forse ormai siamo entrambi perduti, ognuno a suo modo» disse lei cupamente, stendendosi sulla sua chaise longue preferita.

«Mi rifiuto di crederlo. C'è una ragione per tutto.» Gerard gettò il panciotto sulla spalliera di una sedia dorata e si accovacciò davanti al fuoco, riattizzandolo e aggiungendo dell'altro carbone finché il calore cominciò a diffondersi nella stanza. «Sono certo che se non avessi incontrato Emily, non sarei capace di apprezzarti fino in fondo. Non avrei l'esperienza necessaria a riconoscere quanto tu sia perfetta per me.»

Isabel sbuffò piano. «Mi ritenevi perfetta solo perché credevi che avessi rinunciato alla maternità.»

«E tu» continuò lui ignorandola «dubito che potresti accettare la mia passione incontrollabile per te se non avessi subito la seduzione così calcolata di Pelham.»

Il silenzio che accolse le sue parole era carico di tensione. La scintilla di speranza che Gerard covava nel cuore si espanse fino a riscaldargli il petto al pari del fuoco che ardeva nel camino.

Si alzò. «In ogni caso, credo che sia il momento di trasformare questo matrimonio a quattro in un'unione più intima, limitandola a noi due.»

Girandosi verso di lei, la trovò seduta ritta sulla chaise longue, il bel viso pallido, gli occhi pieni di lacrime. Teneva le dita intrecciate così strettamente che erano diventate bianche, così andò da lei, si sedette ai suoi piedi e le prese le mani, riscaldandole con le proprie.

«Guardami, Pel.» Quando Isabel incrociò il suo sguardo, le sorrise. «Facciamo un altro accordo, va bene?»

«Un accordo?» Finalmente lei inarcò un sopracciglio.

«Sì. Voglio ricominciare da capo con te. In ogni senso. Liberando il nostro amore dai rimpianti del passato.»

«In ogni senso?»

«Sì. Ti darò tutto di me, te lo giuro. In cambio, tu toglierai quel ritratto dalla parete e ti convincerai di essere la perfezione personificata. Non c'è nulla...» Gli si spezzò la voce. Gerard chiuse gli occhi e fece un respiro tremante, poi le scostò i lembi della vestaglia, le strofinò la guancia contro la pelle setosa della coscia e inalò il suo odore per calmare l'emozione che l'aveva sopraffatto.

Lei gli accarezzò il capo in silenzio.

«Non c'è nulla che cambierei di te, Isabel» riprese Gerard sottovoce, pensando alla sua bellezza matura e alla forza interiore che facevano di lei quello che era. Una moglie unica e senza prezzo. «Soprattutto la tua età. Solo una donna di una certa esperienza può gestire un marito prepotente come me.»

«Gerard...» Isabel scivolò a terra al suo fianco e lo attirò a sé, tenendo la sua testa vicino al cuore. «Immagino che ogni volta che verrai a tirare dei sassi contro la mia finestra sarà un segnale che la mia vita sta per cambiare drasticamente.»

«Sì, dovresti vederla così.»

«Viziosa canaglia.» Le labbra di Isabel s'incurvarono contro la sua fronte.

«Ah, ma sono la *tua* viziosa canaglia.»

«È vero» rise lei dolcemente. «Sei molto diverso dall'uomo che ho sposato, ma la tua licenziosità non è cambiata, grazie a Dio. Sei esattamente come ti voglio.»

Gerard si mosse, sostenendole la schiena mentre la adagiava sul pavimento.

«Ti voglio anch'io.»

Isabel lo guardò, i capelli una nuvola di fuoco, la pelle bianca come l'avorio sotto la vestaglia. La mano scura di Gerard scostò la stoffa, fino a esporre i seni pieni e le curve voluttuose che adorava. S'infilò l'altra mano in tasca ed estrasse l'anello di rubini che aveva comprato per lei. Con dita tremanti, glielo infilò al dito, baciando la pietra. Poi le premette le labbra contro il palmo.

Una sensazione di calore gli avvolse la pelle come una brezza calda, tutte le terminazioni nervose all'erta, mentre il suo desiderio cresceva. Chinò la testa su di lei e le leccò un morbido capezzolo, poi lo prese tra le labbra e lo succhiò, chiudendo gli occhi, beandosi del suo sapore.

«Sì...» mormorò lei quando le morse il capezzolo turgido, godendo come sempre del bisogno feroce di Gerard di divorarla.

Si muovevano languidamente, senza fretta. Ogni tocco, ogni carezza e ogni mormorio erano una promessa. Di dimenticare qualsiasi amante precedente. Di amarsi, di aver fiducia l'uno nell'altra e lasciarsi il passato alle spalle. La loro unione era nata per le ragioni più sbagliate, ma alla fine non sarebbe potuta essere più giusta.

Si liberarono di tutti i vestiti finché si ritrovarono pelle contro pelle, e allora lui le sollevò una coscia e affondò il cazzo lungo e duro nelle sue calde profondità, unendosi a lei più pienamente di quanto avessero fatto le fedi nuziali.

Gerard alzò la testa e guardò il viso di Isabel mentre pompava in profondità dentro di lei. I suoi piccoli mugolii riempivano l'aria, facendogli tremare le braccia. Lei scuoteva la testa, piantandogli i talloni nella schiena e le unghie negli avambracci, la chioma infuocata, da cui saliva il suo profumo inebriante, sparsa sul tappeto.

Dio, quanto gli piaceva! Non si sarebbe mai saziato della vista di sua moglie arresa al piacere, né della sensazione della sua fica calda e stretta.

«Dolce Isabel» canticchiò, finalmente libero dalla disperazione che aveva guastato in passato i loro amplessi.

«Gerard...»

Lui gemette. Pronunciato da lei il suo nome era una carezza. Abbassandosi, premette la bocca contro la sua, godendosi ogni gemito e ogni sospiro mentre il suo uccello la riempiva con movimenti lunghi, profondi e lenti.

«Oddio!» ansimò Isabel. Le sue profondità pulsarono stringendosi intorno a lui, e lei inarcò la schiena al culmine del piacere.

«Ti amo» le sussurrò Gerard con le labbra premute contro il suo orecchio. Quindi la seguì tremando, donandole il suo seme, con la promessa della vita futura che avrebbero creato insieme e la gioia infinita del suo cuore.

Isabel gli rispose colpo su colpo, perfetta per lui in ogni senso.

Epilogo

«Penso che abbia bisogno di una bevanda più forte del tè» sussurrò lady Trenton.

Gerard stava in piedi di fronte alla finestra del salotto, con le mani strette dietro la schiena. Si sentiva incerto sulle gambe, come un puledro che si sforzasse di mettersi in piedi. Avrebbe voluto essere di sopra con la moglie, che al momento era in travaglio per dare alla luce il loro bambino, ma l'arrivo continuo di nuovi visitatori lo aveva costretto a rimanere lì. I suoi parenti acquisiti erano tutti presenti, con l'aggiunta di Spencer.

«Insomma, Grayson, sarà meglio che vi sediate, prima di cadere» lo avvisò Trenton.

Lady Trenton lo rimproverò: «Non sei stato molto diplomatico, Rhys».

Gerard li tranquillizzò: «Non c'è pericolo che svenga». Un'enorme bugia. Aveva la fronte e la nuca coperte di sudore, e doveva fare uno sforzo per respirare.

«Siete pallido come un fantasma» lo schernì lord Sandforth. La rassomiglianza di Sua Grazia con il figlio era straordinaria: di diverso aveva soltanto i capelli grigi e le rughe che gli contornavano gli occhi e la bocca.

Gerard drizzò la schiena, facendo correre lo sguardo sui presenti. Le donne erano sedute sulle poltrone dirimpetto a lui; gli uomini se ne stavano in piedi, sparsi in vari punti della stanza. Cinque paia di occhi lo osservavano con cautela.

Di sopra era tutto silenzioso. Benché fosse contento di non

udire grida di dolore, Gerard desiderava disperatamente un segno che Pel stesse bene.

«Scusatemi» disse brusco, uscendo dalla stanza con un'andatura impaziente. Nel momento in cui i suoi stivali toccarono la soglia, Gerard affrettò il passo e volò su per le scale, fino al terzo piano. Rallentò soltanto quando raggiunse la nursery. Dopo essersi ravviato i capelli, girò il pomello ed entrò nella stanza.

«Papà!»

Gerard si accovacciò e spalancò le braccia al bimbetto che gli correva incontro sulle gambette grassocce. Stringendosi forte al petto il figlio dai capelli rossi, ricordò a se stesso che Pel l'aveva partorito con invidiabile "agio e velocità". O almeno così aveva dichiarato la levatrice.

«Milord» lo salutò la bambinaia inchinandosi. Nel suo sguardo c'era una domanda inespressa. Lui scosse la testa per indicarle che non c'erano novità. La donna gli fece un sorriso rassicurante e si sedette nell'angolo.

Gerard osservò il viso del figlio e sentì una familiare stretta al cuore. Gli ultimi tre anni erano stati i più felici della sua vita. Il cuore di Pel si era dischiuso come un fiore, man mano che il tempo cementava il loro profondo affetto in un amore innegabile.

Il suo primogenito, Anthony Richard Faulkner, lord Whedon, era nato due anni prima, portando alla casata dei Faulkner una gioia e un'allegria che non aveva mai conosciuto. Isabel era più bella che mai, con i tratti addolciti da una radiosa felicità che lui si assicurava di tenere sempre viva.

Dalla porta aperta giunse un lieve bussare. Gerard guardò in su e sentì il cuore più leggero. Se lady Trenton sorrideva in quella maniera, potevano esserci solo buone notizie.

Si alzò in piedi e corse giù al secondo piano con il figlio in braccio. Accompagnato dalle risatine di Anthony, irruppe nella camera della moglie e si bloccò all'improvviso.

Isabel riposava in mezzo ai cuscini, i meravigliosi capelli sparsi sul lino bianco, le guance arrossate e gli occhi splendenti. Era radiosa, e senza dubbio la più bella creatura che lui avesse mai visto in vita sua.

«Milord» lo salutò l'ostetrica, accanto al lavabo.

Gerard annuì, distogliendo deliberatamente lo sguardo dagli asciugamani macchiati di sangue gettati in un grande catino. Si sedette cautamente sul bordo del materasso. Anthony tentò di arrampicarsi sulla madre, ma si fermò con gli occhi sgranati vedendo il fagottino che si agitava tra le sue braccia.

«Amore mio...» mormorò Gerard con gli occhi che gli pizzicavano. Non trovava le parole.

«Non è bella?»

Era una bambina! Con mano tremante Gerard scostò la coperta ricamata di pizzo, rivelando qualche ciuffetto di capelli rossi e un viso così bello che gli tolse il respiro. Nel momento stesso in cui la guardò si rese conto di essere pazzamente innamorato di lei. Aveva la pelle vellutata come un petalo e del colore rosato di una...

«Rose.»

Isabel sorrise. «Che bel nome. È proprio adatto a lei!»

Gerard si alzò e fece il giro del letto. Posando sul letto prima un ginocchio e poi l'altro, avanzò carponi fino alla moglie. Si stese con cautela al suo fianco, le passò un braccio intorno alle spalle e con l'altro circondò Anthony, assorto nella contemplazione della sorellina.

«Siamo di nuovo in quattro» dichiarò Isabel, appoggiando la testa contro di lui.

«Sì. I magnifici quattro» concordò lui.

«Magari altri quattro?»

Gerard s'immobilizzò, poi colse il lampo malizioso nei suoi occhi color ambra. «Volpacchiotta.»

«Ah, ma sono la *tua* volpacchiotta.»

«Altri quattro hai detto.» Premendole le labbra sulla fronte, sospirò: «Mi farai impazzire».

«Farò in modo che il sacrificio ne valga la pena» gli promise con quella sua voce bassa che tanto adorava.

Lui la strinse di più, il cuore gonfio al punto da dolergli. «L'hai già fatto, amore mio. L'hai già fatto.»

Arnoldo Mondadori Editore S.p.A.

Questo volume è stato stampato
presso ELCOGRAF S.p.A.
Stabilimento - Cles (TN)

Stampato in Italia - Printed in Italy